曹魏三祖时期文学研究

张丽锋 著

社会科学文献出版社
SOCIAL SCIENCES ACADEMIC PRESS (CHINA)

序　言

姜剑云

　　读书的过程，尤其是读博的过程，是需要有坐冷板凳的决心和毅力的。

　　丽锋是 2005 年来河北大学读硕士研究生的，从那时算起，我们相识已经 12 年了。他能走到今天，确实因其具有一种向学的、不屈的精神。他大学毕业后在乡下教书，为了考研，选择住临近操场的单身宿舍。在滴水成冰的季节里，为了驱寒，他常常午夜去操场跑步，直到有了暖意再回宿舍接着读书。硕士毕业后，他在某集团公司做人力资源管理，后辗转去某高校人事处，又转到该校新闻传播学院教书，总算实现了高校教书的愿望。而后，他成了那所学校第一个考上博士研究生的教师，来到河北大学读博。荀子所谓的"学不可以已"，大概就是这样的吧。一个人的成长经历，无疑会影响其思想和性格。丽锋来河北大学读博是辞掉工作全职读书的，精神压力不小，除拖家带口之外，还有省城的房贷。面对多重的生活压力，如果没有对学术的执着追求是很难走到今天的，相信这也是他的一笔精神财富。

　　生活中的磨炼和抗争，使他在博士论文选题的时候，自然地注目于那些"志在千里""长大而能勤学"的人物，倾向于研究"气爽才丽""志深而笔长，故梗概而多气"的作家作品。丽锋初步选择了汉末曹魏文学作为研究对象。曹魏文学，尤其是曹魏三祖时期的文学，历来是文学研究的热点。这一时期虽然时间不长，流传下来的作品也不算多，其文学史之意义却很重要。我和丽锋综合分析了学界研究动态后，其博士论文选题一锤定音——《曹魏三祖时期文学研究》。曹魏三祖时期文学，习惯上大多以"建安文学"名之。建安是汉献帝的年号，时间跨度为公元 198～220 年，从严格意义上来讲是属于东汉的，但多数学者都把"建安文学"从东汉文学中剥离出来，作为魏晋文学的开端。这种划分多少有点名不副实，而且在时间的界定上也是众说纷纭，莫衷一是。于是乎，丽锋舍"建安文学"之旧名，创"曹魏三祖时期文学"之新说。当时我们还拟定了他的博士后研究选题——《曹魏三少帝时期文学研究》，算是一个可持续性发展的学术规划工程。

丽锋的论文颇有独到之见。如对曹魏三祖时期文学进行的"三期四段"式的划分，是建立在对曹魏前期文学（即"三祖"时期文学）从内容到风格的宏观把握的基础上的。魏太祖曹操时期文学始于中平六年（189）刘协为帝，止于建安二十二年（217）曹丕被立为太子。其中又以建安十三年（208）曹操自为丞相，杀孔融、收王粲为界，把曹操时期文学分为前后两段。前一段在"世积乱离，风衰俗怨"下，以"建安实录"式的乐府诗创作为主；后一段则是曹操定都邺城，"俊才云蒸"的邺下文人集团"五言腾踊"的时代。曹操时期与曹丕时期的划分，不是以建安二十五年曹操去世、曹丕继承大统为界，而是以建安二十二年为界。建安二十二年爆发了历史上罕见的大瘟疫，当时王粲、徐幹、陈琳、应玚、刘桢等"一时俱逝"。曹丕怀念诸子，开始创作《典论》，曹操开始创作游仙诗，曹植也因司马门事件失宠。这种"三期四段"的划分，不仅仅以历史事件和社会现实为基础，更重要的是以当时文人的命运转折与创作风格来确定的。如曹操前一段的文学，以五言乐府诗歌的回归与新变为特色。后一段的文学，则以邺下文人的游宴文学和军戎文学为特征；曹丕时期，在大瘟疫流行的时代背景下，游仙文学与感伤文学创作成为主流；曹叡时期的文学，则以曹叡"情迫辞哀"的诗歌创作与曹植的自试文学为特征。这种对曹魏三祖时期各阶段的文学内容与特征的把握与概括，无疑是建立在对基础文献的熟悉与挖掘的基础之上的。此外，该书对曹魏时期文学制度的设置及其对文学创作的影响，对曹魏三祖与建安诸子之间的关系等方面，亦有比较系统而新颖的论述。功夫不负有心人，专家对丽锋的学位论文给予了充分的肯定，这是对其科研道路上一个起点性成果的认可与鼓励。

　　现在丽锋的这部书稿经过进一步的修订后即将由社会科学文献出版社出版，其学术贡献之大小与多少，将由读者来感觉与评判。丽锋问序于我，作为他的导师，我亦乐意为序。我所乐者，其一，祝贺丽锋学术处女作《曹魏三祖时期文学研究》的诞生；其二，期待丽锋学术姐妹篇《曹魏三少帝时期文学研究》的问世。

2017 年 8 月于古城保定

目　录

绪　论

　　曹魏三祖的说法，古已有之。刘勰《文心雕龙·乐府》始有"魏之三祖"的说法。所谓三祖，指曹魏政权的奠基者魏太祖武帝曹操、魏政权的创立者魏世祖文帝曹丕、魏烈祖明帝曹叡。本书中，曹魏三祖时期文学起于"汉季失权柄"的中平六年（189），迄于曹叡病逝的景初三年（239），整整50年的时间。中平六年，曹魏时期的部分重要作家已经登上历史舞台，并有比较突出的表现。如曹操已经35岁，不为董卓所用，东归起兵讨伐董卓；陈琳为何进主簿，谏进引外兵，随后何进败，陈琳为袁绍典文章；孔融37岁，值董卓废立，辄有匡正之言；阮瑀约在此时受学于蔡邕；王粲至长安，为蔡邕所称；徐幹20岁。曹魏时期这些重要作家思想上已经成熟稳定，政治上已经有了一定的成就。为了深入研究这段文学，有必要对中平六年以前曹操等人生活的桓、灵二帝时期的社会思潮与文化背景进行介绍，以此引入曹魏三祖时期文学的前奏，以便在更为广阔的历史空间中观照曹魏三祖时期文学产生的土壤。这样作为曹魏三祖时期文学前奏期的时间范围就向前延伸至永兴元年（153），这一年孔融出生，永寿元年（155）曹操出生。从永兴元年至中平六年，期间36年为孔融、曹操、陈琳、阮瑀、王粲等重要作家读书与出仕时期，是研究曹魏三祖时期文学不可不察的重要背景。本书的研究地域确定为：汉末建安时期曹操实际控制地区和曹丕、曹叡控制下的魏国，并不包括同在建安年号之下的蜀、吴两地。

曹魏三祖时期是中国文学史上非常重要的一段时期。学界每每以"建安文学"来指称"曹魏三祖时期文学"，其中显然有很多概念上和操作上的不便。"曹魏三祖时期文学"的说法更符合历史实际和文学实际。本书研究对象大致分为：曹操时期文学、曹丕时期文学、曹叡时期文学。

本书所涉及的作家为其主要文学活动在曹魏三祖时期者。如曹操、曹丕、曹植、曹叡、建安七子、蔡琰、繁钦、吴质、杨修、邯郸淳、路粹等人。景初三年（239），阮籍30岁，夏侯玄31岁，虽然他们已经步入文坛，但他们的主要活动和影响在曹魏三少帝时期，所以不列入本书研究范围。本书研究的文本对象，主要以《文选》、《玉台新咏》、逯钦立《先秦汉魏晋南北朝诗》中的魏诗、严可均所辑佚的《全上古三代秦汉三国六朝文》中《全后汉文》和《全三国文》中相关作家作品为根据。本书在研读以上文学作品的基础之上结合大量的历史文献展开论述，如《汉书》《后汉书》《三国志》《东观汉纪》《资治通鉴》等。如此一来，本书基本可以全面掌握曹魏三祖时期文学在历史时空中所处的地位，从而便于对这一时期文学的研究多角度、多层面地展开。

曹魏三祖时期文学历来是文学研究的热点。这一时期文学虽然时限上并不长，作家和作品流传下来的也不多，却具有无比崇高的地位。刘师培说，"文章诸体，至东汉大备"，我认为此处指汉末、曹魏三祖时期更合适。所以后世论及者虽多，但完整地对曹魏三祖时期文学进行研究的少。近年来的研究多集中在单个作家上、某种文学体裁上，也出现了一些沿袭文学史以人为线索的研究模式的著作。其最大的不足就在于割裂了作家与作家的联系，割裂了作品与作品的联系。本书试图弥补以上不足，对这一时期的作家群体、各体文学、文学理论、文学思想进行整体的观照。这种观照既对各个方面进行了系统研究，又对彼此之间的联系进行了一个很好的探讨，从而对整个曹魏文学的研究起到了一定的促进作用。

本书打破传统的以"建安"为关注视角的广义上的"建安文学"，而以曹魏三祖为观照视角来研究"曹魏三祖时期"文学。这不仅是关注视角的一个转变，而且是研究方法上的一种新的尝试。曹魏三祖不仅是这段时期政治上的领导者，也是文学活动的组织者和创作上的参与者。那么寻求曹魏三祖与这一时代其他作家的关系及对其文学创作的影响便显得十分必要了。对曹魏三祖时期文学进行研究需要一个宏观上的阶段划分。这种划分不是简单地依据曹操、曹丕、曹叡的执政时期进行政治角度的划分。更重要的是考虑到当时文学创作的政治与文化环境的变化，作家活动的变化以及创作思潮的变化。对以上三因素的考虑，能够比较客观、真实地反映整个曹魏三祖时期的文学变化与现状。

曹魏三祖时期文学历来是文学史研究的重点所在，无论是文本的整理还是对其思想艺术的研究都积累了丰硕的成果，整体来看大致包括以下几个方面。

第一，文本整理成果研究。其中较有代表性的成果有清代严可均的《全上古三代秦汉三国六朝文》及逯钦立的《先秦汉魏晋南北朝诗》。关于三曹的成果有黄节《魏文帝魏武帝诗注》和《曹子建诗注》、赵幼文的《曹植集校注》、傅亚庶注译的《三曹诗文全集译注》。有关建安七子的成果以俞绍初辑校的《建安七子集》为代表，其他如郁贤皓、张采民《建安七子诗笺注》；吴云主编的《建安七子集校注》；韩格平的《建安七子诗文集校注译析》。单个作家的作品整理有夏传才《曹操集注》；夏传才、唐绍忠《曹丕集校注》；俞绍初《王粲集》；吴云、唐绍忠《王粲集注》；孙至诚

《孔北海集评注》等。资料的整理以河北师范学院中文系古典文学教研组编的《三曹资料汇编》为代表。此书以朝代为序,择取了历代有代表性的评点,书末附有《建安文学总论资料汇编》和《建安七子资料汇编》。最近出版的韩理洲辑佚的《全三国两晋南北朝文补遗》是对以上资料的补充。

相关的编年专著有三本。陆侃如《中古文学系年》对主要文学家的生平和作品进行了考证,引用大量的历史文本为其特色。张可礼《三曹年谱》年限起于公元155年曹操出生,终于公元232年曹植去世。张著在陆著的基础上,一方面搜集更多的文本资料,另一方面将相关的史实也记入编年之中,达到了文史结合的效果。同时,张著也对部分作家的事迹和相关作品的系年做了比较翔实的考证。刘知渐《建安文学编年史》主要是对相关诗歌作品进行选录和编年,对建安时期的作家及事迹没有编年。

第二,研究专著。评传类的作品以张作耀的《曹操评传》(内含《曹丕评传》和《曹植评传》)为代表。概论性的作品,有民国时期沈达材的《建安文学概论》,新中国成立后有李宝均的《曹氏父子与建安文学》。张可礼的《建安文学论稿》可谓是改革开放以来第一本研究建安文学的专著。稍后还有李景华的《建安文学述评》;王巍的《建安文学概论》《曹氏父子与建安文学》《建安文学研究史论》;曾为惠的《建安文学研究》;黄昌年的《三曹文学评述》;钟优民的《曹植新探》;赵维国的《曹子建诗研究》;崔积宝的《曹植研究》;孙明君的《三曹与中国诗史》;木斋的《古诗十九首与建安诗歌研究》等。这些研究成果从不同层面对建安时期文学进行了专题研究。近年以建安七子为题的专著有三本。江建俊《建安七子学述》的特点在于所列举的七子生平材料较为翔实。王鹏廷《建安七子研究》则分上、下两篇对建安七子进行研究,上篇是对建安七子生活的时代以及他们自身的人生观、作品考辨等方面进行论述；下篇则对七子的创作实绩、作品风格进行论述。韩格平《建安七子综论》也是这一时期的力作。此外，徐公持的《魏晋文学史》对三曹、七子等分别进行了论述，其中对祢衡、杨修、繁钦、左延年、仲长统等人的相关论述体现了作者对此时期文学的整体观照观；詹福瑞先生的《中古理论范畴》则从理论上对这一时期广为关注的文学的自觉、文章观念的自觉及"丽"的文学观念的形成有深入的探讨；钱志熙的《魏晋诗歌原论》从汉魏之际的学风论及建安诗人的整体特色的角度，谈建安诗人审美观与儒、道、名、法诸家之关系。

第三，相关论文。近30年来关于曹魏文学的相关论文多达千余篇，其中仅博硕论文就100余篇。博士论文有11篇，分别为：宋战利《曹丕研究》；杨贵环《曹植文学的批评史略》；邢培顺《曹植文学研究》；王萍《曹植研究》；张兰花《曹魏士风递嬗与文学新变》；王玫《建安文学接受史研究》；王鹏廷《建安七子述论》；张振龙《建安文人的文学活动与文学观念》；施建军《建安文学专题研究》；徐俊祥《建安学术史研究》；朱秀敏《建安散文研究》。与之相关的硕士论文百余篇，期刊论文千余篇。其中就关注度排列依次为曹植、曹操、建安风骨和文学自觉说等。研究的内容有时代风尚、社会思潮、诗人思想、作品风格，等等。

纵观曹魏三祖时期文学研究的整体状况，有这样几个特点。

第一，对三曹关注较多，整体关注较少。文学研究似乎一直都很注重名家个体研究，而缺乏整体观照。曹魏三祖时期文学研究就是一个例证。这种状况在各种文学史的著作中尤其明显。各类文学史著作几乎都以三曹为主，三曹中尤以曹植为主，而对建安七子关注很少，对繁钦、吴质、杨修、缪袭等人几乎处于长期的漠视状态，涉及者也仅是一笔带过，很少深入的论述。蔡琰也是这时期关注的对象之一。由以下具有代表性的文学史著作可见一斑。郑振铎

《中国文学史》第十章《建安时代》，分为三节：第一节曹操曹丕；第二节曹植；第三节建安诸子（含应璩、繁钦、缪袭等）。游国恩本《中国文学史》第三编第一章《建安和正始文学》中也是三分法：第一节曹操、曹丕；第二节曹植；第三节建安七子与蔡琰。章培恒本《中国文学史》第三编第一章《魏晋诗文》中仅有一节《建安诗文》，亦为三分：一曹氏父子；二建安诸子；三建安诸子以外的作者（蔡琰、诸葛亮）论述，几乎只是游国恩本的翻版。郭预衡《中国古代文学史》第三编第二章《建安文学》分四节：一建安风骨；二孔融与曹操；三曹丕与曹植；四建安七子与蔡琰。袁行霈本《中国文学史》第三编第一章《从建安风骨到正始之音》中关于"建安文学"的有四节，分别为：一曹操与曹丕；二曹植；三王粲、刘桢及蔡琰；四建安诗歌的时代特征。徐公持《魏晋文学史》第一编为《三国文学》，分为六章：第一章三国文学概说；第二章曹操；第三章曹丕；第四章曹植；第五章曹魏前期诸文士（上）；第六章曹魏前期诸文士（下）。真正对七子进行深入研究的著作目前有三部：韩格平的《建安七子综论》、王鹏廷的《建安七子研究》、江建俊的《建安七子学述》。可见，关于建安七子与三曹彼此间的关系以及诗文创作间的影响研究、曹魏时期整体文学观照研究还有待进一步深化。

第二，研究结构单一：多个体纵向研究，少群体横向关注。长期以来，曹魏文学的研究结构趋于单一的个体评述和分析，缺乏整体的阶段性的关注。其研究的结构模式是人物传记式的个体分析，忽略了作家群体的整体分析。无论是专著还是论文都呈现以上状态。以曹植研究为例，学者多对曹植的生平思想、诗、文、赋等进行比较全面的关注和分析，而缺少曹植与同期其他作家在思想上、作品内容与艺术上的比较研究。以建安风骨和建安文学为名的研究也不少，同样是以个体关注为主。如王巍《建安文学概论》和

《三曹与建安文学》均以个体的人物为章节来结构全书。有些学者已经注意到了这个问题。郭预衡已在《中国古代文学史长编》① 中做了这种尝试。第二编第一节为《建安文学》，分三部分：一汉末中央集权政治的崩溃；二汉末文人思想观念与人生态度的转变；三建安风骨。此书不以人为线，而以社会思潮和文学风格为线来概评。王玫的《建安文学接受史论》从接受学的理论出发，按朝代谈建安文学的接受。木斋的《古诗十九首与建安诗歌研究》亦是一种尝试，其最大的特点是很好地将《古诗十九首》与建安作家，尤其是曹植的作品进行了词汇、句式、写作背景等方面的分析。王鹏廷的《建安七子研究》可谓七子研究的力作。他始终把七子当作一个整体来看待，尤其是《七子文学风格论析（上）：共同风格——兼与三曹文风比较》和《七子文学风格论析（下）：个人风格及其比较》。此两章凸显了作者对建安七子整体把握的理念。张兰花的博士论文《曹魏士风递嬗与文学新变》当是这方面的代表之作。总的来说，当前学界对曹魏三祖时期文学的整体研究关注不够，研究成果也很少。

　　第三，多以作家为线的研究，少以作品为线的研究。从近年来的研究成果来看，其已经突破了过去单纯从作家的角度来研究文学的模式，多角度、多层面的研究已经展开。代表性论文有：詹福瑞的《建安时期士人的政治地位、社会意识与文学思潮》、林大志的《建安代言体诗赋论略》、唐会霞的《曹魏的乐府诗创作对汉乐府的接受》、牛维鼎的《"建安文学"的分期问题》、顾农的《建安中小作家论》、木斋的《论清商乐始于曹魏建安时期》、齐向东的《由"汉音"到"魏响"》、程章灿的《建安赋：斑斓的情感世界》、马宝记的《建安女性文学及其精神意蕴》。但就这一时期的

---

① 郭预衡：《中国古代文学史长编》，首都师范大学出版社，1992。

专著而言，黄昌年的《三曹文学述评》以三曹为线评述各自的文学创作；王巍的《建安文学概论》在论述诗、文、赋的时候仍然是以作家为线来展开；孙明君的《三曹与中国诗史》也遵循了以上模式。近年来一些博士论文颇有看点。但就曹魏三祖时期文学本身的研究来看，缺少以文体为角度的研究专著。

　　总之，我们可以粗略地看到关于曹魏文学的研究还存在着一些不足和薄弱环节，这也给后来者提供了进一步研究的空间。本书欲在前人研究成果的基础上做一些创新，对曹魏文学研究薄弱的地方给予关注，做一些补充和努力，以期打开思路。

| 第一章 |

曹魏三祖时期文学前奏

治曹魏文学者，或从中平元年（184）谈起，或从中平六年（189）谈起。从中平元年谈起，一则因这一年黄巾起义奏响了推翻东汉政权的号角；二则因曹操作《对酒》诗，开始进行文学创作。从中平六年谈起，一则因董卓入主京师，袁绍等地方豪族相聚而起以讨董卓，东汉王朝步入军阀割据时代；二则因汉献帝即位，开始了长达30余年的献帝时期，而曹操、孔融等人也正式步入历史舞台，此可为曹魏文学的一个起点。

然欲究曹魏三祖时期文学创作之始末，须从汉桓帝和汉灵帝时期谈起。一则因孔融出生于汉桓帝永兴元年（153），曹操生于汉桓帝永寿元年（155），汉桓帝147年即位至汉灵帝189年崩，这一段时间正是孔融、曹操少年读书，青年求仕时期。所以说研究桓、灵二帝时期的历史文化背景有利于深入研究孔融、曹操、陈琳等人学术修养及文学思想的形成和发展。二则因桓、灵二帝时期的文学思想及文学创作也是曹魏三祖时期文学所产生的基础和学术背景，不可不察也。因此，探讨桓、灵二帝时期的文学思潮及其文学创作现状对研究曹魏三祖时期文学具有积极的作用。

第一节 桓、灵二帝之际的思想文化背景

东汉桓、灵二帝时期的思想文化背景大致呈现如下面貌：一是以谶纬之学来装饰的儒家经学，已经不再是士人的学术信仰；二是异端思想蜂起，呈现出百家争鸣的状态，其中尤其突出者为道家思想；三是以文学为代表的各门艺术在汉末大放光彩，其成就也走向了辉煌。

一 衰落的儒家思想

东汉后期，"从初平之元，至建安之末，天下分崩，人怀苟且，纪纲既衰，儒道尤甚"① （《魏略》语）。儒家思想在东汉的传播和接受分为两个阶段：汉安帝以前为经学的昌盛期；安帝以后为儒学的衰退期。前期的儒家在汉光武帝和汉明帝等帝王的提倡下曾经一度昌盛。正如史书所录"光武中兴，爱好经术"，"建武五年，修起太学"，"中元元年，初建三雍。明帝即位，亲行其礼"②。当时之经学，可谓"济济乎，洋洋乎，盛于永平矣"③。帝王重视，故儒学为尊，经学为盛，名家辈出，其弟子少则以千人计，多则达万人。如《后汉书》所载张兴著录且万人，牟长著录前后万人，蔡玄著录万六千人，楼望诸生著录九千余人，宋登教授数千人，魏应、丁恭弟子著录数千人，姜肱就学者三千余人，曹曾门徒三千人，杨伦、杜抚、张玄皆千余人，比前汉为尤盛。

东汉安帝时代可谓思想的转变期，也是经学的衰退期。"自安帝览政，薄于艺文，博士倚席不讲，朋徒相视怠散，学舍颓敝，鞠

---

① （晋）陈寿撰《三国志》卷13《王肃列传》，中华书局，1959，第420页。
② （南朝宋）范晔撰《后汉书》卷79上《儒林列传上》，中华书局，1965，第2545页。
③ （南朝宋）范晔撰《后汉书》卷79上《儒林列传上》，中华书局，1965，第2546页。

为园蔬，牧儿荛竖，至于薪刈其下。顺帝感翟酺之言，乃更修黉宇，凡所结构二百四十房，千八百五十室。试明经下第补弟子，增甲乙之科员各十人，除郡国耆儒皆补郎、舍人。本初元年，梁太后诏曰：'大将军下至六百石，悉遣子就学，每岁辄于乡射月一飨会之，以此为常。'自是游学增盛，至三万余生。然章句渐疏，而多以浮华相尚，儒者之风盖衰矣。党人既诛，其高名善士多坐流废，后遂至忿争，更相言告，亦有私行金货，定兰台漆书经字，以合其私文。熹平四年，灵帝乃诏诸儒正定《五经》，刊于石碑，为古文、篆、隶三体书法以相参检，树之学门，使天下咸取则焉。"[1]

综上史料，可以做如下推断。第一，东汉儒学的盛衰实与东汉政治的兴衰同步。安帝虽称御尊，而权归外戚邓氏。东汉外戚宦官专政时期正是经学衰微之时。第二，博士倚席不讲的原因，可以归为几点：一是谶纬渗入经学使经学走向迷信之途，这也正是东汉术数兴盛的一个原因；二是由西汉传来的繁琐解经方式使学者有皓首不能穷一经之感，从而产生了消极情绪。三是西汉以经学取士的方式为察举所取代，故而造成了游学三万余人，而儒学日衰的局面。第三，汉灵帝诏诸儒正定《五经》，刊于石碑的举动并非灵帝所重，只能说是儒家经学在东汉末年的一次"回光返照"。灵帝钟情的乃鸿都门学之艺术，尤其重鸿都而轻太学。舍经学而以艺术取士的政策，再次表明儒学在朝廷上已经衰败了。

桓帝之时，初有梁冀专权，后有"五侯"乱政。灵帝之时，"十常侍"横行。由于宦官阶层对经学的陌生，以及对以经学立身的党人的尖锐斗争，二帝之朝鲜有以儒家经学仕进者。而就在儒家思想的崩溃背景下，汉灵帝设立的鸿都门学子则以各种艺术特长得以仕进。这种以"书画辞赋"和"工书鸟篆"为课试内容

---

[1]　（南朝宋）范晔撰《后汉书》卷79上《儒林列传上》，中华书局，1965，第2547页。

的取士制度俨然已经取代了以五经为内容的仕进道路。所以我们可以说，汉末桓、灵、献三帝时期的历史可谓中国文化史上继春秋战国百家争鸣后的第二次思想解放的百家争鸣时期。

二 道家思想的流行

东汉政治到中后期已腐朽到极点。宦官、外戚轮流专权，外族持续侵略，灾荒连年不断，农民起义此起彼伏，朝廷卖官鬻爵现象层出不穷。"独尊儒术"的局面已被打破，儒家经学的僵化程度已经引起很多学者的批评和不满。汉灵帝于光和元年二月，设置鸿都门学。其目的很明显，就是反对和否定儒家经学。整个社会出现了类似于春秋时代"百家争鸣"的现象。建安时代，"博士倚席不讲"，"自魏氏膺命，主爱雕虫，家弃章句，人重异术"①。"异术"者，无疑包含了道家、兵家、法家、阴阳家、纵横家等兴盛起来的诸多思想，其中以道家思想为代表。

整个汉朝可以说从未间断对道家思想的研究和传播。司马迁"崇黄老而薄六经"也是时代的产物。东汉末年，道家思想更是为官、民两方所接受。《后汉书·志八祭祀中》载"桓帝即位十八年，好神仙事"②。汉桓帝延熙"八年春正月，遣中常侍左悺之苦县，祠老子"③。同年"使中常侍管霸之苦县，祠老子"④。次年"庚午，祠黄、老于濯龙宫"⑤。汉桓帝两年之内三次祭祀老子，可见道家思想学说在当时极为盛行。

民间对黄老之术也是非常重视的，有慕无为之道而学其操行

① （南朝梁）沈约撰《宋书》卷55《臧焘列传》，中华书局，1974，第1552页。
② （南朝宋）范晔撰《后汉书》志8《祭祀》，中华书局，1965，第3188页。
③ （南朝宋）范晔撰《后汉书》卷7《孝桓帝纪》，中华书局，1965，第313页。
④ （南朝宋）范晔撰《后汉书》卷7《孝桓帝纪》，中华书局，1965，第316页。
⑤ （南朝宋）范晔撰《后汉书》卷7《孝桓帝纪》，中华书局，1965，第317页。

的，有对《老子》其书进行研究的，有口不离《老子》以作论据的，更有甚者借《老子》来谋划农民起义。如淳于恭善说《老子》，不慕荣名追求清净。耿弇学《老子》于安丘。郎颢奏疏多引《老子》，如"人之饥也，以其上食税之多也"、如"大音希声，大器晚成"等。范升精研《梁丘易》和《老子》，并以此教授诸生。其他如马融作《老子注》，张衡也曾注《老子》，类似情况不胜枚举。

就社会影响而言，道家思想在此时发展到一个崭新的阶段。影响最大的莫过于依据《道德经》而发展起来的太平道和五斗米教了。裴松之注《三国志·张鲁传》引《典略》："熹平中，妖贼大起，三辅有骆曜。光和中，东方有张角，汉中有张修。骆曜教民缅匿法，角为太平道，修为五斗米道。"① 就是说，张角和张修同时进行道教教义传播。可以说东汉就是在信奉黄老之术的二教打击下进入坟墓的。这一切活动最终带来了道家学说的流行。道家思想的流行和汉末道教的发展有着深刻的社会原因和现实影响。就其社会原因而言大致有如下几点。

道家思想在汉初很长的一段时间内是朝廷的统治思想。虽然汉武帝时代大讲"罢黜百家，独尊儒术"，但就当时现状而言，道家思想在一定程度上仍在传播，对社会，尤其是对学者的影响并未明显减小。如《汉书·艺文志》中所记载的儒家 53 家，共计文章 836 篇，道家 37 家，共计文章 993 篇。可见，西汉道家作品和著述与儒家在一定程度上还是均势的。在东汉安帝以前，儒盛于道。安帝以后由于儒家经典的章句之学日趋繁琐和枯燥，学者们的治学倾向向"通儒"的方向发展，儒、道、文的区别在学者那里已经很小了。如王充、马融、郑玄等人都是学通百家，无所不学。史载王

---

① （晋）陈寿撰《三国志》卷 8《张鲁列传》，中华书局，1959，第 264 页。

充："好博览而不守章句。家贫无书，常游洛阳市肆，阅所卖书，一见辄能诵忆，遂博通众流百家之言。"①

道家思想的传播在武帝以后有一部分转而向游仙之学方向发展。道家逍遥，贵生、自然的思想得以发展，具体到社会实践上则与原始的鬼神崇拜思想相结合，形成了神仙学一途。于是，寻仙访道成为官方或民间一部分人的追求，西汉以汉武帝为最，东汉则以桓、灵二帝为主。汉桓帝两年内三次祭祀老子，同时他还对佛教产生了极大兴趣，并以供奉的方式求得保佑。正因为帝王的崇信，道家思想在民间才有了很大的发展，以致出现了以道家经典思想为指导的宗教：太平道和五斗米道。道家思想在桓、灵二帝时的广泛流行对士人价值观产生了重要的影响。

首先，儒家信仰危机，道家信仰催生。桓、灵二帝时期，朝廷对士人实行残酷的党锢制度，并以两次残酷的党锢事件来打击积极参政和关心国事的士人阶层。残酷的政治斗争导致士人阶层一再遭受致命的打击，明经致仕的儒家思想信仰在很大程度上遭到了破坏，士人对此产生了怀疑。如范滂在面临"大诛党人"，准备逃亡前"顾谓其子曰：'吾欲使汝为恶，则恶不可为；使汝为善，则我不为恶'"②。这不仅是对东汉朝廷的失望，也是对儒家思想的失望，他对自己长期以来确信的儒家善恶价值观产生了动摇，感到无所适从。范晔对此引用了孔子的话予以评论："子曰：'道之将废也与？命也。'"③"道之将废也"的确是当时儒家思想的现状。其实这种思想在安帝以后于士人中已经开始流行了，经学家马融就是一例。在这样的情况下，士人中有很大一部分人明哲保身，或者如郭林

① （南朝宋）范晔撰《后汉书》卷49《王充列传》，中华书局，1965，第1629页。
② （南朝宋）范晔撰《后汉书》卷67《范滂列传》，中华书局，1965，第2207页。
③ （南朝宋）范晔撰《后汉书》卷67《范滂列传》，中华书局，1965，第2208页。

宗①刻意地与政治保持距离，或者如蔡邕②远身以避祸。张俭作为党锢事件的幸存者则对政治彻底失望，不再出仕。在此背景下，很多有着优秀儒家出仕参政思想的士人归于淡泊，其思想追求也由尊儒变为疑儒，由崇儒而转为信道了。道家的无为、全身、养生、自然的思想逐渐成为士人阶层的主流思想。他们不再关心政治了，他们的心胸视野由国家转向了自身。即便是积极参政的曹操在两次上书论政无果后，亦很快地发现了东汉政治的腐朽，自此不再对桓、灵二帝抱任何希望，而是想通过自己的努力来改变现状。

在汉末文学思想中，老庄自然观、人生观、生命观开始为文士群体所接受，这点可以通过他们的作品来得以印证。如郭泰追求"崖岫颐神，娱心彭老，优哉游哉，聊以卒岁"③。如仲长统"安神闺房，思老氏之玄虚；呼吸精和，求至人之仿佛"④ 的养生理念得到了弘扬。

其次，道家思想的流行，促使士人生命意识觉醒。士人生命的觉醒是与道家思想的流行，儒家思想的衰落，宦官、外戚阶层的兴起紧密联系在一起的。自安帝以后，外戚宦官轮流专权，而这种状况正是具有正义感的士人阶层以之为耻，无法忍受的。但人总要生活，在外戚宦官专权的时代，在士人本身建功立业自谋生存无果的情况下，很多人为了生存的需要，自觉地舍弃了所谓的名节和尊严。如马融，面临外戚邓骘的征召，因为其人"非其好"而"遂不应命"，保持了当时士人的一种可贵的品质。但面临饥困，马融乃

---

① （南朝宋）范晔撰《后汉书》卷 53《徐稚列传》，中华书局，1965，第 1747 页。《徐稚列传》记此事曰："……及于涂，容为设饭，共言稼穑之事。临诀去，谓容曰：'为我谢郭林宗，大树将颠，非一绳所维，何为栖栖不遑宁处。'"
② （南朝宋）范晔撰《后汉书》卷 60《蔡邕列传》，中华书局，1965，第 2005 页。《蔡邕列传》曰："中平六年，灵帝崩，董卓为司空，闻邕名高，辟之，称疾不就。"
③ 杨明照撰《抱朴子外篇校笺》卷 46《正郭》，中华书局，1997，第 457 页。
④ （南朝宋）范晔撰《后汉书》卷 49《仲长统列传》，中华书局，1965，第 1644 页。

"悔而叹息"，并且对自己的友人道："古人有言：'左手据天下之图，右手刎其喉，愚夫不为。'所以然者，生贵于天下也。今以曲俗咫尺之羞，灭无赀之躯，殆非老庄所谓也。'故往应骘召。"① 可见，作为一代通儒的马融的思想不再是以"道"为本了，而是以"生"为本，老庄取代孔孟成为其指导思想了。就其学术研究而言亦是如此。故其做学问之初向挚恂学习儒术，而后不拘于儒术而兼通百家了。其中道家思想尤其为马融所重，他通过注《老子》和《淮南子》等道家经典来学习。蔡邕得罪了中常侍王甫弟王智后，自知祸难难免，而明智地亡命江湖，远迹吴会，长达 12 年之久，此时的蔡邕年 47 岁。

再次，道家思想的传播对桓、灵之际的文学创作也产生了重要的影响。

一方面，在贵生思想影响下及时行乐的思想追求在文学作品中大量出现。及时行乐是桓、灵之际一种很浓烈的消极情绪，这种情绪不仅表现在仕途不顺者身上，仕途顺利者也多怀有此种情绪。

及时行乐的主要表现形式是"夜游"。如汉末古诗与《古诗十九首》中有很多类似的诗句。

斗酒相娱乐，聊厚不为薄。②

——《古诗十九首·青青陵上柏》

服食求神仙，多为药所误。不如饮美酒，被服纨与素。③

——《古诗十九首·驱车上东门》

生年不满百，常怀千岁忧；昼短苦夜长，何不秉烛游？

---

① （南朝宋）范晔撰《后汉书》卷 60《马融列传》，中华书局，1965，第 1953 页。
② 马茂元著《古诗十九首初探》，陕西人民出版社，1981，第 49 页。
③ 马茂元著《古诗十九首初探》，陕西人民出版社，1981，第 89 页。

> 为乐当及时，何能待来兹？愚者爱惜费，但为后世嗤。①
>
> ——《古诗十九首·生年不满百》

可见，这些诗人秉烛夜游的原因是"昼短苦夜长"，是"生年不满百"的遗憾，是想紧抓住现在的时光赶紧享受的心态。为乐当及时，为此可以不惜花销地玩乐。同时这种"夜游"的宴筵诗一直延伸到曹魏三祖时期。在曹丕、曹植等人的作品中我们也可以找到很多的例证。

> 朝日乐相乐，酣饮不知醉。②
>
> ——曹丕《善哉行》
>
> 清夜延贵客，明烛发高光。丰膳漫星陈，旨酒盈玉觞。弦歌奏新曲，游响拂丹梁。③
>
> ——曹丕《于谯作诗》
>
> 公子敬爱客，终宴不知疲。清夜游西园，飞盖相追随。④
>
> ——曹植《公宴诗》

另一方面则是士人希望通过立功、著述等形式以求"声名"闻达于后世。其目的就是让自己的生命思想得到另类的延伸。这类思想在《古诗十九首》中已经有所体现，如"仙人王子乔，难可与等期"⑤。"盛衰各有时，立身苦不早。人生非金石，岂能长寿考"⑥。这种思想对当时，及曹魏三祖时期有很深的影响。具有这种思想的

---

① 马茂元著《古诗十九首初探》，陕西人民出版社，1981，第97页。
② 夏传才、唐绍忠校注《曹丕集校注》，河北教育出版社，2013，第44页。
③ 夏传才、唐绍忠校注《曹丕集校注》，河北教育出版社，2013，第7页。
④ 赵幼文校注《曹植集校注》，人民文学出版社，1984，第48页。
⑤ 马茂元著《古诗十九首初探》，陕西人民出版社，1981，第97页。
⑥ 马茂元著《古诗十九首初探》，陕西人民出版社，1981，第80页。

代表性人物是曹丕和曹植。曹植立功意识浓厚，追求"勠力上国，流惠下民，建永世之业，流金石之功"。曹丕则重在立言，他认为"年寿有时而尽，荣乐止乎其身，二者必至之常期，未若文章之无穷。是以古之作者，寄身于翰墨，见意于篇籍，不假良史之辞，不托飞驰之势，而声名自传于后"①。无论立功还是立言，其实质皆为生命意识之觉醒，其目的皆为借助功、言来使自身得以不朽，达到生命精神的延伸。

同时，在道家长生、贵生思想的影响下，游仙诗作品大量出现。桓、灵二帝时期对道家思想的推崇和重视，就帝王本身而言是以长生为目的，故当时产生了很多善于养生的方士。如董扶、郭玉、华佗、徐登、费长房、蓟子训、刘根、左慈、计子勋、上成公、解奴辜、甘始、王真、王和平等人。华佗，《后汉书》载"晓养性之术，年且百岁而犹有壮容，时人以为仙"。甘始、东郭延年、封君达三人活到百余岁，甚至二百岁。同时，养生、求仙、追求长生不老亦成为士人内心的一种渴望，虽然很多人在理智上并不相信，但情感上还是有所希冀的。具体到文学作品中，则是此时期出现了大量的游仙作品。最早以"游仙"为文章命名的是曹操。随后曹植也创作了大量的游仙诗。曹操现存诗歌共计17题24首（含残篇和阙疑），其中完整诗篇共计18首。曹操的游仙诗包括《气出倡》三首、《秋胡行》二首、《精列》、《陌上桑》，共7首，占其全部完整诗篇的39%。曹丕的《折杨柳行》曰："西山一何高，高高殊无极。上有两仙僮，不饮亦不食。与我一丸药，光耀有五色。服药四五日，身体生羽翼。轻举乘浮云，倏忽行万亿。流览观四海，茫茫非所识。彭祖称七百，悠悠安可原。老聃适西戎，于今竟不还。王乔假虚辞，赤松垂空言。达人识真伪，愚夫好妄传。追念往

---

① 夏传才、唐绍忠校注《曹丕集校注》，河北教育出版社，2013，第238页。

古事，愦愦千万端。百家多迂怪，圣道我所观。"①

最后，道家人物形象在文学作品中大量出现。伴随道家思想的传播和接受，游仙作品大量出现的同时，道家人物形象也在文学作品中大量出现，如神仙、神人、真人、列子、列仙、童子、帝、黄帝、王父母、西王母、东王父、东君、天公、河伯、黄老、老聃、漆园吏、彭祖、赤松、王子乔、安期、琴高、韩众、羡门、广成子、浮丘公、萧史、织女、湘娥等。此类形象中有赐药授道的度引者，有平等关系的朋友，还有一些神仙的侍从。②

三　传统治经方法的转变对学术以及文学的影响

两汉的治经方法经历了一个从经师重章句之学到通儒"不重章句"的转变。西汉自文帝立一经博士，武帝立五经博士，尤其是武帝朝推崇儒学以后，诸多儒家经师就开始了繁琐的注经工作。其注经工作尤重章句与训诂，甚有"说五字之文，至于二三万言"③者。汉武帝时《郊祀歌》文字古奥难懂，司马迁当时就说："通一经之士不能独知其辞，皆集会五经家，相与共讲习读之，乃能通知其意，多尔雅之文。"④可见，当时治经的繁琐和重训诂已经成为一种学术风尚，虽然这种风尚给做学问带来了极大的不便。这种治经的方式对文学影响的最大的方面莫过于辞赋了。当时的辞赋深受治经重章句与训诂的影响，在行文当中经常出现大量的生僻字，非博学之士不能卒读。如司马相如的《上林赋》等作品中生字连篇，实在有逞才嫌疑。同时我们也发现经学的治学中多对章句过分解读，其繁琐、虚妄等特征在武帝时期已经显现出来，其后经学与文学的

---

① 夏传才、唐绍忠校注《曹丕集校注》，河北教育出版社，2013，第41页。
② 朱立新：《汉魏六朝游仙诗研究》，上海师范大学博士学位论文，2000。
③ （汉）班固撰《汉书》卷30《艺文志》，（唐）颜师古注，中华书局，1962，第1723页。
④ （汉）司马迁撰《史记》卷24《乐书》，中华书局，1963，第1177页。

发展，加重了这一弊端。

到了东汉，学者们仍多遵守家法，以致"守文之徒，滞固所禀，异端纷纭，互相诡激，遂令经有数家，家有数说，章句多者或乃百余万言，学徒劳而少功，后生疑而莫正。郑玄括囊大典，网罗众家，删裁繁诬，刊改漏失，自是学者略知所归"①。为此，朝廷于中元元年下诏曰："《五经》章句繁多，议欲减省。至永平元年，长水校尉儵奏言，先帝大业，当以时施行。欲使诸儒共正经义，颇令学者得以自助。孔子曰：'学之不讲，是吾忧也。'又曰：'博学而笃志，切问而近思，仁在其中矣。'於戏，其勉之哉！于是下太常，将、大夫、博士、议郎、郎官及诸生、诸儒会白虎观，讲议《五经》同异，使五官中郎将魏应承制问，侍中淳于恭奏，帝亲称制临决，如孝宣甘露石渠故事，作《白虎议奏》。"② 可见，经学繁琐的毛病已经引起了朝廷的重视，并且朝廷已通过《白虎议奏》的形式来进行改变，其在学界也掀起了对繁琐的章句经学进行删繁就简的高潮。不仅章句经学如此，《史记》这样的史书也因为篇幅太长，翻阅不便，而有所修改。《后汉书·杨终列传》载，"会（杨）终坐事系狱，博士赵博、校书郎班固、贾逵等，以终深晓《春秋》，学多异闻，表请之，终又上书自讼，即日贳出，乃得与于白虎观焉。后受诏删《太史公书》为十余万言"③。今择取《后汉书》中几例以见其一斑。

初，（桓）荣受朱普学章句四十万言，浮辞繁长，多过其实。及荣入授显宗，减为二十三万言。郁复删省定成十二万

---

① （南朝宋）范晔著《后汉书》卷35《张曹郑列传》，中华书局，1965，第1213页。
② （南朝宋）范晔撰《后汉书》卷3《汉章帝纪》，中华书局，1965，第138页。
③ （南朝宋）范晔撰《后汉书》卷48《杨终列传》，中华书局，1965，第1599页。

言。由是有《桓君大小太常章句》。①

初，父黯章句繁多，恭乃省减浮辞，定为二十万言。②

初，霸以樊儵删《严氏春秋》犹多繁辞，乃减定为二十万言，更名《张氏学》。③

初，《牟氏章句》浮辞繁多，有四十五万余言，奂减为九万言。后辟大将军梁冀府，乃上书桓帝，奏其《章句》，诏下东观。④

以上的资料足以表明东汉经学发展史其实就是章句之学逐渐被疏离的历史，同时也说明章句之学中"浮辞繁长"的特点已经不再适应当时学者对学术的追求，或者说章句之学已经不再适合当时社会的需求。这种对经学的认识直到汉末还在继续。如蔡邕《荐边文礼》和徐幹《中论》中对经学的认识即为明证。蔡邕曰："初涉诸经，见本知义，受者不能对其问，章句不能逮其意。"《刘振南碑》载："君深愍末学远本离质，乃令诸儒改定五经章句，删划浮词，芟除烦重。"⑤徐幹《中论·治学》曰："凡学者大义为先，物名为后，大义举而物名从之。然鄙儒之博学也，务于物名，详于器械，矜于诂训，摘其章句，而不能统其大义之所极，以获先王之心。此无异乎女史诵诗，内竖传令也。"⑥

一部分学者对繁琐支离的章句之学进行删繁就简的纠正，但成效甚微。而另一部分学者则对繁琐的章句经学以鄙薄的态度处之，他们不守章句，只举其大意而已。兹略举数例如下。

---

① （南朝宋）范晔撰《后汉书》卷 37《桓荣列传》，中华书局，1965，第 1256 页。
② （南朝宋）范晔撰《后汉书》卷 79《伏恭列传》，中华书局，1965，第 2571 页。
③ （南朝宋）范晔撰《后汉书》卷 36《张霸列传》，中华书局，1965，第 1242 页。
④ （南朝宋）范晔撰《后汉书》卷 65《张奂列传》，中华书局，1965，第 2138 页。
⑤ （清）严可均辑《全三国文》，商务印书馆，1999，第 572 页。
⑥ 俞绍初辑校《建安七子集》，中华书局，1989，第 263 页。

马援……偿受《齐诗》，意不能守章句①。

（班）固字孟坚，年九岁，能属文诵诗赋，及长，遂博贯载籍，九流百家之言，无不穷究。所学无常师，不为章句，举大意而已。②

（王充）好博览而不守章句。③

（荀淑）少有高行，博学而不好章句，多为俗儒所非，而州里称其知人。④

（梁鸿）后受业太学，家贫而尚节介，博览无不通，而不为章句。⑤

繁琐的章句之学在漫长的东汉时期引起了诸多学者的不满和厌烦，但他们对儒家根基地位的认识基本上没有什么动摇。他们只是不再对儒学"独尊"，而是以一种比较开放的态度来面对百家之学。所以马援、王充、梁鸿等人"博览无不通"，而"不守章句"，成为通儒。

那么，治经方式由繁琐的章句之学向不为章句、略观大意之学的转变对文学到底有怎样的影响呢？我以为主要有以下几点。

首先，治经方式的转变间接地改变了赋体文学的创作内容和语言特点。繁琐章句之学下的赋体创作多散体大赋，其描写对象多为京都、游猎场景等外部世界，其语言特点为汪洋恣肆、训诂连篇，其赋作求大、求繁。不重章句，以简单扼要为主旨的治经方式反映在赋体文学上则表现为小赋的出现和流行。如蔡邕现存15篇赋作

① （南朝宋）范晔撰《后汉书》卷24《马援列传》，中华书局，1965，第827页。
② （南朝宋）范晔撰《后汉书》卷40《班固列传》，中华书局，1965，第1330页。
③ （南朝宋）范晔撰《后汉书》卷49《王充列传》，中华书局，1965，第1629页。
④ （南朝宋）范晔撰《后汉书》卷62《荀淑列传》，中华书局，1965，第2049页。
⑤ （南朝宋）范晔撰《后汉书》卷83《梁鸿列传》，中华书局，1965，第2765页。

当中，只有《述行赋》体例稍长，其余各赋则为小赋，短者《蝉赋》仅48字。

其次，治经方式的转变，使学者的注意力从章句训诂转移到日常生活以及自己的情感上。学者一旦不为章句所拘，则关注自我内心世界的抒情小赋、描写身边日常用品的咏物小赋，以及以人为描写对象的小赋便大量出现了。还以蔡邕为例，其15篇赋作大致可分为三类。咏物的有《琴赋》《笔赋》《圆扇赋》《弹棋赋》，琴、笔、扇、棋皆为文人日常用具。咏人的赋作有《玄衣赋》《短人赋》《青衣赋》《瞽师赋》，这些被咏叹的人物没有了西汉赋作中常见的帝王，其关注点已经转向了普通人了。所谓青衣者，乃婢女之谓。赋言其"宜作夫人，为众女师"①，这在妇女地位极为低下的当时可谓石破天惊之语，开曹魏时代女性题材作品的先河。第三类就是咏怀赋了，如《霖雨赋》（描写天气变化的赋作）、《汉津赋》（写汉水之形，这是最早的描写大江大河的赋作）、《述行赋》、《协和婚赋》、《检逸赋》和《伤故栗赋》等。以上诸赋就内容而言极具生活性，就特点而言，有繁琐章句之病的仅有《短人赋》一篇。

最后，治经方式的转变使诗文的语言开始向白话方向发展。以章句训诂为指导的文赋作品就其语言而言有佶屈聱牙的特点，而学者不守章句后，其文章明显有白话倾向。尤其是桓、灵二帝以来，白话的倾向更为明显，时人称之为"通脱"。如诗歌，以汉末古诗为代表，其诗类似于来自民间的乐府民歌。文章则以曹操的《让县自明本志令》为代表，其语言犹如与朋友谈话、唠家常。《青青河畔草》云："昔为倡家女，今为荡子妇；荡子行不归，空床难独守。"②再如《古诗五首》其一云："上山采蘼芜，下山逢故夫。长

---

① 龚克昌等评注《全汉赋评注·后汉》，花山文艺出版社，2003，第833页。
② 马茂元撰《古诗十九首初探》，陕西人民出版社，1981，第112页。

跪问故夫，新人复何如。"① 《古诗二首》其二云："甘瓜抱苦蒂，美枣生荆棘。利傍有倚刀，贪人还自贼。"② 此等诗歌明白如话，诚如谢榛所言，"平平道出，且无用工字面，若秀才对朋友说家常话，略不作意，如'客从远方来，寄我双鲤鱼。呼童烹鲤鱼，中有尺素书'是也"③。

第二节　桓、灵之际文学思想研究

桓、灵二帝时期的国家可以说已经处于崩溃的边缘。军事上，长年与周边民族的战争从未平息过，各地的农民起义，尤其是后期黄巾起义给东汉王朝以沉重打击。政治上，朝廷昏庸腐败，宦官专权，统治上层与党人你死我活的斗争不断上演。经济上，土地兼并十分严重，自然灾害频繁发生造成了大量流民的出现。文化上，桓、灵二帝轻视长期以来处于统治地位的儒家思想，而对胡文化和各种文艺形式情有独钟，从而轻太学而设鸿都门学以取士。可以毫不客气地说，自两汉以来，辞赋创作从未如此兴盛，而文学、书法等艺术形式首次成为朝廷选拔人才的课试内容。

我国古代文人思想，自汉武帝"独尊儒术"以来，至桓、灵二帝可谓一大变，其代表性文化事件就是鸿都门学的设立。这种思想上、文化上的巨变，必然引起文学领域的变化，故此一时期的文学思想较之以前大有不同。

一　辞赋之士完成了由"俳优"到"封侯赐爵"的转变

文学的自觉当始于汉代，其一为作家的自觉。詹福瑞先生认为

---

① 逯钦立辑校《先秦汉魏晋南北朝诗》，中华书局，1983，第334页。
② 逯钦立辑校《先秦汉魏晋南北朝诗》，中华书局，1983，第342页。
③ 马茂元撰《古诗十九首初探》，陕西人民出版社，1981，第155页。

作家的自觉是"文人开始把著文作为一种生活的目标或理想"①。这种作家的自觉，不仅体现在作家自我的意识和追求上，同时也体现在他人的评价和归属上。我们今天所认为的这种作家的自觉很大程度上源于汉代史学家对文学家的定位评价与归属。作家或被称为"文章之士"，或被称为"辞赋之士"，或被称为"言语侍从之臣"。以司马相如为例，无论是司马迁还是班固为其作传时均对其两次出使西南略写，对其辞赋之事则大加称颂，甚至不惜笔墨而录其全文，其可堪称颂者唯有辞赋之事。《汉书·枚皋传》云："从行至甘泉、雍、河东，东巡狩，封泰山，塞决河宣房，游观三辅离宫馆，临山泽，弋猎射驭狗马蹴鞠刻镂，上有所感，辄使赋之。"② 汉武帝待文章之士"未尝肯与公卿国家之事"，汉宣帝虽设文学侍从之臣，但只是为了娱悦耳目而已。针对此，扬雄才有"辞赋小道"的言论③，这一切均是由文章之士所处的俳优地位决定的。此种状况一直持续到汉桓帝时期才有所改变。

汉灵帝设鸿都门学，其举动类似"武、宣之世，乃崇礼官，考文章。内设金马、石渠之署，外兴乐府、协律之事"④（班固《两都赋序》），但两者却截然不同。武、宣之设金马、石渠的目的在于"润色鸿业"，而鸿都门学的设立，则"尺牍辞赋，工书鸟篆"之人俨然成为朝廷选拔的人才。前者的结局沦为俳优、侍从，而后者出路"或出为刺史、太守、入为尚书、侍中，乃有封侯赐爵者"。

---

① 詹福瑞：《从汉代人对屈原的批评看汉代文学的自觉》，《文艺理论研究》2000 年第 5 期。詹先生认为："关于文学的自觉，其标志似有以下三个方面：其一，是观念的自觉，即从认识上可辨清文学与非文学；其二，是创作的自觉，作家对文学作品的艺术特征有了比较清醒的认识，并能成为比较自觉的追求；其三，是作家的自觉，文人开始把著文作为一种生活的目标或人生的理想。"

② （汉）班固撰，（唐）颜师古注《汉书》卷 51《枚皋列传》，中华书局，1962，第 2367 页。

③ （汉）扬雄：《法言》，华夏出版社，2002，第 16 页。《法言》卷 2《吾子》曰："或问：吾子少而好赋？曰：然。童子雕虫篆刻。俄而曰：壮夫不为也。"

④ 龚克昌等评注《全汉赋评注·后汉》，花山文艺出版社，2003，第 206 页。

阳球在《奏罢鸿都文学》中说道："伏承有诏敕中尚方为鸿都文学乐松、江览等三十二人图象立赞，以劝学者。"① 可见，鸿都门学的设立对于我国人才选拔制度来说是一次重大的改革，同时也标志着文人参政时代的来临。此时的辞赋之士不再是朝廷的附庸、侍从、俳优，而成了政治的重要参与者。如果说前者显示文学是经学的附庸，如公孙弘、董仲舒等人因经学入仕就是最好的明证，那么"乐松、江览等三十二人图象立赞"，并与孔子同列鸿都门就足以显示文学与经学处于平等的地位，起码朝廷是这样认为的。何况当时的官方经学，尤其是太学中的经学教育已经走向了崩溃的边缘。在汉灵帝的大力倡导下，辞赋的创作达到了汉赋发展史上继武、宣之后的第二次高潮。这种高潮的来临，是伴随着辞赋之士政治地位的提高而来的。说白了，此时的文学创作，不仅是作家个人的抒情写意行为，更是一种积极参与政治，参与社会，实现自我价值的行为。在政治刺激下，文学的创作不可避免地走向了繁荣。这种繁荣是由政治制度的感召和作者个体创作的冲动共同促成的。

二 鸿都门文学取代歌颂文学成为文学的主要内容

汉桓帝以前的文学大致说来是以雅文学为主的。雅文学的构成大致包含这样几方面的内容。首先，西汉和东汉中前期的文学创作者多为贵族，或者上层知识分子，如汉武帝、赵王刘友、城阳王刘章、汉宣帝、李陵等均为贵族，司马相如、枚乘等人则是游走于朝廷的上层知识分子。这样的一群人构成了文学创作的主体，其作品也必然是反映其阶层的思想文化生活和交际范围。其次，其作品内容明显带有雅的倾向。四言诗大致以《诗经》中《雅》《颂》为模仿的对象，追求"经夫妇，成孝敬，厚人伦，美教化"。就辞赋而

---

① （南朝宋）范晔撰《后汉书》卷77《阳球列传》，中华书局，1965，第2499页。

言，其内容也多与天子有关，为进献之作。如枚乘的《梁王菟园赋》，司马相如的《天子游猎赋》《大人赋》《长门赋》《美人赋》，扬雄的《蜀都赋》《甘泉赋》，刘歆的《甘泉宫赋》等。第三，雅文学时代的表达方式明显带有逞才的特点。如以司马相如为代表的汉大赋，其行文语句的表达中佶屈聱牙成为一大特征，似非此不能显其博学。

东汉安帝以后，经学中繁琐的解经方式和谶纬之学的渗入大大削弱了经学的生命力，太学中"博士倚席不讲"成为常态。自此后，虽经朝廷的多次倡导，经学始终没有在太学，或说官方发展起来。桓、灵二帝时期，帝王对音乐、文学、书法等艺术形式的极度喜爱，导致了这些艺术形式获得了空前的发展。其中具有标志性的历史事件就是鸿都门学的设立。历来研究汉末曹魏文学者往往忽略鸿都门学所起的作用。可以说：鸿都门学的设立是我国制度史上和文学史上一次具有里程碑意义的大事。它的设立至少说明以下问题。第一，鸿都门学的设立，昭示了辞赋、书法等艺术形式和经学获得了同样的政治地位。第二，鸿都门学的设立，标志着自东汉以来属于文坛主流的儒家诗教说开始衰退，以"方俗闾里小事"为主要内容的俗文学正式登上历史舞台。第三，鸿都门学以辞赋尺牍为内容，所录取之士多为来自社会中下层的汉族人士。那么我们是否可以得出结论：桓、灵时期的文学主流是以鸿都门文学为主。这个问题有很大的探讨空间。

鸿都门文学尚俗倾向概括起来表现在两个方面：一是鸿都门学士大量创作辞赋；二是乐府诗歌以乐府民歌形式出现。关于鸿都门学士辞赋创作的历史资料不是很多，《后汉书》中有如下几条记载。

案松、览等皆出于微蔑，斗筲小人，依凭世戚，附托权豪，俯眉承睫，微进明时。①

——阳球《奏罢鸿都文学》

而诸生竞利，作者鼎沸。其高者颇引经训风喻之言；下则连偶俗语，有类俳优。②

——蔡邕《上封事陈政要七事》

冠履倒易，陵谷代处，从小人之邪意，顺无知之私欲，不念《板》《荡》之作，虺蜴之诫。殆哉之危，莫过于今。③

——杨震《虹对》

通过以上的史料描述，我们可以对鸿都门学士创作集团做一个大致的推测和了解。首先，在出身上，鸿都门学士都是出于"微蔑"，是"斗筲之人"。通俗地讲就是来自社会中下层的浊流一派。其次，他们的辞赋创作有两个特点：一是辞赋"引经训风喻"者少；一是"连偶俗语"成为语言的主要形式。两者相较，恐怕是后者占据更大的比例，不然不会引起蔡邕等人如此强烈的反对。何为"俗语"呢？恐怕除了指作品的语言充满了浓厚的民间色彩，甚至是有着大量的类似于"荡子行不归，空床难独守"的赤裸裸的民歌语言外，还有内容上的指称。内容的"俗语"，我们可以借杨震的话来说就是"从小人之邪意，顺无知之私欲，不念《板》《荡》之作，虺蜴之诫"④。可见，杨震已经认识到了，鸿都门学士的辞赋作品就内容而言已经与传统的诗教相悖了。他们的诗歌不再以《诗大序》为创作宗旨，而代之以表达个人的"邪意"和"私欲"为旨归了。鸿都门学士的辞赋作品由于资料的遗失我们已经很难去证实了，但是

---

① （南朝宋）范晔撰《后汉书》卷77《阳球列传》，中华书局，1965，第2499页。
② （南朝宋）范晔撰《后汉书》卷60《蔡邕列传》，中华书局，1965，第1996页。
③ （南朝宋）范晔撰《后汉书》卷54《杨震列传》，中华书局，1965，第1780页。
④ （南朝宋）范晔撰《后汉书》卷54《杨震列传》，中华书局，1965，第1780页。

我们可以从同时期的其他作品中得到印证。

就辞赋而言，桓、灵二帝时期的其他作品也呈现出尚俗的倾向。所谓尚俗就是作品具有的生活化、世俗化、人情化特点。以蔡邕为例，其赋体作品至今存 15 篇，其中《青衣赋》就是以一个地位低下的婢女为主人公来进行歌颂。文中对这一婢女从容貌到才能进行了一系列的描绘，最后称其"宜作夫人，为众女师"①。当时，张超马上作《诮青衣赋》来斥责蔡邕"志鄙意微"。蔡邕关注青衣之态度与"荡子行不归，空床难独守"所表达的倡女渴望有异曲同工之妙。《弹棋赋》是以当时宫廷社会比较流行的游戏——弹棋来构思成篇的。《协和婚赋》曰："色若莲葩，肌如凝蜜。长枕横施，大被竟床。莞蒻和软，茵褥调良。粉黛施落，发乱钗脱。"② 此段是对男女新婚生活的大胆描写。也正是因此，钱钟书才提出"谓蔡氏为淫媟文字始作俑者，无不可也"③。蔡邕作为一个忠诚的经学家，竟然津津于女性的外貌、床笫描写，可见东汉文人审美意识已经发生了很大的变化，带有明显的世俗倾向了，而且他们对世俗生活观察入微。他们往往对节候、花草果木等生发自己的感慨，这和曹丕《典论·论文》对文章"经国之大业，不朽之盛事"④ 的定位相去甚远。

三　"连偶俗语"取代"质木无文"成为文学追求

钟嵘在《诗品序》中道："自王、扬、枚、马之徒，词赋竞爽，而吟咏靡闻。从李都尉迄班婕妤，将百年间，有妇人焉，一人而已。诗人之风，顿已缺丧。东京二百载中惟有班固《咏史》，质

---

① 龚克昌等评注《全汉赋评注·后汉》，花山文艺出版社，1991，第 833 页
② 龚克昌等评注《全汉赋评注·后汉》，花山文艺出版社，1991，第 865 页。
③ 钱钟书著《管锥篇》（第三册），中华书局，1979，第 1018 页。
④ 夏传才、唐绍忠校注《曹丕集校注》，河北教育出版社，2013，第 238 页。

木无文。"① 此段文字很好地证明了两点：一是钟嵘时代，两汉的诗歌作品已经保存很少了，以至于钟嵘以为诗人缺丧；二是两汉仅存的文学作品之风格大致可以用"质木无文"来概括。"质木无文"不仅可以用来形容班固之《咏史》，推而言之，亦可概括两汉诗歌创作。《咏史》之作俨然就是以诗歌作为历史评论的载体。

桓、灵二帝时期，由于汉灵帝"躬秉艺文"，提倡以诗赋取士，诗赋等文学艺术得到了长足的发展。单就诗歌而言，它不仅突破了骚体诗、四言诗的格式，使五言成为诗歌的主要艺术形式，而且其艺术性也得到了极大的发展。蔡邕在《上封事陈政要七事》其五中曾如此评价鸿都门学士的作品："其高者颇引经训风喻之言，下则连偶俗语。"② 所谓"连偶俗语"可以分开来讲：连偶为对偶，骈句；俗语为百姓之言。"连偶俗语"是蔡邕所批判的，"引经训风喻"则是蔡邕所肯定的。换句话说，在蔡邕的文学观中接受"引经训风喻"的作品，不接受"连偶俗语"的作品。他在文学艺术中更加注重作品的思想教化性，而对作品的修辞性的艺术表达则给予否定，甚而对民间语言给予否定。这种否定中包含了一个传统的儒家知识分子对儒家经典的崇拜，以及对当时口语白话的鄙弃。但就蔡邕本人来说，其作品仍有对美文体裁的偏嗜倾向，表现了尚文爱美的理论主张。刘勰《文心雕龙·丽辞》曰："自杨马张蔡，崇盛丽辞，如宋画吴冶，刻形镂法，丽句与深采并流，偶意共逸韵俱发。"③ 这是对蔡邕追求形式美、骈俪之句的概括。当时上自帝王，下至庞大的鸿都门学士的创作均以"连偶俗语"为目标。我们可以以汉末古诗来印证。如读《古诗十九首》，我们很难从诗中找到"引经训风喻"的内容，相反，随处可见的是离人与闺妇之间的相

<hr>

① （南朝梁）钟嵘撰《诗品集注》，曹旭集注，上海古籍出版社，1994，第 11 页。
② （南朝宋）范晔撰《后汉书》卷 60《蔡邕列传》，中华书局，1965，第 1996 页。
③ （南朝梁）刘勰撰《文心雕龙义证》，詹锳义证，上海古籍出版社，1989，第 1301 页。

思，如"相去日已远，衣带日已缓"①；"愿为双鸿鹄，奋翅起高飞"②；"同心而离居，忧伤以终老"③。甚至有对独居生活的呐喊，如"昔为倡家女，今为荡子妇；荡子行不归，空床难独守"④。这样的诗歌语言，俗得不能再俗，却真的不能再真了。

连偶，即对偶。这是语言修辞的一种形式。我们可以选取两首有代表性的作品予以比较。

> 三王德弥薄，惟后用肉刑。太苍令有罪，就递长安城。
> 自恨身无子，困急独茕茕。小女痛父言，死者不可生。
> 上书诣阙下，思古歌鸡鸣。忧心摧折裂，晨风扬激声。
> 圣汉孝文帝，恻然感至情。百男何愦愦，不如一缇萦。⑤
>
> ——班固《咏史》
>
> 去者日以疏，来者日以亲；出郭门直视，但见丘与坟。
> 古墓犁为田，古柏摧为薪；白杨多悲风，萧萧愁杀人。
> 思还故里闾，欲归道无因。⑥
>
> ——《古诗十九首·去者日以疏》

班固《咏史》一诗鲜见对偶，全诗只是在讲述缇萦救父的故事。《去者日以疏》则有多句对偶，分别为"去者日以疏，来者日以亲""古墓犁为田，松柏摧为薪""出郭门直视，但见丘与坟"。此种现象在汉末古诗中随处可见，即便是批评"连偶"者蔡邕也写出了"枯桑知天风，海水知天寒"和"上有加餐食，下有长相忆"

---

① 马茂元著《古诗十九首初探》，陕西人民出版社，1981，第105页。
② 马茂元著《古诗十九首初探》，陕西人民出版社，1981，第62页。
③ 马茂元著《古诗十九首初探》，陕西人民出版社，1981，第69页。
④ 马茂元著《古诗十九首初探》，陕西人民出版社，1981，第112页。
⑤ 逯钦立辑校《先秦汉魏晋南北朝诗》，中华书局，1983，第170页。
⑥ 马茂元著《古诗十九首初探》，陕西人民出版社，1981，第94页。

等对偶的诗句。

"连偶俗语"已经成为桓、灵二帝时期文学创作的一种不自觉的创作追求。其原因不外乎以下几点。一是儒家思想在桓、灵二帝时期已经崩溃，"引经训风喻"的时代已经过去。鸿都文士的兴起是以经学的衰微为条件的。鸿都门选材的标准不是经学，是辞赋、尺牍、书法等艺术形式。二是我们应该承认当时的文学创作最大的群体是鸿都门学士群。这一群体来自中下层社会，他们较汉末清流士大夫阶层而言，更加了解下层社会的生活和语言习惯。"连偶俗语"自是其家常话语。三是"连偶俗语"的追求，也是汉末作家对文艺自身追求的结果，或说是文学自觉的结果。王符在《潜夫论·务本》中道："今学问之士，好语虚无之事，争著雕丽之文，以求见异于世。"① 这是对扬雄"诗人之赋丽以则，辞人之赋丽以淫"中"丽"的语言美追求的结果。就其影响而言，或许是曹丕"诗赋欲丽"的一个先声吧。

第三节　曹魏文人在桓、灵时期的 生活经历和社会活动

桓、灵二帝的时间段起于公元 147 年汉桓帝登基，迄于公元 189 年汉灵帝驾崩，共 40 多年的时间。本书之所以以 189 年为界划分曹魏文学与曹魏文学的先声（桓、灵之际文学）大致有如下考虑。189 年四月，汉灵帝驾崩，皇子刘辩即位，何太后临朝，改元光熹。当时何进主政，谋诛宦官不成反被杀。八月，袁绍、卢植尽诛宦官。宦官专政至此结束。董卓引兵迎帝还宫，改元光熹为昭宁。九月，董卓废刘辩为弘农王，立陈留王刘协为帝，改元昭宁为

---

① （汉）王符著《潜夫论》，张广宝注释，华夏出版社，2002，第 159 页。

永汉，自此献帝时代开始。是时，曹操、孔融、陈琳等人已经登上历史舞台，但就其文学创作而言则是刚刚起步。我们能够见到的曹操在 189 年以前的作品只有一首《对酒》。

桓、灵之际，活跃的曹魏文人并不是很多，公元 189 年，蔡邕 57 岁，孔融 37 岁，曹操 35 岁，徐幹 20 岁，祢衡 17 岁，杨修 15 岁，王粲 13 岁，仲长统 11 岁，曹丕 3 岁。也就是说，在桓、灵二帝时期成长起来的作家主要有曹操、孔融、陈琳、徐幹、王粲等人。

曹操在少年时期受清议之风的影响，非常重视自己的风评。他曾拜访梁国桥玄、南阳何颙、许邵，并且得到了这些清议领袖们的高度评价。① 桥玄甚至将妻子托付给曹操。曹操 20 岁举孝廉后步入仕途，这时的曹操表现出明显的"治世之良臣"的素质来。他初任洛阳北部尉，迁顿丘令，后征拜议郎，及黄巾起拜骑都尉，后迁济南相。曹操从政期间均有不俗的政治表现，所到之处"奸宄逃窜，郡界肃然"。此时曹操的奋斗目标是"以建立名誉，使世士明知之"②（《让县自明本志令》）。这一志向反映在他的作品中就是中平元年（184）曹操 30 岁时作的《对酒》诗。

> 对酒歌，太平时，吏不呼门。王者贤且明，宰相股肱皆忠良。咸礼让，民无所争讼。三年耕有九年储，仓谷满盈。班白不负戴。雨泽如此，百谷用成。却走马，以粪其上田。爵公侯伯子男，咸爱其民，以黜陟幽明。子养有若父与兄。犯礼法，

---

① （晋）陈寿撰《三国志》，中华书局，1959，第 2 页。《三国志》桥玄谓太祖曰："天下将乱，非命世之才不能济也，能安之者，其在君乎！"裴松之注引《魏书》曰："太尉桥玄，世名知人，睹太祖而异之，曰：'吾见天下名士多矣，未有若君者也！君善自持。吾老矣！愿以妻子为托。'由是声名益重。"《世语》载："太祖乃造子将，子将纳焉，由是知名。"孙盛《异同杂语》载："（曹操）尝问许子将：'我何如人？'子将不答。固问之，子将曰：'子治世之能臣，乱世之奸雄。'"

② 中华书局编辑部编《曹操集》，中华书局，1959，第 41 页。

轻重随其刑。路无拾遗之私。囹圄空虚，冬节不断。人耄耋，皆得以寿终。恩泽广及草木昆虫。①

这首诗描绘了一幅太平盛世的图景，是对曹操政治理想的完美刻画。虽然曹操所处的时代政治上已经是病入膏肓，但这并不影响曹操对自己政治理想的追求。在诗中，曹操就君王、诸侯、官吏、百姓的行为与生活都做了理想的刻画，可谓是一幅盛世的全景图，这也是他这段时期的精神追求。

孔融比曹操大两岁，与曹操有着同样的时代背景。孔融为孔子第二十世孙，可谓出身名门；有异才，性好学，博涉多该览，为李膺所赏识；曾因掩护逃亡的张俭而显名于世；性格傲岸，以匡扶皇权为己任，先"辟司空掾，拜中军候。在职三日，迁虎贲中郎将。会董卓废立，融每因对答，辄有匡正之言。以忤卓旨，转为议郎。时黄巾寇数州，而北海最为贼冲，卓乃讽三府同举融为北海相"②。孔融于北海重教化，"立学校，表显儒术，荐举贤良郑玄、彭璆、邴原等"③。同时他轻武备，多败亡，正如范晔《后汉书·孔融传》所论："融负其高气，志在靖难，而才疏意广，迄无成功。"④ 虽如此，孔融多奖掖后进，故于士林有崇高声誉。

关于徐幹在灵帝时期的成长与生活的资料后世遗存很少，史书中亦没有明确记载，我们所能见到的唯有无名氏《中论序》。序曰：

世有雅达君子者，姓徐名幹，字伟长，北海剧人也。其先业以清亮臧否为家，世济其美，不陨其德，至君之身十世矣。

---

① 中华书局编辑部编《曹操集》，中华书局，1959，第 4 页。
② （南朝宋）范晔撰《后汉书》卷70《孔融列传》，中华书局，1965，第 2263 页。
③ （南朝宋）范晔撰《后汉书》卷70《孔融列传》，中华书局，1965，第 2263 页。
④ （南朝宋）范晔撰《后汉书》卷70《孔融列传》，中华书局，1965，第 2264 页。

君含元休清明之气，持造化英哲之性，放口而言，则乐诵九德之文；通耳而识，则教不再告，未志乎学，盖已诵文数十万言矣。年十四，始读五经，发愤忘食，下帷专思，以夜继日。父恐其得疾，常禁止之，故能未至弱冠，学五经悉载于口，博览传记，言则成章，操翰成文矣。此时灵帝之末年也，国典隳废，冠族子弟，结党权门，交援求售，竞相尚爵号。君病俗迷昏，遂闭户自守，不与之群，以六籍娱心而已。

君子之达也，学无常师。有一业胜己者，便从学焉，必尽其所知，而后释之；有一言之美，不令过耳，必心识之。志在总众言之长，统道德之微，耻一物之不知，愧一艺之不克。故日夜矗矗，晨不暇食，夕不解衣，昼则研精经纬，夜则历观列宿，考混元于未形，补圣德之空缺，诞长虑于无穷，旌微言之将坠。何暇欢小学，治浮名，与俗士相弥缝哉？故浮浅寡识之人，适解驱使荣利，岂知大道之根？然其余以疏略为太简，曾无忧乐；徒以为习书之儒，不足为上。欣之者众，辩之者寡。故令君州闾之称，不早彰彻。然秉正独立，志有所存，俗之毁誉，有如浮云。若有觉而还反者，则以道进之，忘其前之谤己也。其犯而不校，下学而上达，皆此之类也。①

通过以上史料的描述，我们可以对徐幹的青少年时期做一个大致的推测。首先，徐幹出生于世代"清亮臧否"之家。清亮者，为人品行高尚，有节操；臧否者，明于是否，明察秋毫。其次，徐幹幼而好学，夜以达旦，六经为本，博览群书。最后，徐幹治学无常师，不为世俗浮名左右，能"秉正独立"。这种独立的人格和治学精神成为徐幹迥异于他人的独特之处，读其《中论》最能体会这一点，故

---

① （清）严可均辑《全三国文》，商务印书馆，1999，第567页。

曹丕于七子当中独推徐幹"成一家之言"。

陈琳家庭及少年时期的资料不详。《三国志·张昭传》载张昭"弱冠察孝廉，不就，与（王）朗共论旧君讳事，州里才士陈琳等皆称善之"①。据此，我们可以推断陈琳为广陵郡射阳（今江苏省宝应县）人。此处以陈琳之称善来凸显张昭之才，也可见陈琳为州里才士的翘楚。189 年之前，何进在洛阳任职，谋诛宦官之时，陈琳为何进主簿，曾入谏何进召外兵。《后汉书·何进传》载："主簿陈琳入谏曰：《易》称'即鹿无虞'，谚有'掩目捕雀'。夫微物尚不可欺以得志，况国之大事，其可以诈立乎？今将军总皇威，握兵要，龙骧虎步，高下在心，此犹鼓洪炉燎毛发耳。夫违经合道，天人所顺，而反委释利器，更征外助。大兵聚会，强者为雄，所谓倒持干戈，授人以柄，功必不成，只为乱阶。"② 何进不从陈琳意见，一意孤行，终致覆亡。在这个问题上，陈琳与曹操的意见惊人地相似，可见，陈琳当时在政治上已经非常成熟了。

阮瑀的生平资料不详。

第四节　曹操的人格精神

曹操是曹魏前期最具有代表性的人物，他在政治、军事、文化上做出了突出贡献。曹操在历史上饱受争议，其原因就在于曹操在汉末历史上的巨大作用以及其个人性格的复杂性。考核曹操的一生，其人格精神主要表现在以下几个方面。

其一，才兼文武，志济天下的才华理想。

曹操的本领是从少年时代就开始培养的。论其武功，曹操"才

---

① （晋）陈寿撰《三国志》卷 52《张昭列传》，中华书局，1959，第 1219 页。
② （南朝宋）范晔撰《后汉书》卷 69《何进列传》，中华书局，1965，第 2249 页。

武绝人，莫之能害"。论其文，孙盛《异同杂语》载，曹操"博览群书，特好兵法，抄集诸家兵法，名曰《接要》，又注《孙武》十三篇，皆传于世"①。就古学而言，曹操亦学有所长。他坐宋奇案被免后，曾以"能明古学，复征拜议郎"一职。拜议郎时，曹操曾"筑室城外，春夏习读书传，秋冬弋猎"②。曹丕曾追忆："上雅好诗书文籍，虽在军旅，手不释卷，每每定省从容，常言人少好学则思专，长则善忘，长大而能勤学者，唯吾与袁伯业耳。"③可见学习已经成为曹操的一种生活习惯了，其以后的众多成就大抵也是从此习惯中获得。

曹操从小就自视很高，志向远大。东汉末年品鉴之风盛行，曹操亦想通过品鉴来确定他的这种自信。当其年少之时，世人对其"少机警，有权术，而任侠放荡，不治行业"④的品行多不看好，桥玄、何颙则"异焉"。桥玄以为："天下将乱，非命世之才不能济也，能安之者，其在君乎！"⑤曹操"尝问许子将：'我何如人？'子将不答。固问之，子将曰：'子治世之能臣，乱世之奸雄。'太祖大笑"⑥。桥玄等三人在未见到曹操以后成就的前提下而给予如此评价，不能不说是曹操个人修养和气质所决定的。

灵帝时，曹操以"治世之能臣"的理想来要求自己。他"初入尉廨，缮治四门"之时，执法严谨，不避豪强，棒杀蹇硕叔父。他迁为济南相时"禁断淫祀，奸宄逃窜"，收到"郡界肃然"之效果。董卓之乱后，曹操恐怕就以"乱世之英雄"来要求自己了。他

---

① （晋）陈寿撰《三国志》，（南朝宋）裴松之注，中华书局，2006，第2页。
② （晋）陈寿撰《三国志》，（南朝宋）裴松之注，中华书局，2006，第3页。
③ （晋）陈寿撰《三国志》，（南朝宋）裴松之注，中华书局，2006，第55页。
④ （晋）陈寿撰《三国志》，（南朝宋）裴松之注，中华书局，2006，第1页。
⑤ （晋）陈寿撰《三国志》，（南朝宋）裴松之注，中华书局，2006，第2页。
⑥ （晋）陈寿撰《三国志》，（南朝宋）裴松之注，中华书局，2006，第2页。

面对袁绍等"初期会盟津，乃心在咸阳"①的讨卓行动，不得不与夏侯惇等到扬州募兵，自谋讨卓。曹操"奉天子以伐诸侯"后，先后灭掉吕布、张绣、袁绍、袁术等军阀，可谓"乱世之奸雄"。曹操此时以周公自诩，以"奉天子"为旗号，行统一天下之事。

曹操一生致力于统一天下，结束军阀割据。其《短歌行》"山不厌高，海不厌深。周公吐哺，天下归心"②已然为世所传唱。其《龟虽寿》之"老骥伏枥，志在千里。烈士暮年，壮心不已"③的精神也感动后世。

其二，性兼二重，通脱谲诈的性格。

曹操性格极其复杂，难以用一言来概括。通脱、谲诈无疑是其性格当中最为明显的特点。通脱，亦作"通侻"，即放达而不受礼法和世俗偏见的束缚。通侻一词最先用于王粲，而今我们常用来概括魏晋士人的洒脱、不拘泥于礼仪的行为。鲁迅在《且介亭杂文·论俗人应避雅人》中说："曹孟德是'尚通侻'的。"曹操"佻易无威重"，在生活中并不是一个十分严肃的人。他"每与人被服轻绡，身自佩小鞶囊，以盛手巾细物，时或冠帢帽以见宾客。每与人谈论，戏弄言诵，尽无所隐，及欢悦大笑，至以头没杯案中，肴膳皆沾污巾帻，其轻易如此"④。这种笑得把头埋在杯案中，饭菜弄脏头巾的事情在历代帝王中恐怕也只有曹操能做得出来。曹操在与人交往的时候也常常表现出通脱的特点。如曹操年轻时拜访桥玄，开"殂逝之后，路有经由，不以斗酒只鸡过相沃酹，车过三步，腹痛勿怪"⑤的玩笑。其他故事如相国门成，工匠要曹操提意见，曹操

---

① 中华书局编辑部编《曹操集》，中华书局，1959，第4页。
② 中华书局编辑部编《曹操集》，中华书局，1959，第5页。
③ 中华书局编辑部编《曹操集》，中华书局，1959，第11页。
④ （晋）陈寿撰《三国志》，（南朝宋）裴松之注，中华书局，2006，第33页。
⑤ （晋）陈寿撰《三国志》，（南朝宋）裴松之注，中华书局，2006，第14页。

题一"活"字以示之。人送曹操一杯酪，曹操题一"合"字以示众。其通脱之事大多如此。

曹操之通脱为人所称，其谲诈更为世所传扬。许子将评其为"乱世之奸雄"。吕布称曹操"多谲"。毛宗岗在《读三国志法》中以为曹操为三国奸绝。谲诈是在当时和后代对曹操的一致评价，也是其在民间形象、文学形象和历史形象中最为突出的一点。

《世说新语》载："魏武常言：'人欲危己，己辄心动。'因语所亲小人曰：'汝怀刃密来我侧，我必说心动，执汝使行刑，汝但勿言其使，无他，当厚相报！'执者信焉，不以为惧。遂斩之。此人至死不知也。左右以为实，谋逆者挫气矣。"① 长于乱世的曹操一生都没有安全感，为此他导演了这出"人欲危己，己辄心动"的成功案例。类似谲诈的故事不仅表现在保护自身安全上，而且表现在军中的言行上。曹军粮匮乏状况时有发生。一次曹操"私谓主者曰：'如何？'主者曰：'可以小斛以足之。'太祖曰：'善。'后军中言太祖欺众，太祖谓主者曰：'特当借君死以厌众，不然事不解。'乃斩之，取首题徇曰：'行小斛，盗官谷，斩之军门'"。其他的如曹操望梅止渴、梦中杀人的故事不胜枚举。曹操"酷虐变诈，皆此类也"。

其三，整顿风俗，不信天命的思想。

东汉末年，朝政腐败，军阀混战，儒家思想全面崩溃，思想界百家争鸣，乱象杂生，为此，整顿风俗成为每个当权者的重要任务。曹操任济南相时"禁断淫祀"，收到了"奸宄逃窜，郡界肃然"的效果。袁绍集团在统治冀州的时候，任人唯亲，结党营私，造成了恶劣的社会影响。曹操在建安十年占领冀州后，首先颁布了《整齐风俗令》来消除袁绍集团带来的不良社会影响。曹操整顿风

---

① 余嘉锡撰《世说新语笺疏》，周祖谟、余淑宜整理，中华书局，1983，第852页。

俗的作为不止于此,在节俭、薄葬方面也有突出表现。

曹操本人"雅性节俭"。曹操自己的衣服"皆十岁也,岁解浣补纳之耳"。类似记录曹操节俭的故事在《太平御览》中还有很多。节俭成了曹氏一条重要的家训和治家精神。其夫人卞王后"行节俭,不好华丽",她"常言'居处当务节俭'"。其饮食"无异膳。太后左右,菜食粟饭、无鱼肉"①曹操在家中对节俭的要求甚至达到了无情的地步。他的女儿嫁给汉献帝时衣服稍好一些,他就提出了批评。曹植的夫人崔氏则因为衣服华丽而被杀。

提倡节俭在农业遭到极大破坏、粮食严重缺乏、易子而食现象时有发生的东汉末年是非常有必要的。节俭是一种客观需要,同时也是曹操对古代帝王治国经验的总结。其《度关山》诗曰:"舜漆食器,畔者十国。不及唐尧,采椽不斫。"② 其节俭的精神在治国方面则体现在官员的编制设置上。《鼓吹令》曰:"不乐多署吏,为战士爱粮也。"③

曹操重视薄葬在本质上和节俭是一致的。他刚占领冀州就颁布命令"禁厚葬",并一再强调自己死后要薄葬。禁止厚葬,从主观上讲曹操不信天命,重法家之薄葬。其客观原因则有两个:一是曹操时代盗墓成风,"汉氏诸陵无不发掘";二是当时政治形势的发展需要。曹操所处的时代,饿死人的群体事件时有发生。为了社会稳定,人口繁殖,减小贫富差距,薄葬成为一种需要。其薄葬思想直接影响了曹丕、曹植兄弟。

曹操自谓"性不信天命"。"不信天命"含义有二:一是不迷信长寿鬼神之说,不迷信儒家之"仁者寿"等思想。二是不信帝王

---

① (晋)陈寿撰《三国志》,(南朝宋)裴松之注,中华书局,2006,第96页。
② 中华书局编辑部编《曹操集》,中华书局,1959,第3页。
③ 中华书局编辑部编《曹操集》,中华书局,1959,第54页。

之传承乃在天命。他在《善哉行》中曰："痛哉斯人，见欺神仙。"① 可见其本人是从不相信长生不老的。其诗《精列》则进一步指出："厥初生，造化之陶物，莫不有终期。莫不有终期。圣贤不能免。"② 所以他时常生发人生如朝露之叹，终有"老骥伏枥，志在千里"的认识。曹操还以郑玄喝酒醉死、郭景图命尽于园桑为例来说明"德行不亏缺，变故自难常"③ 的道理。基于此，天命之说、长生之说、德行之说，曹操均不信。也正因为此，很多人才怀疑其有"不逊之志"。

其四，重视文化，唯才是举的政策。

曹操对文化的重视首先体现在以身作则上。曹操自己年轻时曾博览群书，多才多艺。他在文学、音乐、书法、围棋等方面都有着很高的修养。他在军旅，亦手不释卷。其次，曹操在政治上出台了很多文化政策。如建安八年颁布《修学令》，"令郡国各修文学，县满五百户置校官，选其乡之俊造而教学之，庶几先王之道不废，而有以益于天下"④。这些政策的出台对恢复当时的文化教育，纠正社会风气、培养人才起到了积极的作用。另外曹操亦现身说法，对子女进行教育。曹丕曾坦言自己受其好学之影响，从小"诵诗、论，及长而备历五经、四部，史、汉、诸子百家之言，靡不毕览"⑤ 以致达到了"才艺兼该"。曹植也被称为"世间艺术，无不毕善"。

曹操非常重视人才，有着大格局的人才观。曹操当初起兵之时，曾对袁绍言："吾任天下之智力，以道御之，无所不可。"⑥ 曹操用人之格局在于天下，御才之方法在于"道"。其道，一言以蔽

---

① 中华书局编辑部编《曹操集》，中华书局，1959，第219页。
② 中华书局编辑部编《曹操集》，中华书局，1959，第2页。
③ 中华书局编辑部编《曹操集》，中华书局，1959，第12页。
④ （晋）陈寿撰《三国志》，（南朝宋）裴松之注，中华书局，2006，第14页。
⑤ （晋）陈寿撰《三国志》，（南朝宋）裴松之注，中华书局，2006，第55页。
⑥ （晋）陈寿撰《三国志》，（南朝宋）裴松之注，中华书局，2006，第16页。

之曰：唯才是举。陈寿以为曹操"终能总御皇机，克成洪业"，在于"官方授材，各因其器，矫情任算，不念旧恶"①的用人方略。曹操曾多次颁布《求贤令》，有记载的有四次。建安二十二年颁布《举贤勿拘品行令》，曰："负污辱之名，见笑之行，或不仁不孝而有治国用兵之术，其各举所知，勿有所遗。"②这些构成了唯才是举的主要内容。

可以说，曹操对人才给予了最大限度的包容和保护。建安五年，陈琳代袁绍作《讨伐曹操檄文》，把曹操一家几代人都骂得狗血喷头。灭袁绍，收陈琳后，曹操"爱其才而不咎"，还以陈琳为司空军谋祭酒。即使是杀死自己长子曹昂和爱将典韦的张绣，在投降后，曹操依然给予最大的封赏。陈矫于建安五年前娶本族女子，为世人不齿，徐宣为此常在大庭广众之下非议他。为了保护陈矫，曹操作《为徐宣议陈矫下令》，以社会风气为借口来为陈矫开脱，并以具体时间为限。

曹操对人才政策的执行也异常坚决，即使影响政治上的进取也在所不惜。《三国志》记载："吕布袭刘备，取下邳。备来奔。程昱说公曰：'观刘备有雄才而甚得众心，终不为人下，不如早图之。'公曰：'方今收英雄时也，杀一人而失天下之心，不可。'"③刘备二次奔曹操，曹操两次放刘备。可见其对人才政策的执行力度之大。

---

① （晋）陈寿撰《三国志》，（南朝宋）裴松之注，中华书局，2006，第33页。
② （晋）陈寿撰《三国志》，（南朝宋）裴松之注，中华书局，2006，第30页。
③ （晋）陈寿撰《三国志》，（南朝宋）裴松之注，中华书局，2006，第9页。

第二章

曹操时期文学研究（上）

魏太祖时期文学就是魏太祖曹操影响下的文学。在历史上不乏把建安年称为"魏祖"年的，如张溥直接把"建安"字样改为"魏祖"："魏祖二十二年，徐、陈、应、刘，一时俱逝，曹子桓辄申痛惜。"[①] 建安时期当属于曹操，"汉建安"是名，"魏建安"是实。建安文学亦如是。卢照邻说："邺中新体，共许音韵天成。"[②] 它的时限起于中平六年（189），董卓废弘农王，立刘协为帝是其开始的标志；终于建安二十二年（217），曹丕被立为太子，成为曹操事业的正式接班人。曹操时期文学大致可以分为前后两个阶段，以建安十三年（208），曹操自为丞相，杀孔融，召王粲为界。这得到了很多学者的认可。[③] 魏太祖前期文学约19年，在文学史上的意义极为重大。东汉政权在董卓的操控下已经分崩离析，其间战争、天灾给社会造成了前所未有的灾难。同时也正是这种"世积乱离，风衰俗怨"的社会，促生了以曹操为代表的一批文学家，他们的作品因真实地记录了当时的乱世生活而被后世称为"建安实录"。他们

---

① （明）张溥著《汉魏六朝百三家集题辞注》，殷孟伦注，人民文学出版社，1963，第87页。

② （唐）卢照邻著《卢照邻集校注》卷6《南阳公集序》，李云逸校注，中华书局，1998，第313页。

③ 牛维鼎：《"建安文学"的分期问题》，《阜阳师范学院学报》1982年第2期，第18～25页。

"慷慨以任气，磊落以使才"，大胆地使用乐府诗，改造乐府诗，真正把五言诗推向了历史的舞台，并使其成为后世文学的重要题材和典范。他们开创了"志深而笔长，梗概而多气"的文学风骨，成为与盛唐气象并称的两大美学范畴。

第一节　曹操前期的政治背景与飘零的文人

一　曹操前期的政治背景

《文心雕龙·时序篇》说，"自献帝播迁，文学蓬转，建安之末，区宇方辑"①，"观其时文，雅好慷慨，良由世积乱离，风衰俗怨、并志深而笔长，故梗概而多气也"②。东汉政权在汉末遭受的致命打击均在中平年间：一次是中平元年黄巾起义；一次是中平六年董卓引兵迎帝还宫，我们称之为中平之乱。

中平六年（189）四月，汉灵帝崩，皇子刘辩即位。何太后临朝，改元光熹。何进主政并谋诛宦官，太后不从。时何进主簿陈琳谏何进不必外召董卓，应当机立断铲除宦官，曹操反对召外将尽诛宦官。何进召董卓勤王，董卓未至而何进已为宦官所杀。八月，袁绍、卢植尽诛宦官。宦官专政至此结束。董卓引兵迎帝还宫，改元光熹为昭宁。九月，董卓迁相国。董卓执掌汉室权柄，最终导致了汉天下分崩离析的政治局面。

"世积乱离，风衰俗怨"是源于"汉季失权柄"的缘故。初平元年（190）正月，关东州郡起兵推举袁绍为盟主讨伐董卓，曹操行奋武将军。至于"关东有义士，兴兵讨群凶"，则矛头指向董卓。董卓杀刘辩，立刘协为帝。二月，董卓挟持汉献帝刘协迁都长安，

---

① （南朝梁）刘勰撰《文心雕龙义证》，詹锳义证，上海古籍出版社，1989，第1687页。
② （南朝梁）刘勰撰《文心雕龙义证》，詹锳义证，上海古籍出版社，1989，第1694页。

驱使数百万民众往长安，火烧洛阳宫室，二百里内，家室荡尽。董卓"又自将兵烧南北宫及宗庙、府库、民家，城内扫地殄尽。又收诸富室，以罪恶没入其财物；无辜而死者，不可胜计"[①]。对此，《昌言·理乱篇》云："以及近日，名都空而不居，百里绝而无民者，不可胜数。"[②]《悲愤诗》则坦言"董卓乱天常，志欲图篡弑"。三月，汉献帝至长安。董卓残暴行为更令人发指。初平二年（191）曹操为东郡太守，刘邈盛称曹操忠于皇帝。荀彧离开袁绍归曹操，曹操大悦，以为司马。初平三年（192）西京长安，司徒王允与吕布诛杀董卓。王允总朝政，监禁蔡邕，蔡邕卒于狱中。是年曹操为兖州牧，镇压黄巾于寿张东。曹操追黄巾军至济北，黄巾败降，操受降卒三十余万。曹操从此强大起来了。毛玠劝曹操"奉天子以令不臣"，曹操采纳。兴平二年（195），董卓部将郭汜、李傕占长安，杀王允，胁汉献帝至其营，焚烧宫室。七月，兴义将军杨奉、安集将军董承等护汉献帝离开长安东归。十月，汉献帝拜曹操为兖州牧。李傕、郭汜等追汉献帝，杨奉等战败。杨奉、董承引白波帅胡才、李乐及匈奴左贤王去卑等抗击李傕。蔡文姬于此时为匈奴人虏获。其时情景如蔡琰《悲愤诗》中所说"斩截无孑遗，尸骸相撑拒。马边悬男头，马后载妇女。长驱西入关，迥路险且阻。还顾邈冥冥，肝脾为烂腐。所略有万计，不得令屯聚"[③]。

当时经历此种灾难的诗人对此都有描述。曹操的《蒿里行》、王粲的《七哀诗》中都有真实的记载。所谓"白骨蔽于野，千里无鸡鸣"，"出门无所见，白骨蔽平原"就是当时最真实的写照。

建安元年（196），曹操派遣曹洪西迎汉献帝，汉献帝拜曹操为建德将军。当年七月，汉献帝和曹操均至洛阳，汉献帝假曹操节钺。

① （晋）陈寿撰《三国志》卷6《董卓传》，中华书局，1959，第178页。
② （清）严可均辑《全后汉文》，商务印书馆，1999，第891页。
③ 逯钦立辑校《先秦汉魏晋南北朝诗》，中华书局，1983，第199页。

曹操自领司隶校尉，录尚书事。董昭、丁冲等劝曹操都许。曹操迎汉献帝迁都许昌。建安二年（197）正月，曹操征张绣，曹丕、曹昂随军。曹操败，为流矢所中。曹操击破张绣，还许都。春，袁术自称天子。江淮间饥荒，以至于人民相食。曹操征张绣、刘表。次年，曹操还许都，初置军师祭酒。十一月，曹操屠彭城。十二月，曹操擒杀吕布。建安四年（199）袁绍灭公孙瓒，具有四州。袁术卒于寿春。袁绍选兵十万，欲攻许都，曹操准备迎战，分兵守官渡。十一月，张绣率众投降曹操。建安五年（200）官渡之战，曹操大败袁绍，冀州诸郡多降曹操。建安七年（202）邺城大饥。九年，曹操败袁尚，占邺城。陈琳于此时归降曹操，曹操爱其才而既往不咎。建安十年（205）曹操征袁谭，攻南皮，追杀袁谭，平定冀州。建安十二年（207）曹操将"北征三郡乌丸"。八月，曹操大败乌丸。九月，曹操还，作《步出夏门行》。建安十三年（208）曹操基本平定了北方（除韩遂、马腾外），又南下攻荆州，未至，刘表卒，刘琮代。六月，曹操罢三公，置丞相、御史大夫。曹操为丞相，杀孔融，南征刘表，占据荆州。十二月，曹操与孙权、刘备联军大战赤壁，曹操败而北还，自此其进攻方向转为西北，并巩固北方政权。

关于这一时期战乱给社会、人民造成的灾难，正如司马光所描述的："中平以来，天下乱离，民弃农业，诸军并起，率乏粮谷，无终岁之计，饥则寇掠，饱则弃余，瓦解流离，无敌自破者，不可胜数。袁绍在河北，军人仰食桑椹，袁术在江淮，取给蒲蠃，民多相食，州里萧条。"[①]

二　曹操前期飘零的文人

孔融于中平六年（189）任司空掾，任命三天后晋升为虎贲中

---

① （宋）司马光：《资治通鉴》卷62《献帝建安元年》，中华书局，1956，第1990页。

郎将。董卓废刘辩立刘协期间遭到孔融的坚决反对，为此孔融被董卓贬为议郎。时黄巾军以北海郡为最盛，因此董卓等推举孔融为北海相。孔融少怀大志，"志在靖难"，由于他所用之人多"好奇取异，皆轻剿之士"，故其于北海，初为张饶所败，次为侯管所围，离开之际为袁谭所攻。结果"城夜陷，乃奔山东，妻子为谭所虏"。孔融为北海相六年（190~196），可以称道之处在于"置城邑，立学校，表显儒术，荐举贤良"。建安六年（196），曹操迎献帝到许，孔融被辟为将作大匠，迁少府。自此，他与献帝常谈论文学，并针对当时的一些重大事件提出过自己的意见，又奖掖后进，如推荐祢衡、盛孝章等人。

建安九年，曹操占领邺城，孔融作书嘲曹丕纳甄氏，上书请准古王畿制。建安十二年，曹操北伐乌丸，孔融作书嘲曹操。曹操下禁酒令，孔融作书于曹操论禁酒。同年，免官。孔融与曹操的关系也有一个发展过程。其间，孔融曾对曹操恢复汉室给予厚望，对其成绩予以肯定。从建安九年曹操打败袁绍集团，攻下邺城后，孔融便开始反对曹操，并逐渐公开化，最终招致被杀。

陈琳以一代名士身份被大将军何进辟为主簿，参与重大机密决策事宜。中平六年（189）在何进采纳袁绍建议召集四方猛将进京威胁太后以铲除宦官的问题上，陈琳持反对意见。他认为：铲除宦官势力，何进须有足够的力量，况且外将易招而难去。何进不听，终至覆亡。陈琳在同年避乱冀州，一待就是6年之久，后为袁绍所辟，典文章。其间袁绍重要的军国文书多为陈琳执笔。值得一提的是陈琳所作《为袁绍檄豫州》一文，言辞犀利，气势惊人，曹操折服。建安七年袁绍卒，"二子交争，争欲得（崔）琰。琰称疾固辞，由是获罪，幽于囹圄，赖阴夔、陈琳营救得免"[①]。

---

① （晋）陈寿撰《三国志》卷12《崔琰列传》，中华书局，1959，第367页。

建安九年，陈琳为袁尚乞降，曹操拒绝。建安十年（205）袁尚败，陈琳归降曹操。曹操既往不咎，任命陈琳为司空军谋祭酒，掌管记室仍旧负责起草军国文书事务。在曹操处，陈琳待了12年，直至建安二十二年，因疫而逝。《三国志·陈琳传》有这样一段记载："太祖谓曰'卿昔为本初移书，但可罪状孤而已，恶恶止其身，何乃上及父祖邪？'琳谢罪，太祖爱其才而不咎。"①

王粲出身名门，幼年接受了良好的家庭教育，其曾祖王龚顺帝时为太尉，祖父王畅灵帝时为司空，父王谦为大将军何进长史。王粲于初平元年（190）董卓杀弘农王刘辩、胁迫汉献帝西迁长安之时，随全家迁至长安，于长安为蔡邕所看重，并以书籍文章赠送。②初平三年（192），长安大乱，王允杀董卓，祸及蔡邕。初平四年（193）王粲"年十七，司徒辟，诏除黄门侍郎，以西京扰乱，皆不就。乃之荆州依刘表"③。其时，同行的还有族兄王凯、友孙文始。之后，王粲离开长安往荆州避乱。途中，王粲作《七哀诗》记录所见之民生乱离。建安五年，刘表办学校5年之际，王粲作《荆州文学记官志》。建安八年，王粲为刘表作书劝谏袁谭、袁尚。建安十三年（208），曹操南下攻打荆州，未至，刘表病卒。王粲因劝刘琮投降曹操，被曹操辟为丞相掾，赐爵关内侯。王粲滞留荆州16年，因不得刘表重用而倍感压抑。《博物志》载："初，王粲与族兄凯俱避地荆州，刘表欲以女妻粲，而嫌其形陋而用率，以凯有风貌，乃以妻凯。"④王粲降曹后方有鸟随鸾凤之感。

---

① （晋）陈寿撰《三国志》卷21《陈琳列传》，中华书局，1959，第600页。
② （晋）陈寿撰《三国志》卷21《王粲列传》，中华书局，1959，第597页。《王粲列传》曰："左中郎将蔡邕见而奇之。时邕才学显著，贵重朝廷，常车骑填巷，宾客盈坐。闻粲在门，倒屣迎之。粲至，年既幼弱，容状短小，一坐尽惊。邕曰：'此王公孙也，有异才，吾不如也。吾家书籍文章，尽当与之。'"
③ （晋）陈寿撰《三国志》卷21《王粲列传》，中华书局，1959，第597页。
④ （晋）陈寿撰《三国志》卷28《钟会列传》，中华书局，1959，第796页。

徐幹在中平六年时年约 19 岁，于学业大有长进。正如《中论序》所言："未至弱冠，学五经，悉载于口，博览传记，言则成章，操翰成文矣。此时灵帝之末年也。"① 其时，徐见世之子弟皆党权门，"病俗迷昏，遂闭户自守，不与之群，以六籍娱心而已"②。初平二年（191），徐幹"绝迹山谷，幽居研几"以避乱世，于董卓之乱时，回到自己家乡北海。徐幹以病为由拒绝了当地长官的荐举，直到曹操"拨乱反正"之际，才带病答应了曹操的征辟为司空军谋祭酒掾属。徐幹依附曹操的具体时间，至今学界说法不一。③

关于阮瑀，裴松之注《三国志》有这样的一段记载："瑀少受学于蔡邕。建安中都护曹洪欲使掌书记，瑀终不为屈。太祖并以琳、瑀为司空军谋祭酒，管记室。"④ 裴松之注《三国志》引《文士传》曰："太祖雅闻瑀名，辟之，不应，连见偪促，乃逃入山中。太祖使人焚山，得瑀，送至，召入。太祖时征长安，大延宾客，怒瑀不与语，使就技人列。瑀善解音，能鼓琴，遂抚弦而歌，因造歌曲曰：'奕奕天门开，大魏应期运。青盖巡九州，在东西人怨。士为知己死，女为悦者玩。恩义苟敷畅，他人焉能乱？'为曲既捷，音声殊妙，当时冠坐，太祖大悦。臣松之案鱼氏《典略》、挚虞《文章志》并云瑀建安初辞疾避役，不为曹洪屈。得太祖召，即投杖而起。不得有逃入山中，焚之乃出之事也。又《典略》载太祖初征荆州，使瑀作书与刘备。"⑤ 由此段资料我们可以大致总结如下：第一，阮瑀才艺兼该，不慕荣禄，有着鲜明的独立人格，初不应曹洪所辟，后应曹操之招而归；第二，曹操对阮瑀的才华非常器重，

---

① （清）严可均辑《全三国文》，商务印书馆，1999，第 567 页。
② （清）严可均辑《全三国文》，商务印书馆，1999，第 567 页。
③ 俞绍初在《建安七子集》中提出徐幹归曹实在建安十二年。陆侃如在《中古文学系年》中提出：建安九年徐幹为司空军谋祭酒掾属。熊清元提出"徐幹附曹在建安十一年"。
④ （晋）陈寿撰《三国志》卷 21《阮瑀列传》，中华书局，1959，第 600 页。
⑤ （晋）陈寿撰《三国志》卷 21《阮瑀列传》，中华书局，1959，第 600 页。

所以不惜采用非常手段以达到收揽的目的；第三，阮瑀掌司空军谋祭酒时，多为军国文书，《为曹公作书与孙权》即为例。阮瑀受学蔡邕约在 190 年。① 阮瑀在建安五年（200）辞曹洪征辟。②

刘桢之父刘梁"少有清才，以文学见贵，终于野王令"。裴松之注《三国志》引《典略》曰："文帝尝赐桢廓落带，其后师死，欲借取以为像，因书嘲桢云：'夫物因人为贵。故在贱者之手，不御至尊之侧。今虽取之，勿嫌其不反也。'桢答曰：'桢闻荆山之璞，曜元后之宝；随侯之珠，烛众士之好；南垠之金，登窈窕之首；羵貂之尾，缀侍臣之帻：此四宝者，伏朽石之下，潜污泥之中，而扬光千载之上，发彩畴昔之外，亦皆未能初自接于至尊也。夫尊者所服，卑者所修也；贵者所御，贱者所先也。故夏屋初成而大匠先立其下，嘉禾始熟而农夫先尝其粒。恨桢所带，无他妙饰，若实殊异，尚可纳也。'桢辞旨巧妙皆如是，由是特为诸公子所亲爱。其后太子尝请诸文学，酒酣坐欢，命夫人甄氏出拜。坐中众人咸伏，而桢独平视。太祖闻之，乃收桢，减死输作。"③

应玚是七子中年龄最小的一个，祖籍汝南，但他父亲曾做朝官的属下司空掾，因此他很可能随父亲在洛阳居住过。洛阳应是应玚的第二故乡，从董卓之乱起他便一直没有回过洛阳。应玚于建安五年归曹操，参加官渡之战。事据谢灵运《拟魏太子邺中集诗·应玚》："天下昔未定，托身早得所。官度厕一卒，乌林预艰阻。"④建安七年，应玚北游邺下，与曹植等告别，作《别诗》。

---

① 陆侃如：《中古文学系年》，人民文学出版社，1985，第 302 页。假定阮瑀就学蔡邕事在本年，暂从陆说。
② 具体时间无考，从陆侃如《中古文学系年》，人民文学出版社，1985，第 340 页。
③ （晋）陈寿撰《三国志》卷 21《刘桢列传》，中华书局，1959，第 601 页。
④ （晋）谢灵运著《谢灵运集校注》，顾绍柏校注，中州古籍出版社，1987，第 151 页。

第二节　乐府诗的回归与新变

一　思想解放与乐府诗的回归

魏太祖前期的文学创作成就以诗歌为最高。但据目前所留存下来的作品看，这一时期的诗歌以乐府诗最多。其中尤具代表性的乐府诗作者当属曹操了，他现存的作品全部为乐府诗篇。也就是说，乐府诗是这一时期诗歌创作的主体，这也是文学史上的一个巨大新变。乐府诗为乐府采集的下层文人创作的民歌，本为优伶等人所演唱的文学底本，后转为士大夫文人创作的主体文学样式，从此奠定了乐府诗篇在我国诗歌史上的重要地位。乐府诗地位的这一巨大的转变与汉末的思想解放有着密不可分的关系。

我们先看乐府诗的身份。乐府是秦汉以来设立的专门官署，其作用就是配置乐曲、训练乐工和采集民歌。《汉书·艺文志·六艺略》载："古有采诗之官，王者所以观风俗，知得失，自考正。"[①]同时更是为了满足帝王本身的声乐之好。汉乐府民歌指由汉时乐府机关采集的诗歌。这些诗歌产生于民间，经过乐府机构的采集保存，时人称之为"歌诗"。魏晋时代称之为"乐府"或"汉乐府"。后世文人仿此形式所作的诗，亦称"乐府诗"。

正是由于乐府这种来自民间的出身、有优伶演唱的形式为广大的文学之士所瞧不起。西汉乐府机构保存了大量的乐府歌诗，班固在《汉书》中言"歌诗二十八家，三百一十四篇"[②]，但这丝毫没有改变其地位。纵观东汉二百余年，直到汉末，蔡邕手中才有了部

---

① （汉）班固撰《汉书》卷 30《艺文志》，中华书局，1962，第 1708 页。
② （汉）班固撰《汉书》卷 30《艺文志》，中华书局，1962，第 1755 页。

分乐府歌诗的创作。乐府歌诗的发展在西汉的显性宣传主要依靠乐府机关。其在两汉的创作与传播主要还是在民间进行，始终没有真正地走向文学创作的前沿。乐府歌诗长期以来不为正统文人所接受。他们同刘勰一样，持有"五言流调""四言正体"的传统思想。五言的流调观主要是源于乐府的创作与采风。其原因有二：其一，乐府为帝王娱乐侍从的机构，其地位犹如倡优，为士大夫所耻；其二，乐府作品多采自民间，由于没有经过文人的润色而"野"。五言乐府歌诗从"流调"到曹操等人的接受，并大力创作，其过程是漫长的，同样也是多重因素综合作用的结果。这些作用中有社会思想解放的影响，有曹操等人的大力提倡，有音乐艺术的空前发展，也有乐府歌诗本身强大的生命力以及与社会生活完全契合的偶然历史因素。从汉代五言诗的两条线索谈起，乐府诗逐渐取代文人五言诗而为诗人群体所接受，这本身就是一种文学体裁由下层的俗文学逐步成长为雅文学的过程。

乐府诗在魏太祖时期之所以成为文学创作的主体，占据文坛，与汉末的思想解放有着密不可分的联系。这是多方面促成的思想解放，它把乐府诗推向了历史舞台。究其原因大致如下。

第一，汉灵帝时期鸿都门学的设置刺激了下层文人的发展和文学的发展。鸿都门设置于光和元年（178）。其以"尺牍辞赋"为取士的课试内容，并以高官厚禄为诱导，从而吸引大量文学之士涌进鸿都门，"或出为刺史、太守，入为尚书、侍中，乃有封侯赐爵者"[1]。这些人多是出于社会下层的士子文人，他们的辞赋之作也多带有民间文学色彩，就像被蔡邕、阳球等人批评的那样："连偶俗语，有类俳优"，"笔不点牍，辞不辩心"[2]。在这里我们需要看到

---

① （南朝宋）范晔撰《后汉书》卷 60《蔡邕列传》，中华书局，1965，第 1998 页。
② （南朝宋）范晔撰《后汉书》卷 60《蔡邕列传》，中华书局，1965，第 1996 页。

的是汉灵帝通过鸿都门学这种制度性、机构性的建设来确定下层辞赋文人的地位，以打击上层经学世族，或者说来填补上层经学世族的不足。这种风向标式的政策转变势必促成汉末儒家思想统治的崩溃和文学艺术的繁荣。鸿都门学的设置，一方面是对"质木无文"的文人五言诗的巨大打击和否定，另一方面，也开创了一种文学竞技的社会风气，因为只有辞赋竞技中的胜利者才最有可能成为政治选举中的幸存者。我们现在没有足够的证据来证明这些鸿都门学士创作辞赋作品中含有民间歌诗的成分，但这起码是一次机会，是乐府诗大量进入上层社会的机会。歌诗的主要创作者——这些经学修养不够的中下层文人的崛起，势必带动乐府歌诗的兴起。蔡邕、曹操、陈琳等人都是在汉灵帝重视辞赋的文化氛围中成长起来的。虽然蔡邕本人极力反对鸿都门学的设立以及汉灵帝以辞赋之文取士的方法，但作为著名的经学大家蔡邕本人却有乐府歌诗的创作记录，如《饮马长城窟行》。再如陈琳的《饮马长城窟行》。曹操的全部作品 21 题 27 首均为乐府诗，这不能不归因于曹操、陈琳等人在青年时代受鸿都门学的影响。曹操本人通脱的性格和开放的思想使他成为引领社会风气的人物，他提出的"唯才是举"就是对两汉以经学、孝廉取士方式的彻底否定和颠覆。作为一个成功的政治家，他所要颠覆的不仅仅是人才的选拔，而是在各个方面对东汉进行体制性的、思想性的颠覆和否定。他不慕虚名，而重实际。作为思想解放的文学家，他更能看到乐府诗与文人五言诗相比具有更大的生命力。

第二，曹操对音乐的喜好和乐府诗篇的回归。乐府歌诗的产生本身就与音乐密不可分。《汉书·礼乐志》云："至武帝定郊祀之礼，祠太一于甘泉，就乾位也；祭后土于汾阴，泽中方丘也。乃立乐府，采诗夜诵。"[1]"（李）延年善歌，为新变声。是时上方兴天

---

[1] （汉）班固撰《汉书》卷 22《礼乐志》，中华书局，1962，第 1045 页。

地诸祠，欲造乐，令司马相如等作诗颂。延年辄承意弦歌所造诗，为之新声曲。"① 汉灵帝喜好音乐，曹操或许受当时风气的影响对音乐也情有独钟，还曾娶倡女卞氏为妾。《宋书·乐志三》载："《但歌》四曲，出自汉世。无弦节，作伎，最先一人倡，三人和。魏武帝尤好之。"②《曹瞒传》曰："太祖为人佻易无威重，好音乐，倡优在侧，常以日达夕。"③

乐府歌诗本就是一种音乐文学，曹操对音乐的特殊爱好，以及曹操本人大量的乐府诗，毫无疑问将对当时文坛形成一定的影响。所谓上有所好，下必甚焉。在曹操的大力提倡下，乐府诗终于迎来了第一个文人创作高潮。据统计，曹氏父子现存的诗歌中"130 首乐府诗，是文人乐府诗史上的第一座丰碑"④。

第三，乐府诗歌与汉代文人诗相比具有更强的生命力和活力。两汉的诗歌创作，我们根据现有的资料只能作如下的分类：一类是以班固为代表的文人诗创作；一类是以乐府民歌为代表的乐府五言诗。文人五言诗中代表性作品为班固的《咏史》。

> 三王德弥薄，惟后用肉刑。太仓令有罪，就递长安城。
> 自恨身无子，困急独茕茕。小女痛父言，死者不可生。
> 上书诣阙下，思古歌《鸡鸣》。忧心摧折裂，晨风扬激声。
> 圣汉孝文帝，恻然感至情。百男何愦愦，不如一缇萦。⑤

钟嵘在《诗品序》曾经评价《咏史》："东京二百载中，惟有班固

---

① （汉）班固撰《汉书》卷 93《佞幸传》，中华书局，1962，第 3725 页。
② （南朝梁）沈约撰《宋书》卷 21《乐志三》，中华书局，1974，第 603 页。
③ （晋）陈寿撰《三国志》卷 1《武帝纪》，中华书局，1959，第 54 页。
④ 王辉斌：《三曹雅好乐府的原因及其情结述论》，《乐府学》2007 年第 2 期，第 187~197 页。
⑤ 逯钦立辑校《先秦汉魏晋南北朝诗》，中华书局，1983，第 170 页。

《咏史》，质木无文。"① 这是班固五言诗的特点。其后张衡的《同声歌》则吸取了大量民歌的因素。秦嘉的《赠妇诗》三首增强了抒情的成分，但整体看来，仍然有"质木无文"之感。文人五言诗之所以长期以来保持这样的风格，不仅有五言诗本身出身民间的身份问题，也与诗人本身兼有经学家的身份有关。他们很难突破几百年来的经学束缚，突破《毛诗序》"经夫妇，成孝敬，厚人伦，美教化，移风俗"② 等儒家诗教的传统观念。相比而言，乐府歌诗则具有更大的活力和发展空间。西汉时期，歌诗已经有了很大的发展。可见，西汉时歌诗已经有了一定的地位和影响，但这种影响可能并没有对上层的文人造成冲击。东汉时期乐府五言诗的创作中出现了很多优秀的作品，尤其是东汉后期，如《江南》《陌上桑》《相逢行》等，都是情致非常的精品。

同样，五言乐府与四言相比就具有更大的优越性，对此钟嵘有一段精彩的评论："夫四言，文约意广，取效《风》《骚》，便可多得。每苦文繁而意少，故世罕习焉。五言居文词之要，是众作之有滋味者也，故云会于流俗。"③

二　"世积乱离"与乐府诗的回归

《汉书·艺文志》在叙述西汉乐府歌诗时写道："自孝武立乐府而采歌谣，于是有代赵之讴，秦楚之风，皆感于哀乐，缘事而发，亦可以观风俗，知薄厚云。"④ 汉代乐府歌诗因"感于哀乐，缘事而发"的内容而具有强烈地反映现实的特色。今天我们看到的汉乐府歌诗大多是采用叙事的手法，以对人物细致的刻画、贴近生活

---

① （南朝梁）钟嵘撰《诗品集注》，曹旭集注，上海古籍出版社，1994，第12页。
② 李学勤主编《十三经注疏·毛诗正义》（标点本），北京大学出版社，1999，第10页。
③ （南朝梁）钟嵘撰《诗品集注》，曹旭集注，上海古籍出版社，1994，第36页。
④ （汉）班固撰《汉书》卷30《艺文志》，中华书局，1962，第1756页。

的通俗语言见长。乐府诗歌是现实生活的反映，尤其是当生活变得不如意时，它更是人们倾吐心声的最佳方式。东汉自安帝以后，随着外戚和宦官阶层的交替专权，土地兼并严重，出现了大量的流民。"感于哀乐，缘事而发"的乐府诗篇无疑成为承载这种思想感情的最好载体。如《十五从军征》《妇病行》《东门行》等诗篇就是当时社会最好的写照。两汉乐府关注的都是当时社会生活的焦点问题，它是创作者自身面对尖锐的社会问题的感发。虽然乐府诗歌的主题多为日常生活中一些比较具体的事情，但也正是这些普通的生活反映了人们关注的敏感与焦点问题。

自中平六年董卓入京废掉弘农王，立刘协为帝开始，整个东汉王朝已经处于崩溃的状态。全国各地军阀豪强纷纷割土分疆，开启了群雄逐鹿的时代。如此的局势和灾难下，不仅是普通百姓，帝王将相也无法逃脱。"天祸汉室，丧乱弘多……卓部兵烧洛阳城外面百里。"《献帝纪》曰："卓获山东兵，以猪膏涂布十余匹，用缠其身，然后烧之，先从足起。"① 战争造成了"出门无所见，白骨蔽平原"的荒凉景象。当时的粮食匮乏达到了不可想象的程度，史载"术既为雷薄等所拒，留住三日，士众绝粮，乃还至江亭，去寿春八十里。问厨下，尚有麦屑三十斛"②。曹操的军队甚至在伙食中添加人肉干。

这种残酷的现实对人们的精神冲击很大，当这些文人想要记录下这一历史实录的时候，发现各种文学体裁中，四言的容量太小，文人五言诗的现实感太差，唯"感于哀乐，缘事而发"的乐府诗最适合于这"世积乱离"的时代现实。于是曹操、陈琳、王粲等人纷纷以乐府这一文学样式来记录这段悲惨的历史。曹操的《蒿里行》、

---

① （晋）陈寿撰《三国志》卷 6《董卓列传》，中华书局，1959，第 178 页。
② （晋）陈寿撰《三国志》卷 6《袁术列传》，中华书局，1959，第 210 页。

《薤露行》及陈琳的《饮马长城窟行》都是这方面的优秀之作。如
曹操的《蒿里行》：

> 关东有义士，兴兵讨群凶。初期会盟津，乃心在咸阳。
> 军合力不齐，踌躇而雁行。势利使人争，嗣还自相戕。
> 淮南弟称号，刻玺于北方。铠甲生虮虱，万姓以死亡。
> 白骨露于野，千里无鸡鸣。生民百遗一，念之断人肠。①

曹操的这首《蒿里行》是借旧题写时事的作品，真实地再现了东汉
末年军阀混战的场面，深刻地记录了人民的苦难，被后世称为"汉
末实录"的"诗史"。在此基础上，王粲的《七哀诗》更是沿袭了
乐府五言诗的这一传统，并且把乐府长于叙事的特点应用于一般的
五言诗当中。兹录王粲的《七哀诗》其诗如下：

> 西京乱无象，豺虎方遘患。复弃中国去，远身适荆蛮。
> 亲戚对我悲，朋友相追攀。出门无所见，白骨蔽平原。
> 路有饥妇人，抱子弃草间。顾闻号泣声，挥涕独不还。
> "未知身死处，何能两相完？"驱马弃之去，不忍听此言。
> 南登霸陵岸，回首望长安。悟彼下泉人，喟然伤心肝！②

这首诗歌真实地记录了作为王公子弟的王粲在董卓之乱下远逃荆
州，其间路遇母亲为了生存而弃子草间的真实故事，真正地让人触
目惊心。这样残酷的现实通过乐府诗歌得到了淋漓尽致的情感抒发
和叙事记录。所以我们说，乐府诗在汉末的回归和兴盛，是时代选

---

① 中华书局编辑部编《曹操集》，中华书局，1959，第 4 页。
② 吴云主编《建安七子集校注》，天津古籍出版社，2005，第 270 页。

择的，是诗人自觉选择的，更是乐府诗自身特点所决定的。

三　乐府诗歌的新变

宽泛意义上的乐府诗歌源于民间歌诗，秦汉时代已经在民间流传。这些歌诗在经过了乐府机构的采集、整理和演唱后得以广泛的流传。歌诗在西汉已经广泛流传，《汉书·艺文志》所载314篇歌诗中，采诗的作品占有很大一部分。其采集的地域也遍布黄河流域和长江流域。大量的乐府"歌诗"并没有流传下来。到东汉时期已经出现如《陌上桑》《平陵东》《艳歌何尝行》等优秀的乐府诗歌。两汉的乐府诗歌具有"感于哀乐，缘事而发"的民间叙事色彩，多采用对话的形式以展开情节，语言运用上也与里巷歌谣相融通，故《宋书·乐志一》称"凡乐章古词，今之存者，并汉世街陌谣讴"①。东汉时期，有些文人士子也开始创作乐府诗歌，尤其是到东汉后期这种状况更为引人注目。现存乐府诗中，我们能看到的有署名马援的《武溪深行》、张衡的《同声歌》、蔡邕的《饮马长城窟行》、辛延年的《羽林郎》、宋子侯的《董娇饶》等。当然还有一些没有署名的歌诗，如《长歌行·青青园中葵》《古歌·秋风萧萧愁杀人》等，亦带有明显的文人特点。这些作品的主旨与作者表达的感情皆与乐府古题本意有着直接的联系。这一切都表明汉乐府有着浓厚的表现个体人生的传统和色彩。

乐府诗歌到了魏太祖时期的诗人手中发展到了一个新的阶段。以曹操、陈琳等人为首的诗人对汉乐府从内容到形式进行了改造，这种改造主要包括以下方面。

首先，拓展"乐府往往叙事"的传统，以抒情言志为本。明徐

---

① （南朝梁）沈约撰《宋书》卷19《乐志一》，中华书局，1974，第549页。

祯卿《谈艺录》说："乐府往往叙事，故与诗殊。"① "诗言志"是自《尚书·尧典》以来儒家经典的诗歌创作传统。乐府为民间文学，要求其"感于哀乐，缘事而发"；诗歌则为官方文学，要求具有"兴、观、群、怨"的政治教化作用。曹操等人则在实际创作乐府的过程中，更多地把自己对生命的体验和人生感悟融入其中。他们更注重借助乐府这一文学样式把自己的思想感情抒发出来，而不仅仅局限于像乐府诗那样重在对外部世界的客观描述。方东树以为："曹氏父子皆用乐府题目自作诗耳。"② "诗言志"的情感表达注入乐府这一形式当中了。这里的"志"，是侧重于怀抱，是理想，而个人主体的心灵世界情感抒发还没有完整地体现出来，这个过程的真正转变还要由曹植来完成。如曹操的《短歌行》开篇即曰"对酒当歌，人生几何。譬如朝露，去日苦多"。这是诗人对生命脆弱和人生有限的感悟。诗的末尾则以"山不厌高，海不厌深。周公吐哺，天下归心"③ 来结尾。这种结尾大有卒章显其志的意思，这里他借以表达的是自己统一天下的壮志和对人才的渴望。纵观整首诗歌，我们很难看到曹操乐府诗篇中那种"缘事而发"的叙事，也很难找到如曹植"悲风来入怀，泪下如垂露"般的心灵刻画。类似的诗句在曹操诗歌中随处可见，如"老骥伏枥，志在千里。烈士暮年，壮心不已"④。钱穆独具慧眼，早就指出："文苑立传，事始东京，至是乃有所谓文人者出现。有文人，斯有文人之文。文人之文之特征，在其无意于人事上作特种之施用……其至者，则仅以个人自我作中心，以日常生活为题材，抒写心灵，歌唱感情，不复以世用撄怀。是惟庄周氏之所谓无用之用，荀子讥之，谓其知有天而不

---

① （清）何文焕辑《历代诗话》，中华书局，1981，第 769 页。
② 黄节注《曹子建诗注》，叶菊生校订，人民文学出版社，1957，第 62 页。
③ 中华书局编辑部编《曹操集》，中华书局，1959，第 5 页。
④ 中华书局编辑部编《曹操集》，中华书局，1959，第 11 页。

知有人者，庶几近之。循此乃有所谓纯文学。"①

其次，拓展了汉乐府的表现视野和境界。汉乐府"感于哀乐"的生发模式是基于个人遭遇的不幸而"缘事而发"。曹操等人的乐府诗歌不再拘泥于个人遭遇的感叹，国家的命运、人民的流离、时代的悲哀，甚至社会的主题都成了他们乐府诗篇描写的对象。如汉乐府《陌上桑》刻画的是秦罗敷的美丽以及面对强权的不屈人格。《孤儿行》则表现了一个孤儿在父母去世后跟随哥嫂悲惨度日的生活。曹操的乐府诗篇中则不自然地隐去了个人的影子，而以巨大的历史时空下的社会群体生活为背景。如《薤露行》就是对董卓焚烧洛阳后的时政进行分析和刻画。《蒿里行》则以袁绍等军阀讨伐董卓为历史背景，展现出"白骨露于野，千里无鸡鸣"的社会悲剧。这种作品较汉乐府侧重个体的描述而言更能给人一种巨大的时空感和壮大感。汉乐府侧重个体命运的叙述，让我们同情的是个体的遭遇。而曹操的作品冲击我们心灵的不再是个体的遭遇，而是整个社会群体的命运，其震撼更深一层，大有以血泪书写的味道。

第三，突破了乐府诗的音乐与内容主题的统一。他们创作的乐府诗并不受乐府旧题和音乐的限制，而是根据自己的需要对乐府的曲、意进行了改造。曹操等人对乐府诗歌的改造一般来说体现在三个方面。一是采取旧瓶装新酒的方式，借助乐府旧题，另出新意。也就是说他突破了乐府内容，在乐府旧题框架下对内容予以革新。最具代表性的莫过于对《薤露》和《蒿里》的改造了。《薤露》和《蒿里》本为送葬扶柩者的挽歌，是田横门人伤田横自杀而作，后李延年分其为二曲：《薤露》为送王公贵人之挽歌，《蒿里》为送士大夫、庶人之挽歌。我们对汉《薤露》与曹操《薤露行》作一

---

① 钱穆：《读文选》，选自《中国学术思想史论丛》卷3，安徽教育出版社，2004，第93页。

比较：

　　薤上露，何易晞！露晞明朝更复落，人死一去何时归！①

——《薤露》

　　惟汉二十二世，所任诚不良。沐猴而冠带，知小而谋强。
　　犹豫不敢断，因狩执君王。白虹为贯日，己亦先受殃。
　　贼臣持国柄，杀主灭宇京。荡覆帝基业，宗庙以燔丧。
　　播越西迁移，号泣而且行。瞻彼洛城郭，微子为哀伤。②

——曹操《薤露行》

两相对照，前者保留着挽歌的本色，而后者则与挽歌毫不相关了。曹操对乐府的这个大胆的改造，标志着乐府诗篇步入新的时代。所以说"汉乐府之变，始于曹操"③ 是有道理的。二是曹操凭借自己深厚的音乐素养，自出新题创新曲。《乐府诗集》载："《古今乐录》曰：'张永《元嘉技录》：相和有十五曲，一曰《气出唱》，二曰《精列》，三曰《江南》，四曰《度关山》，五曰《东光》，六曰《十五》，七曰《薤露》，八曰《蒿里》，九曰《觐歌》，十曰《对酒》，十一曰《鸡鸣》，十二曰《乌生》，十三曰《平陵东》，十四曰《东门》，十五曰《陌上桑》。十三曲有辞，《气出唱》《精列》《度关山》《薤露》《蒿里》《对酒》并魏武帝辞。'"④ 据推断，这些乐府题目并非是曹操原创的，他不过是利用乐府的题目来创作自己的诗歌而已。因此清沈德潜在《古诗源》中指出："借古乐府写

---

① 逯钦立辑校《先秦汉魏晋南北朝诗》，中华书局，1983，第 257 页。
② 中华书局编辑部编《曹操集》，中华书局，1959，第 3 页。
③ 姚汉荣：《曹操和乐府诗》，《上海大学学报》1993 年第 5 期，第 45 页。原文是："汉乐府之变，不始于曹植，是始于曹操。"
④ （南朝宋）郭茂倩：《乐府诗集》，中华书局，1979，第 382 页。

时事，始于曹公。"" '以旧曲，翻新调'，虽不始于曹氏父子，而实成于曹氏父子。"① 即便是辛延年的《羽林郎》、宋子侯的《董娇饶》，甚至有着"五言之冠冕"的"古诗"等作品在梁启超、余冠英等人看来，仍是文人创作的乐府诗歌。

第三节　五言诗时代的来临

一　五言诗走向上层文人

刘勰在《文心雕龙·明诗》中说"暨建安之初，五言腾踊"②。时代选择了乐府五言诗，但我们从现存的史料中能够找到的作品却并不多。究其原因大致有如下几点。一是，动乱的社会没有为诗人提供良好的文学创作的环境。相对于文学创作而言，生存才是这一时代的第一要务。从董卓之乱到建安十三年这段时期当为整个曹魏三祖时期最为动荡的时期，士人四处避难，此时恶劣的生存环境严重影响着文学艺术的发展。如今我们对诗人现存作品的统计结果也表明，前期的作品数量明显少于魏太祖后期作品数量。二是，在战乱频仍的时代，作家的很多作品在战乱中不能有效地保存下来，即便是以往的作品和文化典籍也多在这种逃亡和战争破坏中消失殆尽。《后汉书·儒林传》曰："及董卓移都之际，吏民扰乱，自辟雍、东观、兰台、石室、宣明、鸿都诸藏典策文章，竞共剖散，其缣帛图书，大则连为帷盖，小乃制为滕囊。及王允所收而西者，裁七十余乘，道路艰远，复弃其半矣。后长安之乱，一时焚荡，莫不泯尽焉。"③ 这就是为什么我们不能见到鸿都门学作品的重要原因，

---

① 罗根泽：《乐府文学史》，东方出版社，1996，第72页。
② （南朝梁）刘勰撰《文心雕龙义证》，詹锳义证，上海古籍出版社，1989，第196页。
③ （南朝宋）范晔撰《后汉书》卷79《儒林传》，中华书局，1965，第2548页。

即便是当时大文豪蔡邕的作品在此次战乱中也没有保存下来，何况他人。① 当然，如果单从文学体裁来看，我们发现这一时段优秀诗篇多是五言诗。可是我们纵观现存的东汉五言诗，有名姓可考的没有优秀之作，多是"质木无文"之作。《古诗十九首》能够独树一帜，实属不易，这恐怕还是向乐府民歌学习的结果。

"五言腾踊"始于这个时代，是无可争辩的事实。五言诗始于两汉，但五言诗的真正创作却始于东汉末年鸿都门学设立前后。我们今天所看到的以《古诗十九首》为代表的汉末古诗，以及秦嘉夫妇、蔡邕等人的创作几乎全是这一个时期的作品。但我们同时也发现了另一个问题，就是蔡邕、秦嘉名下的五言诗作无论是从形式还是内容都不能代表这个时代。真正代表这个时代诗歌创作成就的是以《古诗十九首》为代表的五言诗作，这些作品的作者却为鸿都门学士。从这点上看五言诗的产生与《诗经》的产生有类似的地方：它不是一人一地的作品，却是那个时代风气促成下的非自觉的一种自发的创作成果。这点恐怕也是季汉"世积乱离"的结果，但毫无疑问，五言体的艺术形式已为时代所接受。这一点，我们可以从以后的文学创作中得到印证。

"五言腾踊"肇于魏太祖前期是有充分事实依据的。

依据一，从五言诗的创作上来看，五言诗成为诗人创作的主要体裁。魏太祖前期十几年的时间是文学史上极为重要的转折时期。建安文人的诗歌总数中五言诗占50%左右。但纵观这一时期流传下来的作品，我们发现其数量是令人感到遗憾的。胡应麟《诗薮》曰"自汉而下，文章之富，无出魏武者。集至三十卷，又逸集十卷，

---

① （南朝宋）范晔撰《后汉书》卷84《列女传》，中华书局，1965，第2801页。《列女传》载："文姬曰：'昔亡父赐书四千许卷，流离涂炭，罔有存者。今所诵忆，裁四百余篇耳。'操曰：'今当使十吏就夫人写之。'文姬曰：'妾闻男女之别，礼不亲授。乞给纸笔，真草唯命。'于是缮书送之，文无遗误。"

新集十卷。古今文集繁富，当首于此……今仅二三卷，亡者不可胜计矣"①。至于陈琳、孔融、王粲等诸子的作品也遭受到同样的命运，② 所以我们很难就现存的能够确定为这一时期的作品来对这一时期的文学创作做一准确的还原式的论述，但我们仍希望通过这为数不多的作品来窥见当时文学创作的概况。

今天我们能确定为这一时段的诗歌作品有曹操的《度关山》《对酒》《薤露行》《蒿里行》《苦寒行》《却东西门行》《步出夏门行》《董卓歌词》《谣俗词》《短歌行》；孔融的《离合作郡姓名字诗》《临终诗》《六言诗三首》；王粲的《赠蔡子笃诗》《赠士孙文始》《赠文叔良》《七哀诗三首》；曹丕的《黎阳作诗三首》；陈琳的《饮马长城窟行》；阮瑀《隐士诗》《驾出北郭门行》《琴歌》《七哀诗》；应玚《报赵淑丽诗》《别诗二首》；刘桢《赠从弟三首》；徐幹《答刘桢诗》等共计 41 首，其中五言诗为 23 首，约占 56%。③ 可见当时的五言诗创作在数量比例上已经超过了四言诗。这一数字在这一阶段不能很好地证明刘勰"五言腾踊"的说法，但我们如果把视野延伸到以四言诗为主题创作的两汉诗歌史，则这一时期的诗歌创作称为"五言腾踊"则又是当之无愧的。另一方面，我们发现，虽然这一时期的四言诗在曹操的手中达到了继《诗经》之后的第二个创作高峰，但这种高峰是曹操创作的，而非这个诗人群体创造的。这一阶段的诗人群体在体裁的选择和创作上的重点仍然是五言诗，其对后世的影响以及后世的接受可以证明。王粲的

---

① （明）胡应麟撰《诗薮·杂编》卷 2《遗逸中》，上海古籍出版社，1958，第 261 页。
② 据王鹏廷对俞绍初《建安七子集》统计：建安七子现存诗歌，"孔融有 4 题 7 首；陈琳有 3 题 4 首，另有失题诗 5 则；王粲有 11 题 26 首，另有失题诗 4 则；徐干有 4 题 9 首；阮瑀有 9 题 11 首，另有失题诗 3 则；应玚有 5 题 6 首，另有失题诗 1 则；刘桢有 8 题 13 首，另有失题诗 14 则。"详见《建安七子诗歌创作实绩述论》，《河南大学学报》2003年第 4 期，第 63 页。
③ 今天我们能确定为这一时段的诗歌作品主要依据的是逯钦立的《先秦汉魏晋南北朝诗》。

《七哀诗·西京乱无象》就是典型的例子。清王夫之以为："（《七哀诗·西京乱无象》）落笔刻，登音促，入手紧。后来杜陵有作，全以此篇为禘祖。"① 沈德潜则以为："此杜少陵《无家别》《垂老别》诸篇之祖也。"②

依据二，经过鸿都门学士的创作洗礼，五言诗的艺术形式已经为广大的文人所接受。如孔融、曹操、陈琳、蔡琰、仲长统，甚至以经学家自居的蔡邕都有着五言诗的创作记录。而这一时期进行五言诗创作的并非出于社会文化中下层的寒族，而是领导文坛的上层文人。孔融的诗歌共 8 首，③ 其中的《杂诗二首》以及《失题诗》和《临终诗》均为五言，占其诗歌总量的一半。如其二：

> 远送新行客，岁暮乃来归。入门望爱子，妻妾向人悲。
> 闻子不可见，日已潜光辉。孤坟在西北，常念君来迟。
> 褰裳上墟丘，但见蒿与薇。白骨归黄泉，肌体乘尘飞。
> 生时不识父，死后知我谁。孤魂游穷暮，飘摇安所依。
> 人生图嗣息，尔死我念追。俯仰内伤心，不觉泪沾衣。
> 人生自有命，但恨生日希。④

通过孔融的创作，可见五言诗已为上层文人所接受。两汉时期的诗歌是"四言正体"的时代，所以班固、张衡、蔡邕等人作品中的五言诗数量很少，而且水平都不太高。即便是在桓、灵二帝时期，虽

---

① （明）王夫之著《船山全书》第 14 册《船山古诗评选》卷 4，岳麓书社，1982，第 667 页。
② （清）沈德潜选《古诗源》卷 6，中华书局，1963，第 128 页。
③ 其中残句"座上客恒满，樽中饮不空"算一首。其中《六言诗三首》选自《古文苑》，但《古文苑》和《四库全书总目提要》均怀疑此诗为伪作，其理由是以孔融对曹操的态度不会如此盛赞曹操。如按伪作计算，则孔融现存诗歌 5 首中，唯有《离合诗》一首为四言，余者皆为五言，占 80%。
④ 吴云主编《建安七子集校注》，天津古籍出版社，2005，第 23 页。

有鸿都门学士的努力创作，但五言诗也只是在下层文人中得到接受和传播。蔡琰、秦嘉这样的传统文人的作品仍然很难体现出五言诗地位的提升，或者说五言诗仍然没有为上层文人所接受。五言诗以"流调"身份已经为曹操等人所接受，并且一跃而成为代表这个时代精神的诗歌创作的主要形式。曹操的诗歌中五言诗占其全部诗歌的1/3。据徐公持统计："曹操今存诗歌，计得二十二首，包括作者有疑问的三首……其中四言、五言、杂言大约各占三分之一。"① 徐幹、刘桢、应场、阮瑀等人在此一时期的作品几乎全为五言诗。

依据三，这一时期的作品相较于桓、灵二帝时期的秦嘉、蔡邕等文人的五言诗有着明显的进步。曹操的《薤露行》《蒿里行》；刘桢的《赠从弟》；陈琳的《饮马长城窟行》亦是此类作品中的典范，具有典型的乐府民歌的叙事特征。曹操《蒿里行》云："铠甲生虮虱，万姓以死亡，白骨露于野，千里无鸡鸣。"② 蔡琰《悲愤诗》："平土人脆弱，来兵皆胡羌，猎野围城邑，所向悉破亡。斩截无孑遗，尸骸相撑拒。马边悬男头，马后载妇女……既至家人尽，又复无中外，城郭存山林，庭宇生荆艾。白骨不知谁，纵横莫覆盖，出门无人声，豺狼号且吠。"③ 这些诗篇在真实地再现这一时代灾难的同时，也把诗人自己的人生经历以及个人情感融入整个时代背景，增强了作品的时空历史感和深刻的意蕴。这是他们的作品超出前代作品的地方，而这一点也为后世所推崇，被称之为"建安风骨"。同样，"建安文学的主要成就，表现在诗，在乐府诗的复兴，在五言诗的成熟完美。建安风骨，指的是建安诗的艺术特色，而不是其他"④。

---

① 徐公持著《魏晋文学史》，人民文学出版社，1999，第31页。
② 中华书局编辑部编《曹操集》，中华书局，1959，第4页。
③ 逯钦立辑校《先秦汉魏晋南北朝诗》，中华书局，1983，第199页。
④ 李景华：《建安文学述评》，首都师范大学出版社，1994，第53页。

二　汉末实录的五言诗

魏太祖前期的文学产生于中平之乱的历史背景下。中平之乱、黄巾起义和"献帝播迁"把东汉的政治带入了军阀混战的政治局面。战乱对经济造成了前所未有的破坏，人们死亡枕藉，"出门无所见，白骨蔽平原"成为最真实的时代写照。在思想上，儒家的道德规范已经为时代所抛弃，出现了继春秋以后的第二次思想上的"百家争鸣"，甚至有的学者称此一时期为"小春秋"时代。整个时代都被抛入战乱中，没有人能够幸免，而文人学士则在这种战乱中有着独特的人生体验。曹操、孔融、陈琳、王粲、阮瑀等人在饱尝战争的苦难和颠沛流离之苦的同时，也留下了许多优秀的作品。这些作品具有明显的时代风格。其内容、风格我们大致可以从以下几个方面进行分析。

从五言诗的内容上来看，其内容以"汉末实录"式的"诗史"表述见长。明代钟惺的《古诗归》对《薤露行》的评价为"汉末实录，真诗史也"①。这个评价推而广之，用于评价整个魏太祖前期文学的创作未必不可。这一时代是整个汉末曹魏时期最为混乱的时期，其毁灭性的战争、灾异、瘟疫等对当时社会造成了毁灭性的打击。"千里无鸡鸣"并非文学性的艺术语言，而是当时社会的真实写照。《后汉书·董卓传》载："时长安中盗贼不禁，白日虏掠，催、汜、稠乃参分城内，各备其界，犹不能制，而其子弟纵横，侵暴百姓。是时谷一斛五十万，豆麦二十万，人相食啖，白骨委积，臭秽满路。"② 在这样的现实冲击下，处于灾难中的诗人们最先感知

① 河北师范学院中文系古典文学教研组编《三曹资料汇编》，中华书局，1980，第18页。
② （南朝宋）范晔：《后汉书》卷72《董卓列传》，中华书局，1965，第2336页。

的无疑是残酷的现实和多舛的命运。

曹操的《薤露行》《蒿里行》书写的是国家政治，展现给读者的是更为广阔的历史时空。汉末重大的历史事件，在曹操、王粲等人的笔下几乎都有刻画。同样他们也关注着普通民众的生存状况，如曹操的《谣俗词》曰："瓮中无斗储，发箧无尺缯。友来从我贷，不知所以应。"诗中的主人公面对来借贷的友人，看着没有一点儿储粮、尺缯的瓮箧时，那种"不知所以应"的窘态和艰难可想而知。其实何止是百姓，帝王也是如此。"百官饥饿"，何况于黎民。如王粲17岁创作的《七哀诗》是他当时流落到荆州的路上所看到的一幅乱离景象的真实再现。面临董卓之乱，即便是王公之后，作为贵公子的王粲也只能颠沛流离了。此诗以作者逃难的行程中所见为线索，为我们刻画了饥饿妇人被迫"抱子弃草间"的过程。同时在这个个体的悲剧下，更有着"出门无所见，白骨蔽平原"的社会灾难。他真实地记录了董卓之乱给人民造成的巨大痛苦。这是民众生活的真实写照，用"愀怆之词"写道途所见，哀季汉之乱世。《毛诗序》所说"乱世之音怨以怒"正是如此。

基于这一时期五言诗"汉末实录"的内容特点，其语言也必然与之相配合，以白描式的口语为主。这种语言特点的形成自有其产生的根据和土壤。毫无疑问，这一时段的五言诗大多都有着乐府诗题的幌子，所以它们不可避免地具有乐府民歌的语言特点。这种特点或许在班固的《咏史诗》中很难找到，但我们从汉末古诗中能够找到口语的影子，如《古诗十九首·青青河畔草》中有"昔为倡家女，今为荡子妇。荡子行不归，空床难独守"的口语表达。曹操、陈琳等人笔下的五言诗就是在以鸿都门学士为代表的汉末文人诗篇的基础上发展开来的，无疑也继承了他们以"连偶俗语，有类俳优"的语言特点。如曹操《苦寒行》曰："熊罴对我蹲，虎豹夹路啼。溪谷少人民，雪落何霏霏。"① 这些句子纯以口语描写自己在北度太行山时遇到的恶劣的自然环境，把熊罴和虎豹出没、少人的自然条件做一客观描述，同时对大雪的描写也衬托了恶劣的环境。

诗歌中也有以民歌谚语入诗的现象出现。如陈琳《饮马长城窟行》：

> 饮马长城窟，水寒伤马骨。往谓长城吏，"慎莫稽留太原卒！"
> "官作自有程，举筑谐汝声。"
> "男儿宁当格斗死，何能怫郁筑长城！"
> 长城何连连！连连三千里。边城多健少，内舍多寡妇。
> 作书与内舍，"便嫁莫留住。善待新姑嫜，时时念我故夫子！"
> 投书往边地，"君今出语一何鄙！""身在祸难中，何为稽留他家子？生男慎莫举，生女哺用脯。君独不见长城下，死人骸骨相撑拄！"②

郦道元《水经注》曰："始皇二十四年，使太子扶苏与蒙恬筑长城，起自临洮，至于碣石。东暨辽海，西并阴山，凡万余里。民怨劳苦，故杨泉《物理论》曰：'秦筑长城，死者相属。'民歌曰：'生男慎勿举，生女哺用脯。不见长城下，尸骸相支拄。'其冤痛如此。今白道南谷口有长城，自城北出有高阪，傍有土穴出泉，挹之不穷。歌录云：'饮马长城窟，'信非虚言也！"③ 由此可见"生男慎勿举，生女哺用脯。不见长城下，尸骸相支拄"等诗句本为当时流传已广的民歌，而陈琳在此诗中直接以民歌入诗，可谓一个大胆的尝试。这不同于曹操在《短歌行》中直接以《诗经》中"青青子衿，悠悠我心"等句入诗。曹操之引用，是在引用儒家经典，而

---

① 中华书局编辑部编《曹操集》，中华书局，1959，第6页。
② 吴云主编《建安七子集校注》，天津古籍出版社，2005，第128页。
③ （南朝宋）郭茂倩：《乐府诗集》卷38《相和歌词十三》，中华书局，1979，第555页。

陈琳则是引民歌入诗，这不能不说是当时思想解放的结果。当然，这样的状况在曹操的诗歌中也能见到，如《却东西门行》曰："神龙藏深泉，猛虎不高岗。狐死归首丘，故乡安可忘。"此四句中前两句是口语，后两句则化用屈原《九章哀郢》中的"鸟飞反故乡兮，狐死必首丘"，而这句最早的出处是《礼记·檀弓》："古之人有言曰：'狐死正首丘'，仁也。"①

第四节　曹魏前期文学成就取得的原因

魏太祖前期文学的成就取得的原因，论之者不多。究其原因是人们的关注视野更多地放在探讨"建安文学"的成因。如此一来，各种说法层出不穷，因为一般意义上的"建安文学"几乎包括了整个曹魏三祖时期。研究者本身也经常将之分为三个时期。其实各个时期有着不同的创作现状和成就，当然其繁荣兴衰也有各自不同的原因。欲明了魏太祖前期的文学成就取得的原因，我想先从其文学成就本身入手较为妥当。这一时期的文学成就主要体现在以下方面：就文学而言，五言诗成为代表这个时代最高成就的文学样式；就文学创作的主体而言，文学创作者由两汉时期的自发为文，转变为自觉为文；文学作品具有明显的叙事、民歌色彩，也就是说乐府文学的繁荣是这个时代的特色。究其取得如此成就的原因，大致如下。

一　鸿都门学的设立及影响是其思想因素

魏太祖前期文学成就的取得"就意识形态领域来说，它的发展同当时的思想比较解放有直接关系"②，更与之前的思想解放有着密

---

① （清）孙希旦撰《礼记集解》卷7《檀弓上》，中华书局，1989，第183页。
② 张可礼：《建安文学论稿》，山东教育出版社，1986，第191页。

切的关系。鸿都门学的设立有其深厚的社会背景和文化背景。自安帝以后儒家思想走向衰退，博士倚席不讲，传统的治经方式由章句之学转向"观其大略"的趋势和异端思想开始流行，道家思想大有一统江山之势。在一定程度上来讲，鸿都门学的设立正是这种社会思潮流行的结果。同样，鸿都门学的建立也促进了这种思想解放潮流的加剧，其对社会，尤其对文学艺术而言则产生了直接的影响。具体表现在以下四个方面。第一，鸿都门学设立的目的在于选拔人才，以"尺牍辞赋"作为选取官员的方式，直接影响到当时文学地位的提高。第二，正因为鸿都门学所选拔的多为寒族之士，他们的出身以及经学教育的缺失导致了其所创作的辞赋作品带有明显的民间色彩，即所谓通俗化的特点。第三，鸿都门学士的作品多用"连偶"的句式，对文学走向华靡方向不无影响。范文澜《文心雕龙·时序》注曰："东汉辞质，建安文华，鸿都门下诸生其转易风气之关键。"陈寅恪甚至提出了"阉宦尚文辞"的论断，可说当时"尚文辞"的风气已经形成。第四，由于鸿都门学的课试内容为"尺牍辞赋及工书鸟篆"，这无疑成为士人所追逐的必备的才艺。汉灵帝爱好音乐，亦掀起了文人对音乐这门艺术的追求。

鸿都门学的设立是东汉在选拔制度上的一次革新，更是当时社会解放思潮的集中体现。这种政策确立，直接地成为魏太祖时期文学繁荣的重要因素。张可礼以为"没有建安时期的思想解放，就不会有建安文学"①。如果仅仅把建安文学的繁荣归结为建安时期思想的解放，我以为不妥，因为建安年间的思想解放与鸿都门学设立以来的思想解放是一脉相承的。准确地说是桓、灵二帝以来长期的思想解放，以及中平以来这种思潮的加剧一方面解放了文学家，促使他们向着"才艺兼该"的发展，另一方面也加剧了文学领域的思想

---

① 张可礼：《建安文学论稿》，山东教育出版社，1986，第191页。

解放。

鸿都门学设立以来的思想解放促进了魏太祖时期作家"才艺兼该"的素养形成。汉灵帝本人喜爱音乐，其设立的鸿都门学则又以"尺牍辞赋及工书鸟篆"为课试内容，这无疑是对汉武帝以来奉行的以经学取士的选举政策的否定，亦是对才艺之士的肯定。如此的政策推动下，士人要想在政治上有所进步，唯有以"尺牍辞赋及工书鸟篆"为学习内容了。汉末曹魏时期的文学家最大的特点就是"才艺兼该"，据胡旭统计：王粲、曹植具备五种才艺，孔融、曹操、曹丕具备四种主要艺术门类的才能。① 张华《博物志》载："汉世，安平崔瑗、瑗子寔、弘农张芝、芝弟昶并善草书，而太祖亚之。桓谭、蔡邕善音乐，冯翊山子道、王九真、郭凯等善围棋，太祖皆与埒能。"② 可见曹操的才能不仅在文学领域，他在音乐、书法、围棋等领域也为当时第一流的艺术家。桓、灵二帝时期，用于人才选拔的除了鸿都门学的课试制度外还有清议监督下的仕进制度。前者选择的对象当为处于浊流或者游走京师的谋求功名之士，后者更侧重于经学基础以及社会声誉良好的经学之士和世家大族子弟。如此一来，就"造就了众多品学兼优的文士和兼擅诗赋的儒士，为建安文学的兴盛准备了一代英才"③ 曹魏时期的文学家也正是有着"才兼众艺"的自身修养，能够贯通各种艺术的奥秘，所以才会在文学上创作了一个繁荣的时代。

鸿都门学设立以来的思想解放加剧了文学领域的思想解放，尤其体现在对民间文学的重视和创作上。两汉以来的文学一直为经学所笼罩，其诗歌或为《诗经》一脉，为四言诗；或为屈原《离骚》

---

① 胡旭：《鸿都门学、曹氏家风与汉魏文艺的繁荣》，《厦门大学学报》2006年第4期，第67页。
② （晋）陈寿撰《三国志》卷1《武帝纪》，中华书局，2006，第54页。
③ 曹文心：《建安文学繁荣的主因》，《淮北煤师院学报》1999年第2期，第87页。

一脉，为骚体诗。现有七言诗、五言诗大多于辞赋之作中作为结语之词。而五言之优秀者多为乐府，偶有文人五言诗，如班固《咏史》，则以"质木无文"著称。究其原因，应当与五言诗来自乐府有关。不仅当时，直至200年以后，刘勰在《文心雕龙》中依旧称"四言正体""五言别调"。可见文体本身在文学家眼中也有高低贵贱之别。以此推论，以经学统治的两汉，以《诗经》四言为正体诗歌则毫无疑义了。五言这样的别调自然不会成为文人士大夫言志抒怀的主要载体。鸿都门学的设立，以及大量的熟悉下层民歌乐府的鸿都门学士为朝廷所征辟，乐府等诗歌样式自然也就随着诗人身份的转移而在社会上层传播。东汉张衡、侯瑾、秦嘉夫妇、赵壹、蔡邕、辛延年、宋子侯8人，作品18首（含残篇、残句）。今天我们也能看到一些汉代古诗，但从其有诗无作者也可推见其作者多为处于下层的不知名的文人，很有可能就是那些为蔡邕等人所鄙弃的鸿都门学士。同样，由于汉灵帝对"连偶俗语"式的辞赋的推崇，当时产生大量的此类作品。乐府诗歌为社会所接受，同时乐府五言诗因其情感容量大于四言诗，其语言具有更大的灵活性和生命力而特别为当时文人所接受。如蔡邕、孔融、曹操、陈琳、王粲、刘桢等人都有许多优秀的五言作品。鸿都门学士的通俗化创作方式，与汉乐府这一民歌形式为上层文人所接受，逐渐成为文人创作的主流。

纵观桓、灵二帝时期的文学作品，汉乐府诗篇很少，仅有辛延年的《羽林郎》、宋子侯的《董娇饶》、蔡邕的《饮马长城窟行》等作品。中平以后的作家开始有意识地把乐府作为表达心声的重要体裁。如曹操现存的诗篇全部为乐府诗歌，其他有陈琳、阮瑀等。"文人文学主动吸取了民间文学的优点，所以获得空前的发展，在中国文学发展史上形成一种奇迹。"① 这种思想解放的最大价值是推

---

① 罗永麟：《建安风骨和民间文学》，《民间文学》1979年第4期，第64页。

动了乐府由俗到雅的转变，同样也把乐府这一诗歌样式从社会下层创作者的手中转移到上层文人的手中。

二 "世积乱离，风衰俗怨"是其社会因素

刘勰在论述魏太祖时期文学时称："观其时文，雅好慷慨，良由世积乱离，风衰俗怨，并志深而笔长，故梗概而多气也。"[①] 刘勰把这时期文学的风格变化归结到"世积乱离，风衰俗怨"上是有一定道理的。艺术来源于生活，任何一种文学现象的产生都不是偶然的，它必定有其产生的社会环境和历史际遇，也都不可避免地带有这个时代的特色。李宝均提出建安文学的繁荣发展与形成的原因"首先决定于当时动乱的社会现实"[②]。所以我们在理解这一时期作品的时候，必须从这一基本的现实状况出发才能走进作家走进作品，去体会时代性。这样我们才会"知道如何解释它，那么我们在作品中所找到的会是一种人的心理，时常也是一个时代的心理，有时更是一个种族的心理"[③]。

汉末的战乱和灾异在中国历史上是空前的浩劫。兵燹灾异的多重反复造成的不仅是社会的巨大创伤，亦给人们心理造成了巨大创伤。频繁的战乱直接催生了曹操《薤露行》《蒿里行》这样对时政的史诗性的"实录"诗篇。同样，也激发了曹操、王粲等人建功立业、戡平战乱的雄心壮志，这是《步出夏门行》中"老骥伏枥，志在千里。烈士暮年，壮心不已"[④] 的阔大胸怀。同时，战争给人民造成的巨大灾难也是王粲《七哀诗》中母亲"抱子弃草间"的人间悲剧。为此，我们不得不承认这一时期的战乱、瘟疫等的确对

---

① （南朝梁）刘勰撰《文心雕龙义证》，詹锳义证，上海古籍出版社，1989，第 1694 页。
② 李宝均：《曹氏父子和建安文学》，上海古籍出版社，1978，第 6 页。
③ 伍蠡甫、胡经之：《西方文艺理论名著选编》（中），北京大学出版社，1986，第 502 页。
④ 中华书局编辑部编《曹操集》，中华书局，1959，第 10 页。

魏太祖前期文学产生了巨大的影响。正如狄德罗在《论戏剧艺术》中所说："诗需要一些壮大的、野蛮的、粗犷的气魄。正是内战猖獗狂热的情绪使人们拿起刀枪，血流遍野的时候，阿波罗诗神的月桂树才复活而发青，它需要以血滋润。"①

三　曹操与文学创作主体的变化是其主观因素

曹魏前期文学成就的取得，还来自其创作主体的身份转变。据逯钦立的《先秦汉魏晋南北朝诗》中《全汉诗》和严可均《全汉文》及《全后汉文》统计，两汉时期的文学创作者有诗赋存者，帝王将相和有经学身份的人居多，而如司马相如、蔡邕之辈虽作品居多但创作人数有限。逯钦立《全汉诗》中有名姓的作者：西汉22人，东汉27人，共计49人②。就作品而言，其四言诗、辞赋、骚体诗几乎覆盖整个文学史，究其原因很简单：四言诗的流行是经学时代的产物，辞赋则有"润色鸿业"的政治目的。可见当时的文学创作主体仍然是合乎经学规范的、有着强烈政治愿望的人物。西汉的司马相如因《子虚赋》为汉武帝所悦，《汉书》曰"赋奏，天子以为郎"③。东汉初年关于定都洛阳与长安之争，班固、张衡、杜笃皆以献赋表明自己的意见和立场。西汉创作的五言诗仅有李延年的《歌·燕赵有佳人》和班婕妤《怨诗》二首。李延年是乐工，班婕妤是女子。

这种状况持续到东汉桓、灵之际，之后大量的五言诗才出现，但其作者身份与"五言别调"的身份相称，多为沉沦下层的寒族文人，这一点由《古诗十九首》等汉末古诗可以推断。同样，我们也可以由鸿都门学士的身份可以推断出来。正是由于他们没有经过严

---

① 伍蠡甫主编《西方古今文论选》，复旦大学出版社，1984，第83页。
② 这一数字不包括汉前项羽、美人虞；中平之乱后的孔融、蔡文姬、仲长统、刘辩、唐姬等人。
③ （汉）班固撰《汉书》卷57《司马相如列传》，中华书局，1962，第2575页。

格的经学教育，又没有经学世家大族高贵身份的限制，所以他们能够毫无束缚地采用这种源于民间乐府的诗歌样式进行创作。当然此时的一些经学之士也在一定程度上接受了乐府这种形式并尝试着进行了一些创作，如蔡琰，但毕竟是少数。

魏太祖时期，曹操本身的例子就能够很好地说明文学家的创作。他一方面受家族"阉宦尚文辞"的影响，另一方面又是在鸿都门学的影响成长起来的，故此他对来自民间的乐府文学等样式有着特殊的偏爱。"曹操可以说是中国诗歌史上，除屈原之外，有意写诗的第一位大诗人。（其诗作现存二十余首，单就数量来说，也是屈原之后的第一人）其诗歌成就虽然不能与屈原比肩，但其具体影响，却不能小视。"①"曹操之诗史地位，不仅标志了汉音魏响的转型，也标志了华夏文化之由经学大赋时代向诗歌时代的转型。"②

以王粲为代表的建安七子，他们大多出身于社会上层。王粲的祖父、曾祖皆曾位列"三公"，应场是著名的"汝南应氏"公子，刘桢亦出身于累世官宦之家，孔融的家世更是荣贵。他们均为经学名家之后，甚至本人也是经学名家。如果不出意外的话，他们的学术成就以及文学成就是沿着班固、张衡、蔡琰的道路走下去的，虽然也会成为学术名家，但其文学成就不会具有多大的时代性。但是中平之乱引发的战争和割据的局面使他们脱离了原来世家大族生活轨道，不约而同地走向了社会，开始了为生存而飘零的道路。"七子"多为当时士林翘楚，但随着汉末中平之乱，他们的社会地位整体来说是下降的。如王粲、陈琳、徐幹等人是在飘零中被迫走出庙堂，走向江湖，并在漂泊当中接触到兵燹之后凋敝的民生，对当时的社会民生有了真实的感触。而正是这种刻骨铭心的冲击，使得他

---

① 徐公持著《魏晋文学史》，人民文学出版社，1999，第31页。
② 徐公持著《魏晋文学史》，人民文学出版社，1999，第31页。

们内心深处更加注重"仁政"与"王道"。徐幹《中论》提出"民数周为国之本也"①。所以，他对国家的厄运颇表关心，对人民的苦难也寄予同情。而面对战争和疾疫对整个社会造成的巨大灾难，面对飘零中的切身之痛，他们总需要找一种最好的文学样式来表达自己的这一情感。于是他们不约而同地选择了民间乐府诗歌。这把乐府诗引向了一个新的世界——文人乐府诗。

文人乐府诗之所以成为最能代表这个时代的文学体裁，其主要原因还是这个社会把上层文人从庙堂推向了民间，为上层文人与民间文学乐府诗篇提供了一个邂逅的机会。

---

① 俞绍初辑校《建安七子集》，中华书局，1989，第318页。

第三章

曹操时期文学研究（下）

　　曹操时期文学以建安十三年为界限。建安十三年后，以王粲、应玚、刘桢、杨修、缪袭、繁钦、徐幹等人为代表的文人集团环绕在曹氏父子周围。这样在曹操父子身边凝聚了大量的杰出文人。王粲等人归附曹操一方面增强了曹操的"文治"功绩，另一方面王粲等人也凭借曹操稳固的大后方得到了相对安定的生活。同时我们也应该看到由于曹丕兄弟对文学的喜爱，对文人的重视，从而使得他们与王粲、刘桢等人保持着比较亲密的关系。正如曹丕《又与吴质书》所说："昔日游处，行则连舆，止则接席，何曾须臾相失！每至觞酌流行，丝竹并奏，酒酣耳热，仰而赋诗。当此之时，忽然不自知其乐也。"① 故而"怜风月，狎池苑，述恩荣，叙酣晏"（《文心雕龙·明诗》）便成为这个时期文学创作的主要内容了。钟嵘的《诗品》中涉及诗人120人，跨越的朝代自汉至梁几百年的诗歌历史。在这漫长的历史中，钟嵘用"彬彬之盛，大备于时"来形容汉末曹魏时代的诗歌创作之盛。钟嵘在《诗品·序》中说"降及建安，曹公父子，笃好斯文；平原兄弟，郁为文栋；刘桢、王粲，为其羽翼。次有攀龙托凤，自致于属车者，盖将百计。彬彬之盛，大

---

① （清）严可均辑《全三国文》，商务印书馆，1999，第66页。

备于时矣"①。可见钟嵘对曹魏文学是肯定和推崇的。《诗品》中涉及的诗人有上品：曹植、刘桢、王粲；中品：曹丕、何晏、应璩；下品：曹操、曹彪、徐幹、阮瑀。就"上品"而言，钟嵘所推崇的12人中，曹魏诗人占据3位。邺下时期的终止年限定为建安二十二年，其间约十年时间。之所以定在建安二十二年，一则是在这一年，建安诸子中的代表人物如王粲、徐幹、陈琳、刘桢、应玚等纷纷离世，造成了邺下文人集团的解体；二则是随着王粲等人的离世，文学的创作风格也由游宴和军戎文学一变而为感伤文学；三则是曹操的创作也由抒发豪情的英雄诗篇转为表达寄托和期待的游仙诗。

第一节　曹操时期制度的变迁与文学的发展

魏太祖时，随着招揽的人才越来越多，对这些人的安排成为一个问题。所有的制度上的变迁无一不与人有关。制度的变迁同样也可以反映文士的身份与地位的变化。从魏太祖时期文官官职制度上的变化入手来梳理文士地位的变化、身份变化，以及其创作成就是很有意义的。

一　制度的变迁与诸文士的职务安排

曹操在制度上对诸文学之士的管理分为两个方面，或说两个阶段。首先，曹操招揽文学之士是出于政治上的需要，所以他对诸文士也是从政治军事的角度来安排的。一方面，官职制度上以丞相主簿、丞相掾、军谋祭酒等职务为主，这种职务的出现是由当时政治军事形势所决定的。当时，就任司空祭酒的有陈琳；军谋祭酒的有

---

① （南朝梁）钟嵘撰《诗品集注》，曹旭集注，上海古籍出版社，1994，第17页。

王粲、阮瑀、徐幹等；辟为丞相主簿的有繁钦、杨修等；辟为丞相掾的有应场；辟为丞相掾属的有刘桢、刘廙。陈琳与阮瑀曾管记室；缪袭"辟御史大夫府"。这些职务或为曹操处理一些政务，或者参与军务，主要恐怕还是一些文书工作。这些工作在曹操征伐的过程中显得非常重要。其工作重点在于为军政大事服务，为曹操服务。所以刘桢、王粲、阮瑀、陈琳等人大多都有着与曹操共同征战的经历，在其过程中也发挥了各自的才能。如王粲在"魏国既建，拜侍中。博物多识，问无不对。时旧仪废弛，兴造制度，粲恒典之"①。同样，王粲以自己的"博物多识"在"朝廷廷议"之时，往往令王朗、钟繇等"搁笔不能措手"②。

随着赤壁之战的结束，曹操与南方的孙权进入相对稳定的阶段，虽然曹操也进行着对马超、韩遂等西北军阀的征伐，但和平时期相对而言多了。这时诸文学在军政上的工作相应减轻，诸文士有很长的时间定居邺城。这个时期，他们的工作大多都有一个制度上的革新，或说变迁。他们由政治的参与者，变成了一个文化的领导者。许多人从政治军事上的职位转移到了曹丕、曹植等兄弟的聘任职位上，有的则直接被安排到曹丕兄弟的身边，如刘廙，"太祖辟为丞相掾属，转五官将文学"③。应场"被太祖辟，为丞相掾，场转为平原侯庶子，后为五官将文学"④。徐幹初为司空军谋祭酒掾属，后为五官将文学。大家都面临着这样的一个身份的改变和职务上的转变。有的人在此时也同时具备两种身份，即战时为丞相掾属，服务于曹操的军政国事，闲暇则是五官将文学或平原侯庶子等。

曹操把诸文学之士安排到曹丕兄弟身边，更多的不是出于政治

---

① （晋）陈寿撰《三国志》卷21《王粲列传》，中华书局，1959，第598页。
② （晋）陈寿撰《三国志》卷21《王粲列传》，中华书局，1959，第599页。
③ （晋）陈寿撰《三国志》卷21《刘桢列传》，中华书局，1959，第614页。
④ （晋）陈寿撰《三国志》卷21《应场列传》，中华书局，1959，第601页。

的考虑，而是为了培养曹丕兄弟。而在曹丕兄弟看来，这其中也有着一定的政治因素，曹丕兄弟自身也通过广置官署等形式延揽文学之士，其中甚至还出现争夺人才的现象。邯郸淳就是一例。

> 《魏略》曰：淳一名竺，字子叔。博学有才章，又善《苍》《雅》、虫、篆、《许氏》字指。初平时，从三辅客荆州。荆州内附，太祖素闻其名，召与相见，甚敬异之。时五官将博延英儒，亦宿闻淳名，因启淳欲使在文学官属中。会临菑侯植亦求淳，太祖遣淳诣植。植初得淳甚喜……淳归，对其所知叹植之材，谓之"天人"。而于时世子未立。太祖俄有意于植，而淳屡称植材。由是五官将颇不悦。及黄初初，以淳为博士给事中。淳作《投壶赋》千余言奏之，文帝以为工，赐帛千匹。①

如此一来，在曹氏兄弟的争夺中，诸文士面临艰难的选择。吴质、杨修、应玚等皆有与邯郸淳类似的经历，如应玚"转为平原侯庶子，后为五官将文学"②。由此，我们可以看到，曹丕与曹植都在极力拉拢人才。

二　文学掾、文学等职务与诸文士

从曹操对诸文士的制度性安排以及曹丕兄弟置官署的情况来看，其职务大致有文学、文学掾、庶子、家丞等。胡大雷③、魏宏灿④

---

① （晋）陈寿撰《三国志》卷 21《邯郸淳列传》，中华书局，1959，第 603 页。
② （晋）陈寿撰《三国志》卷 21《应玚列传》，中华书局，1959，第 601 页。
③ 胡大雷：《邺下文学集团论》，《广西师范大学学报》1991 年第 2 期，第 52~57 页。胡文从曹丕、曹植置官署的角度对诸多文士进行了分类与统计，但对于他们各自在曹操身边的职务并没有相关论述。
④ 魏宏灿：《"置官属"与邺下文学集团的形成》，《阜阳师范学院学报》2001 年第 2 期，第 67~69 页。

等都曾撰文对这些官职的情况做过细致的总结。

所谓文学，《通典》文学条解释为："文学，汉时郡及王国并有文学，而东宫无闻。魏武置太子文学，自后并无。至后周建德三年，太子文学十人，后省。龙朔三年，置太子文学四员，属桂坊。桂坊废而属司经。"① 汉昭帝《举贤良文学诏》曰："朕以眇身，获保宗庙，战战栗栗，夙兴夜寐，修古帝王之事，通保傅传、《孝经》《论语》《尚书》，未云有明。其令三辅、太常举贤良各二人，郡国文学高第各一人，赐中二千石以下至吏民爵各有差。"②

所谓文学掾，张舜徽主编的《三国志辞典》注曰："官名。汉代郡国学校设文学掾、史，略如后世教官。掾为正职。文学掾教授学生，又根据所教儒家经典科目或分为《易》掾、《尚书》掾等。"③

所谓庶子，张舜徽主编的《三国志辞典》注曰："官名，为太子府属官，故又称太子庶子。四百石，第五品，职如三署郎。又诸侯属吏中，亦有庶子一职。"④ 如《魏书·王粲传》："（应）场、（刘）桢被太祖辟为丞相掾属。场转为平原侯庶子，后为五官将文学。"⑤

文学左右，官名。《中国历代官称辞典》释为："官名，汉代，于各州郡及王国置'文学'之官，或称'文学掾'，或称'文学史'，掌以五经教育诸生，为后世教育学官之始。魏晋以后，有'文学从事'之官名，为'博士'之辅佐官。"⑥《三国志·曹衮传》："中山恭王衮……少好学，年十余岁能属文。每读书，文学左右常恐以精力为病，数谏止之，然性所乐，不能废也。"⑦ 此处的文

---

① （唐）杜佑撰《通典》卷30《职官十二》，中华书局，1988，第829页。
② （清）严可均辑《全汉文》，商务印书馆，1999，第44页。
③ 张舜徽主编《三国志辞典》，山东教育出版社，1992，第78页。
④ 张舜徽主编《三国志辞典》，山东教育出版社，1992，第437页。
⑤ （晋）陈寿撰《三国志》卷21《曹衮列传》，中华书局，1959，第601页。
⑥ 赵德义、汪兴明主编《中国历代官称辞典》，团结出版社，1999，第402页。
⑦ （晋）陈寿撰《三国志》卷20《曹衮列传》，中华书局，1959，第583页。

学左右当指文学及身边官吏。

文学从事，官名。"魏晋以后，有'文学从事'之官名，为'博士'之辅佐官。"①《三国志·方技传》："安平赵孔曜荐（管）辂于冀州刺史裴徽……徽于是辟为文学从事，引与相见，大善友之。"②

文学防辅，官名，即王国所设之文学和防辅两官。诸侯王国文学在汉代已经开始设立，魏袭汉制。防辅一官，为魏所特置，其目的是对在国诸王实行禁防。

文学祭酒，"官名。曹魏时期郡太守属吏有文学祭酒，掌教授生徒。祭酒特指对尊者或长者的尊称"③。裴松之注《三国志·杜恕传》引《魏略》："时杜畿为太守，亦甚好学，署（乐）详文学祭酒，使教后进，于是河东学业大兴。"④

文学掾、文学等职务与诸文士统计表

职务	人物	情况	出处
文学	应玚	五官将文学	《三国志·王粲传》
文学	徐幹	五官将文学	《三国志·王粲传》
文学	苏林	五官将文学	《三国志·刘劭传》
文学	刘桢	五官将文学	《三国志·刘桢传》
文学	刘桢	太子文学⑤	《文士传》
文学	王昶	太子文学⑥	《三国志·王昶传》
文学	郑冲	太子文学	《晋书·郑冲传》
文学	毌丘俭	平原侯文学	《三国志·毌丘俭传》

---

① 赵德义、汪兴明主编《中国历代官称辞典》，团结出版社，1999，第402页。
② （晋）陈寿撰《三国志》卷29《方技列传》，中华书局，1959，第818页。
③ 赵德义、汪兴明主编《中国历代官称辞典》，团结出版社，1999，第402页。
④ （晋）陈寿撰《三国志》卷16《杜恕列传》，中华书局，1959，第507页。
⑤ （晋）陈寿撰《三国志》卷21《刘桢列传》，中华书局，1959，第602页。《刘桢列传》："太子尝请诸文学，酒酣坐欢，命夫人甄氏出拜。坐中众人咸伏，而桢独平视。"由此可推知刘桢为太子文学。
⑥ （晋）陈寿撰《三国志》卷27《王昶列传》，中华书局，1959，第744页。

续表

职务	人物	情况	出处
文学	徐幹	（郑）袤与徐幹俱为临淄侯文学	《晋书·郑袤传》
	郑袤		
文学	邯郸淳	魏临淄侯文学	汪僧虔《名书录》（《太平广记》卷209引）
文学掾	司马孚	曹植文学掾	《晋书·司马孚传》
文学掾	司马懿	"魏武为丞相，以司马宣王为文学掾，甚为世子所亲信。"	《通典》卷30
庶子	应玚	平原侯曹植庶子	《三国志·王粲传》
庶子	任嘏	临淄侯庶子	《三国志·王艇传》
庶子	应玚	平原侯曹植庶子	《三国志·王粲传》
庶子	苟纬	魏太子庶子	苟勖《文章叙录》

第二节 "俊才云蒸"的邺下文人集团

一 定都邺城

邺城是三国魏郡的都邑，是当时北方的名都大邑。韩馥、袁绍、曹操都将邺城作为争夺的要地。邺城长期处于一个相对稳定的局面，《英雄记》载："于时冀州民人殷盛，兵粮优足"①，可见当时的冀州，即邺城人口众多，经济繁荣。曹操之所以选择邺城作为其后方基地，并把邺城作为丞相府驻地来发展恐怕也考虑到了这个因素。

当时曹操对邺城的建设是煞费苦心的。在经济上，邺城的繁荣为当时之最。曹丕《玄武陂作诗》可为明证，诗曰："野田广开辟，川渠互相经。黍稷何郁郁。"曹操于建安十三年在邺城建玄武苑，中有玄武池、芙蓉池，于铜爵园中建铜雀台等。玄武池与铜雀

---

① （晋）陈寿撰《三国志》卷1《武帝纪》，中华书局，1959，第6页。

台的建设最初是出于军事目的，但建成后增加了文学聚会和绿化环境的功能。铜雀台和芙蓉池成为邺下文人游宴聚集的场地。曹丕的《芙蓉池作诗》对芙蓉池的美丽风光进行了铺陈描述："乘辇夜行游，逍遥步西园。双渠相溉灌，嘉木绕通川。卑枝拂羽盖，修条摩苍天。惊风扶轮毂，飞鸟翔我前。丹霞夹明月，华星出云间。上天垂光彩，五色一何鲜。"同样，左思的《魏都赋》也对邺城美丽的自然风光进行了精彩的描述。

"邺城经过曹操的建设，自然环境和物质环境，各种园林具备，游园宴会是他们的文学活动的主要形式。"[1] 同样，"铜爵园是邺下文人创作活动的乐园，与建安文学有着不解之缘"[2]。如此，以铜爵园为代表的园林成为邺下诸子游宴聚会的场所。可以这样说，邺下文学之所以出现大量的游宴、赠答和景色描写的诗篇，与邺城美丽的自然风光和繁荣稳定的经济、生活有着密切的关系。

二　建安十三年

建安十三年对于汉末政治、军事及曹魏文学史都是具有里程碑意义的一年。建安十三年正月，曹操北伐乌丸凯旋。不久，辽东送来袁尚的首级，这标志着袁氏一族在北方的统治彻底覆亡。在此基础上，曹操及时调整了自己的政治思路，主要体现在以下三个方面。

首先，随着势力的巩固与扩大，曹操迫切需要进一步地加强对政权的掌控力度。曹操北征乌丸的成功，再一次证明了曹操的英明和胆略。袁氏家族的覆灭，使曹操成为北方最大的军阀。为此，曹操迫切需要政治上的进步来巩固军事上的胜利。建安十三年，司徒

---

① 魏宏灿：《邺下文学集团的贵族化特征》，《淮南师范学院学报》2010 年第 4 期，第 21 ~ 23 页。

② 郑辉、严耕、李飞：《曹魏时期邺城园林文化研究》，《北京林业大学学报》2012 年第 2 期，第 39 ~ 43 页。

赵温"以辟司空曹操子丕为掾，操怒，奏温辟臣子弟，选举不实，免官"①。曹操不仅免赵温的官，而且借此机会于六月直接废除了三公制度，为了弥补三公位置的权力空缺而设丞相、御史大夫职。不久，曹操自拜为丞相。看来罢免赵温只是曹操要对东汉官僚体制进行一次改革的信号。这次改革削减了拥汉派的实力。这是对东汉二百余年官僚体制的重大改革，标志着曹操成为政治上的名副其实的统治者。曹操迈出的第二步是杀孔融。八月，"曹操杀太中大夫孔融，夷其族"②，曹操作《宣示孔融罪状令》。曹操杀孔融的原因很多，但最为主要的原因是孔融拥护汉献帝，属于保皇派。曹、孔的矛盾非一日形成，之所以等到曹操废三公、自为丞相是因为此时的曹操有实力和能力向保皇派动刀了。实力决定了这一切的发生。

其次，此时曹操的理想已经从"能臣"向"周公"转变了。为了巩固自己的势力，曹操开始极力打击拥护汉室刘协的势力，铲除有可能危及自身发展的异己力量。曹操这时遭受了很多意外的变故，先是建安十二年曹操自柳城还，郭嘉病重而卒。郭嘉因"深通有算略，达于事情"为曹操欣赏，而"天下事竟，欲以后事属之，而中年夭折"③。十三年，爱子曹冲病卒。曹冲"聪察岐嶷"，"仁爱识达……太祖数对群臣称述，有欲传后意。年十三，建安十三年疾病，太祖亲为请命。及亡，哀甚"④。据以上两则材料我们可做如下推断。曹操对郭嘉和曹冲的期许表明其内心已经完成了从"能臣"到"文王"的转变。曹操把天下传承的重大问题，当成了自己的家事，不再与汉帝商量。既然是自己的家事，那么一切的安排都应当服从曹家能够顺利接班传承大统这个根本原则。如此一来，

① （南朝宋）范晔撰《后汉书》卷27《赵温列传》，中华书局，1965，第950页。
② （南朝宋）范晔撰《后汉书》卷9《孝献帝纪》，中华书局，1965，第385页。
③ （晋）陈寿撰《三国志》卷14《郭嘉列传》，中华书局，1959，第435页。
④ （晋）陈寿撰《三国志》卷20《曹冲列传》，中华书局，1959，第580页。

周不疑被杀的原因也就很清楚了。《先贤传》载，周不疑"幼有异才，聪明敏达，太祖欲以女妻之，不疑不敢当。太祖爱子仓舒，夙有才略，谓可与不疑为俦。及仓舒卒，太祖心忌不疑，欲除之。文帝谏以为不可，太祖曰：'此人非汝所能驾御也。'乃遣刺客杀之"①。

第三，为统一全国，积极备战为统一天下做准备。曹操自征乌丸而归，于十三年正月便开始在玄武池训练水师，为南下消灭刘表、孙权做准备。七月，曹操便南征刘表。当时随行的有曹丕、刘桢、阮瑀等人。曹操未至而刘表卒，其子刘琮代为荆州牧，屯兵襄阳。九月，曹操到新野，刘琮在蒯越、傅巽、王粲等人劝说下归降曹操。刘备则由樊城退守夏口。曹操以刘琮为青州刺史，封列侯。曹操作《下荆州书》。十二月，孙权与刘备结盟。曹操自江陵东下与周瑜、刘备战于赤壁，大败，作《与孙权书》，曰："公至赤壁，与备战，不利。于是大疫，吏士多死者，乃引军还。"②《先主传》曰："先主与吴军水陆并进，追到南郡，时又疾疫，北军多死，曹公引归。"③ 赤壁之战后，孙刘两方势力得到迅速发展，最后与曹操形成三分之势，曹操也再无力大规模南下，而转向巩固北方，天下总算迎来相对安定的局面。

三　"俊才云蒸"的邺下文人集团

邺下文人集团昌盛之时有"百川赴巨海，众星环北辰"④ 的盛况。《文心雕龙·时序》曰："建安之末，区宇方辑。魏武以相王之尊，雅爱诗章；文帝以副君之重，妙善辞赋；陈思以公子之豪，

---

① （晋）陈寿撰《三国志》卷6《刘表列传》，中华书局，1959，第216页。
② （晋）陈寿撰《三国志》卷1《武帝纪》，中华书局，1959，第31页。
③ （晋）陈寿撰《三国志》卷32《先主传》，中华书局，1959，第878页。
④ （南朝梁）萧统编《文选》卷30谢灵运《拟魏太子邺中集诗八首》，（唐）李善等注，上海古籍出版社，1986，第1433页。

下笔琳琅，并体貌英逸，故俊才云蒸。仲宣委质于汉南，孔璋归命于河北，伟长从宦于青土，公干徇质于海隅，德琏综其斐然之思，元瑜展其翩翩之乐。文蔚、休伯之俦，子叔、德祖之侣，傲雅觞豆之前，雍容衽席之上；洒笔以成酾歌，和墨以藉谈笑。观其时文，雅好慷慨，良由世积乱离，风衰俗怨，并志深而笔长，故梗概而多气也。"① 钟嵘《诗品》描述了当时文坛的盛况："曹公父子，笃好斯文；平原兄弟，郁为文栋；刘桢、王粲，为其羽翼，次有攀龙托凤，自致于属车者，盖将百计。彬彬之盛，大备于时矣。"②

由刘勰的"俊才云蒸"和钟嵘的"彬彬之盛"足见当时邺下文学之盛。刘勰和钟嵘的这种描述应该是一种笼统的描述，后世许多学者在"盖将百计"上下文章，以为当时文学之盛并没有达到如此盛况，尤其是具体到单个诗人身上并没有这么多。李景华以为"如以现存文学作品而言'百计'恐怕只言其多，建安作家很难有百人之多，何况邺下文人"③。这种说法是根据《三国志》卷21《王卫二刘傅传》而来的。但《史书》所载者多为当时代表性的文人，而很难把当时聚集的文人实名化。正如鸿都门学的兴盛之时，"有诏敕中尚方为鸿都文学乐松、江览等三十二人图象立赞，以劝学者"④。李贤注"鸿都"时说："三公举召能为尺牍辞赋及工书鸟篆者相课试，至千人焉。"⑤ 不要说课试者"至千人"我们无法考证，即便是"图像立赞"的三十二人我们也不能一一寻出名姓来。我们不能因为无法一一落实到具体的个人而否认阳球、李贤等人的说法。据统计当时有名姓可考者约22人，如曹操、曹丕、曹植、

---

① 周振甫著《文心雕龙今译》，中华书局，1986，第399页。

② （南朝梁）钟嵘撰《诗品集注》，曹旭集注，上海古籍出版社，1994，第17页。

③ 李景华：《建安文学述评》，首都师范大学出版社，1994，第22页。

④ （南朝宋）范晔撰《后汉书》卷77《阳球列传》，中华书局，1965，第2499页。

⑤ （南朝宋）范晔撰《后汉书》卷7《孝桓帝纪》，中华书局，1965，第341页。

甄皇后、陈琳、王粲、徐幹、阮瑀、应场、刘桢、繁钦、应璩、杨修、吴质、路粹、丁仪、丁廙、邯郸淳、荀纬、刘廙、苏林、蔡琰。① 张兰花在其博士论文《曹魏士风递嬗与文学新变》一文中则增加了应贞、王昶、郑冲、毌丘俭、郑袤、司马孚、任暇、刑颙、卢毓、仲长统、缪袭、刘劭、桓阶、卫觊、卞兰、崔琰、王象、司马懿、韦诞、钟繇、王朗、夏侯惠、蒋济，共计 45 人。② 虽然以上很多人都曾经担任过文学侍从一类的官职，但并非人人都擅长文学创作。即便如此，他们的加入对文学活动的规模和文学集团的形成也都有着重要的作用，正如程千帆所言："建安阶段有这么一个文人集团，首先是政治集团，然后才是文人集团。"③

曹丕领导的邺下文人集团，身处邺城这样安定繁荣的大都市之中，游宴成为其日常生活重要组成部分。曹植《公宴》诗曰"公子爱敬客，终宴不知疲"④，此处的"公子"特指曹丕。类似的记载还有很多，如《典略》载："太子尝请诸文学，酒酣坐欢，命夫人甄氏出拜。"⑤ 吴质在《答魏太子笺》中也曾深情地回忆"昔侍左右，厕坐众贤，出有微行之游，入有管弦之欢，置酒乐饮，赋诗称寿"⑥。可见所谓"傲雅觞豆之前，雍容衽席之上，洒笔以成酣歌，和墨以藉谈笑"之景非为虚谈，乃为实况。

第三节　"五言腾踊"时代的来临

"五言腾踊"的说法源于刘勰，原文出于《文心雕龙·明诗》：

---

① 牛润珍：《建安文学新论》，中州古籍出版社，1992。
② 张兰花：《曹魏士风递嬗与文学新变》，浙江大学博士学位论文，2012，第 123 页。
③ 程千帆著《程千帆全集》卷 15《桑榆忆往》，河北教育出版社，2000，第 143 页。
④ 赵幼文校注《曹植集校注》，人民文学出版社，1998，第 49 页。
⑤ （晋）陈寿撰《三国志》卷 21《刘桢列传》，中华书局，1959，第 602 页。
⑥ 严可均辑《全三国文》，商务印书馆，1999，第 308 页。

"暨建安之初，五言腾踊，文帝、陈思，纵辔以骋节；王、徐、应、刘，望路而争驱；并怜风月、狎池苑、述恩荣、叙酣宴。慷慨以任气，磊落以使才。"① 刘勰的这段议论历来是历代学者评价建安文学的重要资料。这段资料论述的是五言诗在建安时期的发展状况，"五言腾踊"是其表现。

一 "五言腾踊"局面的形成

首先，"五言腾踊"表现在五言诗创作数量的"彬彬大盛"上。这一时期，由于曹操"唯才是举"的人才政策及曹丕、曹植等兄弟"置官署"的举措，魏国聚集了大量的文学人才。观当时天下之文才，几乎都陆续落入曹魏一方。南朝钟嵘《诗品·序》曰："降及建安，曹公父子，笃好斯文；平原兄弟，郁为文栋；刘桢、王粲，为其羽翼。次有攀龙托凤，自致于属车者，盖将百计。彬彬之盛，大备于时矣。"② 现就魏太祖时期重要诗人的作品从诗歌体裁的角度进行统计，以此来说明当时"五言腾涌"的创作局面。

魏太祖时期重要诗人诗歌分析表③

体裁 / 作者	杂言诗	四言诗	五言诗	六言诗	七言诗	总数	五言诗所占比例
曹操	9	8	10	无	无	27	37%
曹丕	5	12	24	3	2	46	52%
曹植	8	24	78	2	6	118	66%
孔融	无	1	2	3	无	6④	33%

① （南朝梁）刘勰撰《文心雕龙义证》，詹锳义证，上海古籍出版社，1989，第 196 页。
② （南朝梁）钟嵘著《诗品集注》，曹旭集注，上海古籍出版社，1994，第 17 页。
③ 此表根据逯钦立《先秦汉魏晋南北朝诗》统计。对没有具体篇名的作品，以及逯钦立名之为《诗》的，即便是残篇也以单篇计。
④ 关于孔融的诗篇，韩格平在《建安七子诗文集校注译析》中保存其中有争议的两首《杂诗》。如果归入孔融名下当为 8 首，其中五言诗当为 4 首，所占比例当为 50%。

续表

体裁 作者	杂言诗	四言诗	五言诗	六言诗	七言诗	总数	五言诗所占比例
王粲	无	5	20	无	无	25	80%
陈琳	1①	无	3	无	无	4	75%
刘桢	无	无	13	无	无	13	100%
徐幹	无	无	4	无	无	4	100%
阮瑀	无	无	14	无	无	14	100%
应场	无	1	5	无	无	6	83%
繁钦	无	2	5	无	1	8	62%
甄后	无	无	1	无	无	1	100%
邯郸淳	无	1	无	无	无	1	0%
蔡琰	无	1	2	无	无	3	67%
仲长统	无	3	无	无	无	3	0%
吴质	无	无	1	无	无	1	100%

　　对上表所做的统计，我们有几点需要说明。第一，魏太祖时期的重要作家，如以上诗人，其作品在漫长历史传播过程中，遗失甚多。今天我们所能辑佚到的作品不等于这些作家的全部作品。第二，对魏太祖时期文学进行研究，所依据的作品也只能是从现存的作品出发，去发现并寻找当时文学创作的一个基本现状。这也是我们唯一能做的。第三，这种计量式的统计方法对当时的文学创作而言，确实有着某种程度的不客观，但对今天的研究而言，如此切入也不失为一种方法。

　　鉴于此，对上表我们可以大致做如下概括。第一，魏太祖时期重要诗人的作品虽然涉及杂言、四言、五言、六言、七言等，但五言诗所占分量最重。刘桢、徐幹、阮瑀留下的诗歌全部为五言诗

---

① 其中《饮马长城窟》为乐府诗篇，其诗句以五言为主，夹杂七言句，暂归入杂言中，以便统计。

篇。我们可以从曹操、曹丕、曹植三人五言诗所占比例 37%、52%、66% 看出，三人的五言诗创作呈递增状态。三者的年龄呈现越来越年轻的状态，年代越来越靠后。我们可以做如下推断：五言诗的创作趋势是从曹操时代到曹丕时代再到曹植时代，随着时间的推移，其所占比例越来越大，越来越为文人所接受，在文学创作体裁中所占的比例越来越大。王今晖从逯钦立《先秦汉魏晋南北朝诗》的《汉诗》卷 7、《魏诗》卷 1 ~ 卷 8 出发，总结了建安时期"24 位诗人较为完整的诗歌（存诗四句以上者）298 首，其中五言诗 200 首，占总篇数的 67%"①。

第二，四言诗在三曹以及王粲诗篇中占有一定比例，约 1/3。可见，在两汉《诗经》影响下的四言诗"正体"地位已被撼动，呈现出为五言诗所取代的趋势。七言诗已经有比较成熟的作品，如曹丕《短歌行》，但就其数量而言所占比例太小，其本身还带有浓厚的乐府痕迹，纯粹的文人七言诗还没有出现。

第三，"五言腾踊"还表现为五言诗歌内容体裁的丰富充实。刘勰所谓"怜风月，狎池苑，述恩荣、叙酣宴"的说法就是根据五言诗歌创作的内容概括的。这里我们不得不说明，魏太祖后期的诗歌创作内容较前期"汉末实录"式的单调的题材内容来说大大扩大了五言诗的表现范围。萧统的《文选》直接从诗歌题材的角度对诗歌进行分类，我们可以看出一二。

《文选》中所录曹魏三祖时期诗歌统计表

题材	作者	诗歌	体裁
献诗	曹植	《责躬诗》	四言
		《应诏诗》	四言

① 王今晖：《建安时期"五言腾踊"成因初探》，《山东社会科学》2002 年第 4 期，第 112 页。

续表

题材	作者	诗歌		体裁
公宴	曹植	《公宴诗》		五言
	王粲	《公宴诗》		五言
	刘桢	《公宴诗》		五言
	应玚	《侍五官中郎将建章台集诗》		五言
祖饯	曹植	《送应氏二首》		五言
咏史	王粲	《咏史诗》		五言
	曹植	《三良诗》		五言
游览	曹丕	《芙蓉池作》		五言
哀伤	曹植	《七哀诗》		五言
	王粲	《七哀诗》		五言
赠答	王粲	《赠蔡子笃诗》		四言
		《赠士孙文始》		四言
		《赠文书良》		四言
	刘桢	《赠五官中郎将四首》		五言
		《赠徐幹》		五言
		《赠从弟三首》		五言
	曹植	《赠徐幹》		五言
		《赠丁仪》		五言
		《赠王粲》		五言
		《又赠丁仪王粲》		五言
		《赠白马王彪》		五言
		《赠丁翼》		五言
军戎	王粲	《从军行》五首		五言
乐府	曹操	乐府二首	《短歌行》	四言
			《苦寒行》	五言
	曹丕	乐府二首	《燕歌行》	七言
			《善哉行》	四言
	曹植	《乐府四首》		五言

续表

题材	作者	诗歌	体裁
杂诗	王粲	《杂诗》（日暮游西园）	五言
	刘桢	《杂诗》（职事相填委）	五言
	曹丕	《杂诗二首》	五言
	曹植	《朔风诗》	四言
		《杂诗六首》	五言
		《情诗》	五言

《文选》所选曹魏三祖时期作家 55 首诗歌。其中五言诗 46 首，占 84%。可见，这个时代的诗歌体裁以五言诗居多，这改变了两汉以四言诗为主体的状况，初步确立了五言诗在诗歌中的主体地位。

同时，我们还应该看到萧统把诗歌共分成 23 类，曹魏三祖时期的诗歌占 10 类。其中还包括补亡、述德、劝励、百一、游仙、招隐、反招隐、咏怀、行旅、郊庙、挽歌、杂歌、杂拟 13 类题材。这 13 类中，以上诸诗人的作品还有游仙、咏怀、行旅、郊庙，加上以前 10 类，共 14 类，约占 60%，可见，此时的诗歌就其内容而言，已经非常丰富了。

二 文人五言诗地位的正式确立

关于文人五言诗的论述，前人多专注其起源，而我们观魏太祖时期的五言诗创作，需要说明的不是以上问题，而是文人五言诗地位的正式确立及其标志。这个论题才是魏太祖时期文学在文学史上的价值所在。观魏太祖后期五言诗"彬彬大盛"的创作队伍，以及"五言腾踊"的诗歌局面，我们很难说这是五言诗的产生期，因为在此之前的东汉时期已经出现了班固、秦嘉、蔡邕等人的五言诗创作。观魏世祖、魏烈祖时期的五言诗创作，就其队伍而言则远远不如此时来得热闹。即便是考察其后正始诗人阮籍等人的五言诗创作，追溯其源头，我们也不得不回归到魏太祖后期中来。可见，这一时期的确在五言诗史上占据重要的地位。同时，我们还应注意这样一个问题：文人五言诗的确立需要怎样的标志来体现呢？我认为大致需要如下两个条件：其一五言诗的成熟；其二五言诗为文人所掌握，并成为其创作的主要文学体裁。

五言诗的成熟需要具备两个要素：一是五言诗为大多数诗人所接受；二是五言诗的内容丰富，涵盖生活层面多，既包括对现实的反映，也包括对诗人自身情感的抒发。就第一点来说，两汉的五言诗作者情况比较单一。最早的五言诗是美人虞的《和项王歌》[①]，其次为李延年《歌·北方有佳人》和班婕妤《怨诗》。这三首是我们所能看到的西汉时期的三首比较完整的五言诗。东汉的五言诗记载较西汉为多，但这个"多"也是有限的，据《先秦汉魏晋南北朝诗·汉诗》统计，有作者的五言诗当在 10 余首。但有一点是可以确定的，那就是东汉五言诗的增多，这主要体现在乐府五言诗以及一些我们很难确定作者的"古诗"上。就其作者而言，大致有班固《咏史》、张衡《同声歌》、郦炎《见志诗》两首、侯瑾《述志诗》残句、秦嘉《赠妇诗》、徐淑《答秦嘉诗》、赵壹《鲁生歌》、蔡邕《饮马长城窟》与《翠鸟诗》，共 8 人 10 首诗。创作者人数少，同样，从作品的数量来看，五言诗的创作也远远不如四言诗。但是，当我们转向魏太祖后期的文坛，却看到当时的文坛几乎所有的人都在进行五言诗的创作，甚至如王粲、刘桢、曹丕等人的五言诗作品在其全部作品中均占 50% 以上。两汉时期的五言诗为个别人的创作，而魏太祖后期的五言诗创作已成为整个文坛的主流。这是诗人群体对五言诗的接受，并且从创作的数量来看已经形成了"五言流调"压倒"四言正体"的局面。还有一点就是，两汉时期的

① 逯钦立辑校《先秦汉魏晋南北朝诗》，中华书局，1983，第 89 页。

五言诗创作多数集中在美人虞、班婕妤和李延年等女人与乐工，还有如秦嘉等下层文人身上。即便如以《古诗十九首》为代表作的无名诗人也多是"斗筲之人"的鸿都门学士。这也说明了当时的五言诗并没有真正地进入上层文人的视野，或说为他们所接受。至少在诗体观念上五言诗仍是处于四言正体的附庸地位，甚或是为正统学者所排斥。而魏太祖时期的孔融、王粲、阮瑀等人均是出身公侯的世家大族学者，他们有着深厚的经学修养，有着显赫的社会地位。五言诗为他们所接受并成为他们传播自己思想、技艺的载体，不能不说这是五言诗的一个伟大突破。这个突破或许可以归结到曹操、曹丕父子对五言诗的认可上。

其次，就五言诗所表现的范围来看，魏太祖后期的大量优秀作品的出现亦是五言诗走向成熟的一个重要标志。两汉时期的五言诗其主体是单一的，或为闺阁哀唱，或为离别相思。游子、思妇之情的抒发和感叹为当时五言诗的主要内容，即便是《古诗十九首》这样比较成熟的五言诗，其内容的单调也是为后世学者所承认的。观魏太祖前期的五言诗创作，其主体也基本是"建安实录"这样单一的主题。这种状况的根本改变，是从魏太祖后期开始的。王粲、刘桢、阮瑀、曹丕等人的邺下贵游生活真正地拓宽了五言诗的表现范围。当时丰富的社会生活和社会需要，使五言诗的主题从单一的游子、思妇、战乱走向更为广阔的生活，甚而开始由单一的对外部世界的描写转向个体生命的感悟和内心情感的抒发。其格局大大扩展，这引起了刘勰、萧统的关注。如萧统《文选》甚至以诗歌的内容来对诗歌进行分类，对此前文已经提及。萧统对选录的魏太祖时期的诗人作品进行了 10 个方面的主题划分，其他的主题没有选录的有咏怀、游仙等，但曹操、王粲、曹植等人于此也有优秀的作品。

第四节　游宴文学

魏太祖后期"彬彬大盛"的文人队伍进行的文学创作，开辟了我国文学史上的文人诗歌创作的第一个高潮。这个高潮表现在很多方面，就作家队伍而言就是非常可观的，所谓"曹公父子，笃好斯文；平原兄弟，郁为文栋；刘桢、王粲，为其羽翼。次有攀龙托凤，自致于属车者，盖将百计"的"彬彬之盛"的局面是客观现实，非浮夸之词。① 就其成就而言，亦是文学史上一次文学创作的高潮，其作品的数量和质量都达到了一个历史的新高。单从诗歌方面来讲，堪称继《诗经》、楚辞后的一次集中创作的爆发期。但纵观魏太祖后期的文学创作，从诗人群体的活动兴致和作品内容两个方面，我们有必要进行一下具体的分析。这一时期的文学创作因王粲、曹丕等人的活动范围的转移，其诗歌内容和风格也随之发生了变化。从活动地点入手，我们可以把这一时期的文学创作分两块来探讨：一为邺下活动的文学创作；一为军旅活动的文学创作。

一　邺下文人集团的集会活动

邺城，初为袁绍的政治中心，建安九年曹操打败袁绍占据邺城之后就开始把邺城作为政治中心来进行建设。随着曹操势力的逐步扩展和邺城建设的进行，邺城逐渐发展成为当时最为繁华的城市，成为魏国的大本营。伴随邺城的建设，曹操一方面重视对邺城附近宫苑的建设，另一方面也以邺城为中心大力招揽各方面人才。我们单以文人而论，至建安十三年，文学史所关注的作家几乎全部被曹操收揽。其中包括寄寓荆州的王粲，居无定所的邯郸淳，甚至远在

① （南朝梁）钟嵘撰《诗品集注》，曹旭集注，上海古籍出版社，1994，第 17 页。

匈奴的蔡琰也由曹操通过外交手段赎回。曹操对这些文人都进行了量才使用。如王粲以博才多识为侍中，邯郸淳以学问淹博为曹植庶子，蔡琰则以整理其父蔡邕的著作为己任。同时，曹操还给予曹丕、曹植兄弟"置官署"的权力，允许其招聘文学之士为其所用。这样王粲、陈琳等人就具有了两种身份：一是曹操的丞相掾属，一是辅佐曹丕兄弟的文学掾。战时，他们随曹操出征；闲暇时，则随曹丕兄弟游宴。

游宴，是曹丕兄弟与王粲等文人之间的重要的文人聚会方式，这种活动在他们之间非常频繁。正如曹丕自己所说："昔日游处，行则连舆，止则接席，何尝须臾相失。"① 他们之间的游宴活动，在文献中多有记载，现整理如下。

魏太祖后期邺下游宴活动一览表②

游宴时间	游宴活动	文献记载	文献出处
建安十六年（211）	曹丕与诸文学宴饮	"太子尝请诸文学，酒酣坐欢，命夫人甄氏出拜。"③	裴松之注《三国志·王粲传》引《典略》
建安十六年（211）仲夏	曹丕、吴质、阮瑀、曹真、曹休五人，另外陈琳、徐幹、王粲、刘桢、应场可能也参加了这次盛会。④	"每念昔日南皮之游，诚不可忘。既妙思六经，逍遥百氏，弹棋闲设，终以六博，高谈娱心，哀筝顺耳。驰骛北场，旅食南馆。浮甘瓜于清泉，沉朱李于寒水。瞭日既没，继以朗月。同乘并载，以游后园。舆轮徐动，参从无声。清风夜起，悲笳微吟。乐往哀来，凄然伤怀。"⑤	曹丕《与吴质书》

① 严可均辑《全三国文》，商务印书馆，1999，第66页。
② 黄阿莎：《论邺下文学集团的游宴活动及其对文学创作的影响》，《清华大学学报》（哲学社会科学版）2010年增第2期，第80页。其文对邺下游宴活动有着翔实的记载和论述，本表在黄阿莎的基础上整理而成。
③ （晋）陈寿撰《三国志》卷21《刘桢列传》，中华书局，1959，第602页。
④ 俞绍初辑校《建安七子集·建安七子年谱》，中华书局，1989，第416页。
⑤ 严可均辑《全三国文》，商务印书馆，1999，第65页。

续表

游宴时间	游宴活动	文献记载	文献出处
建安十七年（212）春	曹操率诸子游西园，登铜雀台。	"建安十七年春，游西园，登铜雀台，命余兄弟并作。"①	曹丕《登台赋·序》
建安二十年（215）	吴质赴邺城上任，曹植等为之举行宴饮活动。	"前日虽因常调，得为密坐。虽燕饮弥日，其于别远会稀，犹不尽其劳积也。"②	曹植《与吴季重书》
建安二十年（215）五月	曹操携带曹丕征张鲁，过孟津，与诸文人游览赋诗。	"良辰启初节，高会构欢娱。"	曹丕《孟津诗》
建安二十五年（220）五月	曹丕随军西征，在孟津与诸文士外出游宴。	"方今蕤宾纪时，景风扇物，天气和暖，众果具繁。时驾而游，北遵河曲，从者鸣笳以启路，文学托乘于后车，节同时异，物是人非，我劳如何！"③	曹丕《与吴质书》
不详	曹丕在东阁与诸文士宴饮。	"避暑东阁，延宾高会，酒酣乐作。"④	曹丕《戒盈赋》
不详	曹丕在北园与诸文士宴饮。	"祖于北园，博延众贤，遂奏名倡。"⑤	曹丕《答繁钦书》
不详	曹丕与曹植等夜游西园芙蓉池。	"乘辇夜行游，逍遥步西园。"	曹丕《芙蓉池作诗》
		"逍遥芙蓉池，翩翩戏轻舟。"	曹植《芙蓉池诗》
不详	曹丕与吴质、曹休等文士宴饮。	"帝尝召质及曹休欢会，命郭后出见质等。"⑥	《质别传》
不详	曹丕与吴质等重游南皮。	"燕友台在县东二十五里。《魏志》云：'文帝为五官中郎将与吴质重游南皮，筑此台燕友，故名焉。'又名射雉台。"⑦	《太平寰宇记》卷65"沧州南皮县"下

---

① 严可均辑《全三国文》，商务印书馆，1999，第39页。
② 赵幼文校注《曹植集校注》，人民文学出版社，1998，第142页。
③ 严可均辑《全三国文》，商务印书馆，1999，第66页。
④ 严可均辑《全三国文》，商务印书馆，1999，第37页。
⑤ 严可均辑《全三国文》，商务印书馆，1999，第63页。
⑥ （晋）陈寿撰《三国志》卷21《吴质列传》，中华书局，1959，第609页。
⑦ 乐史撰《太平寰宇记》，中华书局，2007，第1330页。

续表

游宴时间	游宴活动	文献记载	文献出处
不详	曹丕与应玚等人在建章台集会。	"公子敬爱客，乐饮不知疲。"	应玚《侍五官中郎将建章台集诗》
不详	曹丕、曹植等至玄武陂游玩。	"兄弟共行游，驱车出西城。"	曹丕《于玄武陂作诗》
不详	曹植与丁廙等文士在"城隅"宴饮。	"嘉宾填城阙，丰膳出中厨。吾与二三子，曲宴此城隅。"	曹植《赠丁廙》

邺下集团的游宴活动形式多样，如斗鸡、射鸟、游猎、宴饮、观园、登台、赏乐、观舞，等等。其所观者"游目极妙伎"，其所听者"清听厌宫商"，其所玩者"从朝至日夕"，甚而"日暮游西园"的夜游生活也是频繁异常，以致出现了"节游"呼声。当然，在以上游宴活动中，最为曹丕难忘的当属南皮之游了。建安二十年，曹丕作《与吴质书》："每念昔日南皮之游，诚不可忘。既妙思六经，逍遥百氏，弹棋闲设，终以博弈，高谈娱心，哀筝顺耳。驰骛北场，旅食南馆。浮甘瓜于清泉，沉朱李于寒水。瞰日既没，继以朗月，同乘并载，以游后园，舆轮徐动，宾从无声，清风夜起，悲笳微吟，乐往哀来，凄然伤怀。"① 由此可见，建安十六年（211）的这次南皮之游给曹丕、吴质等人留下了美好的回忆。曹丕组织的游宴活动，"高谈娱心"增强了曹丕与诸文士之间的感情。

二 邺下游宴文学的创作成就

邺下游宴在当时的文学创作中起着重要的作用。"邺下壮会"②

---

① 夏传才、唐绍忠校注《曹丕集校注》，河北教育出版社，2013，第104页。
② 潘啸龙：《邺下壮会和建安诸子的创作风貌》，《安徽师范大学报》1993年第4期，第419~427页。

一方面是曹魏作家当下生活无忧、优游岁月的体现；另一方面也使得他们的视野由关注外部满目疮痍的社会转而关注个人的生活宴饮，并从这种游宴的生活中转入对个体内心世界情感的挖掘。在游宴中，他们通过创作诗歌逞才竞技，展现自己的文学造诣。在这样的艺术环境中，邺下诸子的创作技巧更加的成熟。这使曹魏文学的创作从描写外部悲惨世界转而描述和平雍容的宴饮生活。邺下文学集团的游宴活动突出的特点是它的文学性，即游宴的成员多为文人，他们"每至觞酌流行，丝竹并奏，酒酣耳热，仰而赋诗"①（曹丕《与吴质书》）。当时的诗歌涉及游宴的作品比比皆是。

> 明月照缇幕，华灯散炎辉。赋诗连篇章，极夜不知归。②
>
> ——刘桢《赠五官中郎将》其四
>
> 开馆延群士，置酒于斯堂。辨论释郁结，援笔兴文章。③
>
> —— 应玚《公宴诗》
>
> 赠诗见存慰，小子非所宜。④
>
> —— 应玚《侍五官中郎将建章台集诗》

大量的游宴活动是游宴诗出现的重要外界条件。《文选》卷 20 共收"公宴"诗 14 首，首列建安诗人作品，有曹植、王粲、刘桢《公宴诗》各一首，以及应玚《侍五官中郎将建章台诗》一首。其他还有陈琳《宴会诗》《游览》二首；应玚《侍五官中郎将建章台集诗》《斗鸡诗》；刘桢《斗鸡诗》《射鸢诗》；曹丕《芙蓉池作诗》

---

① 夏传才、唐绍忠校注《曹丕集校注》，河北教育出版社，2013，第 110 页。
② 吴云主编《建安七子校注》，天津古籍出版社，2005，第 566 页。
③ 吴云主编《建安七子校注》，天津古籍出版社，2005，第 490 页。
④ 吴云主编《建安七子校注》，天津古籍出版社，2005，第 492 页。

《于玄武陂作诗》《夏日诗》。以曹植为例，其诗篇涉及游宴的有《元会诗》《侍太子坐诗》《斗鸡诗》《箜篌引》《当来日大难》《当车已驾行》《芙蓉池诗》《公宴诗》《送应氏诗二首》《赠丁廙》《赠徐幹》《赠王粲》，达 13 首之多。

总之，邺下诸子的游宴之作均为当时游宴活动的产物。为此张玉毂《古诗赏析》卷首《论古诗四十首》其十八曰："《公宴》诗篇开应酬，收罗何事广萧楼。德琏别有超群笔，一雁云中独唳秋。"①

三 邺下游宴文学的创作特点

邺下游宴活动主要是在曹丕的主持下进行的。曹丕以副君之重，重视文学，重视文学之士，聚揽了大量的文学之士。邺城的繁荣，为王粲等人提供了一个比较安定舒适的创作环境。频繁的游宴活动，促进了他们彼此之间感情的融进。更为重要的是，由于曹丕的提倡和组织，几乎每一次游宴聚会都会成为一次文学之士间进行文学才艺交流与竞技的活动。这样他们的创作就具有了独特性。

首先，他们的创作具有集体性。这种集体性的创作源于他们集体性的活动。关于这一点，上一节"魏太祖后期邺下游宴活动一览表"可为明证。这样持续性的文人的集体活动在此之前的历史上也曾发生过，只是发生在君侯身上。如西汉梁王、汉武帝身边就聚集了大量的文人，彼时的文人聚集一方面是文化地位的彰显，另一方面是政治上"润色鸿业"的需要。邺城曹丕兄弟身边的文人邺下西园之游则是带有文艺性质的聚会唱和，是娱乐性和知识性的结合。这种集体的活动产生了许多唱和与应酬之作。

---

① 张玉毂著《古诗赏析》，上海古籍出版社，2000，第 3 页。

三曹七子建安十七年至建安二十五年的诗赋唱和作品①

	曹操	曹丕	曹植	王粲	徐幹	应玚	刘桢	陈琳
建安十七年（212）	《登台赋》	《登台赋》《寡妇赋》	《登台赋》《寡妇赋》《寡妇诗》	《阮元瑜寡妇诔》	／	／	／	／
建安十八年（213）	／	《愁霖赋》《雨霁赋》《校猎赋》	《愁霖赋》《雨霁赋》《七启》	《愁霖赋》《雨霁赋》《羽猎赋》《七释》	／	《愁霖赋》《雨霁赋》《西狩赋》	《大阅赋》	《武猎赋》
建安十九年（214）	／	《槐赋》	《槐树赋》《籍田赋》	《槐赋》				
建安二十年（215）	／	《柳赋》	／	《柳赋》	《行女哀辞》《仲雍哀辞》	《柳赋》	《行女哀辞》《仲雍哀辞》	《柳赋》

其次，他们的创作具有应诏性和随机性。邺下游宴和聚会时所进行的各种文学创作具有明显的应诏性，即作品的生成并不源于自我情感与外界事件碰撞的结果，这样的作品多是在君主的诏命下的应景之作。而这种创作主题的产生又具有很大的随机性，如就某件事而作，就某人而作，就某物而作。创作之中诗赋并有，以赋为多。如曹操在建安十七年，率诸子游西园，"登铜雀台，命余兄弟并作"②。曹丕在阮瑀死后，感其"与余有旧，薄命早亡。每感存其遗孤，未然不怆然伤心，故作斯赋，以叙其妻子悲苦之情。命王粲并作之"③。曹丕有出自西域之玛瑙，观其"文理交错，有似马脑，故其方人因以名之。或以系颈，或以饰勒，余有斯勒，美而赋之，命陈琳、王粲并作"④。诗歌也如此，曹丕与曹植均有《芙蓉池

---

① 寇矛：《邺下文人集团的形成与演变》，《洛阳工学院学报》1999 第 3 期，第 71～76 页。
② 夏传才、唐绍忠校注《曹丕集校注》，河北教育出版社，2013，第 60 页。
③ 夏传才、唐绍忠校注《曹丕集校注》，河北教育出版社，2013，第 59 页。
④ 夏传才、唐绍忠校注《曹丕集校注》，河北教育出版社，2013，第 83 页。

作》；在斗鸡活动中，曹植、刘桢、应场作《斗鸡诗》；阮瑀死后，曹丕兄弟作《寡妇诗》及《寡妇赋》等，这些作品均带有明显的集体活动的痕迹。

第三，他们的创作具有逞才竞技性。三祖时期崇尚"才气"，文士们彼此之间充满着激烈的才气之争。祢衡与曹操，杨修与曹操，曹丕与曹植，曹植与邯郸淳之间都充满了这样的才气争斗。邺下诸文士之间频繁的宴饮活动中经常有才气之争。其逞才竞技的方式主要有两种，一是即时应景创作较量其敏捷的才思，一是同题之作显示其水平的高下。就前者而言，多是敏捷才华的竞技较量。这种较量不仅要求能写，尤其要求快。刘桢《瓜赋》序曰："桢在曹植坐，厨人进瓜，植命为赋，促立成。"① 曹植自己也曾因为"握牍持笔，有所造作，若成诵在心，借书于手，曾不斯须，少留思虑，仲尼日月，无得逾焉"②。曹植也因其"援笔立就"之才而备受曹操宠爱。杨修在《答临淄侯笺》中曰："又尝亲见执事，握牍持笔，有所造作，若成诵在心，借书于手，曾不斯须，少留思虑，仲尼日月，无得逾焉。修之仰望，殆如此矣。是以对《鹞》而辞，作《暑赋》弥日不献。"③《文心雕龙·神思》举了曹植、王粲、阮瑀、祢衡为文思快的例证，说他们："子建援牍如口诵，仲宣举笔似宿构，阮瑀据案而制书，祢衡当食而草奏：虽有短篇，亦思之速也。"④ 便是符合了这个重才气的时代的评价。

后一种逞才表现在创作同题作品的以见其优劣上，因此在这一时期的作品中我们能够发现大量的同题之作。现总结如下表。

---

① 吴云主编《建安七子集校注》，天津古籍出版社，2005，第 607 页。
② 严可均辑《全后汉文》，中华书局，1958，第 528 页。
③ 严可均辑《全后汉文》，中华书局，1958，第 528 页。
④ （南朝梁）刘勰撰《文心雕龙义证》，詹锳义证，上海古籍出版社，1989，第 992 页。

魏太祖后期邺下同题诗一览表

同题作诗人 / 作品	曹操	曹丕	曹植	陈琳	阮瑀	王粲	刘桢	徐幹	应场
《斗鸡诗》	/	/	√	/	/	/	√	/	√
《芙蓉池作》	/	√	√	/	/	/	/	/	/
《赠五官中郎将》	/	/	/	/	/	/	√	/	/
《寡妇诗》	/	√	√	/	/	/	/	/	/
《代刘勋妻王氏杂诗》	/	√	√	/	/	/	/	/	/
《咏史》	/	/	√《三良诗》①	/	√	√	/	/	/
《七哀》	/	/	/	/	√	√	/	/	/
《从军行》	/	/	/	/	/	√	/	/	/
《公宴》	/	/	√	/	√	√	√	/	√
《杂诗》	/	/	√	/	/	√	√	/	/
《情诗》	/	/	√	/	/	/	/	√	/

　　以上同题作品，多数是应诏之作，虽然含有明显的应酬和逞才竞技的成分在里面，但他们在这种同题之作中，也彰显出了各自的特点。如三首《斗鸡诗》：

　　　　丹鸡被华采，双距如锋芒。愿一扬炎威，会战此中唐。
　　　　利爪探玉除，瞋目含火光。长翘惊风起，劲翮正敷张。
　　　　轻举奋勾喙，电击复还翔。②

　　　　　　　　　　　　　　　　　　——刘桢《斗鸡诗》

　　　　戚戚怀不乐，无以释劳勤。兄弟游戏场，命驾迎众宾。
　　　　二部分曹伍，群鸡焕以陈。双距解长彩，飞踊超敌伦。
　　　　芥羽张金距，连战何缤纷。从朝至日夕，胜负尚未分。

---

① 《三良诗》实为咏史诗，与阮瑀、王粲等人咏史之作同时创作。
② 吴云主编《建安七子集校注》，天津古籍出版社，2005，第572页。

专场驱众敌，刚捷逸等群。四坐同休赞，宾主怀悦欣。

博弈非不乐，此戏世所珍。①

——应场《斗鸡诗》

游目极妙伎，清听厌宫商。主人寂无为，众宾进乐方。

长筵坐戏客，斗鸡观闲房。群雄正翕赫，双翘自飞扬。

挥羽邀清风，悍目发朱光。觜落轻毛散，严距往往伤。

长鸣入青云，扇翼独翱翔。愿蒙狸膏助，长得擅此场。②

——曹植《斗鸡诗》

三首诗分别为刘桢、应场、曹植三人之作。此三诗都有明显的逞才竞技的痕迹。刘桢之作，直奔主题，以斗鸡双方之激烈场景为描述对象，诗无冗句，干净漂亮。应场与曹植之作则具有相同点。首先，他们都交代了事情的起因和经过。如应场与曹植都说明了斗鸡活动发生的背景。一是在观遍"妙伎"，"厌听宫商"后，"众宾进乐方"的玩乐。一为打发"戚戚怀不乐"的心情，曹丕兄弟为"迎众宾"，而使其欢欣地游侠。两者背景可以归一。其次，曹植与应场之作都是在交代背景后才对斗鸡活动进行描写，这说明彼此间有着某种创作上的默契。这种默契或为当时的创作习惯，或是竞技中非同时而作，乃先后而作。如为先后之作，则更加增加了竞技逞才的难度。第三，他们的作品中有诸多类似的句子。如应场言"双距解长彩"，曹植则言"严距往往伤"，刘桢言"瞋目含火光"，曹植则言"悍目发朱光"，这些句子都极为相似，带有模仿和学习的痕迹。第四，他们的创作具有模仿性。邺下频繁的游宴活动使得诸多文士间的活动频繁，交往增多，同题诗作大量涌现，同时出现的

---

① 吴云主编《建安七子集校注》，天津古籍出版社，2005，第495页。

② 赵幼文校注《曹植集校注》，人民文学出版社，1984，第1页。

还有他们在艺术创作上的模仿性。这种模仿性总体而言包括两个方面。一是邺下诸文士的创作明显学习汉末古诗。其实，以上的统计也只是一个模拟句子及句式的实例，当然我们还可以举出大量的例子来。另一方面，邺下文人模仿故事意境的诗篇也不在少数。如曹植的《杂诗·西北有织妇》《七哀诗》模仿了《古诗十九首》中的《西北有高楼》和《青青河畔草》。

> 西北有织妇，绮缟何缤纷。明晨秉机杼，日昃不成文。
> 太息终长夜，悲啸入青云。妾身守空闺，良人行从军。
> 自期三年归，今已历九春。飞鸟绕树翔，嗷嗷鸣索群。
> 愿为南流景，驰光见我君。①
>
> ——曹植《杂诗》其三
>
> 明月照高楼，流光正徘徊。上有愁思妇，悲欢有余哀。
> 借问叹者谁？言是宕子妻。君行逾十年，孤妾常独栖。
> 君若清路尘，妾若浊水泥；浮沉各异势，会合何时谐？
> 愿为西南风，长逝入君怀。君怀良不开，贱妾当何依！②
>
> ——曹植《七哀诗》
>
> 西北有高楼，上与浮云齐；交疏结绮窗，阿阁三重阶。
> 上有弦歌声，音响一何悲！谁能为此曲？无乃杞梁妻。
> 清商随风发，中曲正徘徊；一弹再三叹，慷慨有余哀。
> 不惜歌者苦，但伤知音稀！愿为双鸿鹄，奋翅起高飞。③
>
> ——《古诗十九首·西北有高楼》
>
> 青青河畔草，郁郁园中柳。盈盈楼上女，皎皎当窗牖；
> 娥娥红粉妆，纤纤出素手。昔为倡家女，今为荡子妇；

---

① 逯钦立辑佚《先秦汉魏晋南北朝诗》，中华书局，1983，第457页。
② 赵幼文校注《曹植集校注》，人民文学出版社，1984，第313页。
③ 马茂元著《古诗十九首初探》，陕西人民出版社，1981，第62页。

荡子行不归，空床难独守。①

————《古诗十九首·青青河畔草》

曹植的以上两首诗歌与古诗《西北有高楼》《青青河畔草》不仅在词句上，而且是在意境上都有着明显的相似。如对诗歌女主人公的描写，无论是荡子妇、杞梁妻，还是宕子妻，都是空守闺房的女性，其丈夫都是游子，其愿望也无不用"愿为"的句式来表达，这点可谓是惊人的相似。但我们同时也能够清晰地感受到，二者虽是模仿，但毕竟有所不同。最明显的一点就是曹植的诗作在格调上显得高雅，有贵族文士气。观古诗之"荡子行不归，空床难独守"一句，用身体写作的痕迹明显。这样赤裸裸地表达空闺女子对性的渴望与呐喊在以后的诗歌中也很难看到，而作为一个受过良好教育的贵族子弟，曹植是万万难以想象的。何况对于曹植而言恐怕也很难体会这种空床独守的煎熬。故古诗有尚俗写实的特征，而曹植作品虽然与之有许多相似之处，但其格调却含蓄典雅。如他借清路尘与浊水泥来比喻异地相处的夫妻，诗中女子同样也借助西南风的力量飘进男方的怀抱，其比喻恰当，令人回味。曹植在此基础上话锋一转，一句"君怀良不开，贱妾当何依"让人回味无穷。方明白二者的十年分居，已然造成了彼此间的隔阂与心灵的距离。这使诗歌的主体在思妇的基础上一变而为弃妇，这可谓是曹植在模拟古诗上的一大进步。

曹植的这种进步是邺下诸子之间相互模仿和学习的结果。曹丕、曹植兄弟组织的大量邺下游宴活动既增强了彼此间感情，也使得彼此有了更多文学艺术的交流。在诗歌的创作上，他们模仿的对象不仅是以前的古诗作品，他们内部也彼此模仿和学习。

---

① 马茂元著《古诗十九首初探》，陕西人民出版社，1981，第112页。

魏太祖后期邺下诸文士诗歌雷同表

诗句	作者	出处
公子敬爱客，乐饮不知疲。	应瑒	《侍五官中郎将建章台集诗》
公子敬爱客，乐饮不知疲。	曹植	《公宴诗》
朝发邺都桥，暮济白马津。	王粲	《从军行》其四
旦发邺城东，暮次冥水旁。	刘桢	《诗》
朝食平田粒，夕饮曲池泉。	刘桢	《诗》
朝发白马，暮宿韩陵。	刘桢	《诗》
朝发邺城，夕宿韩陵。	曹丕	《黎阳作诗》其一
朝游高台观，夕宴华池阴。	曹丕	《猛虎行》
朝发鸾台，夕宿兰渚。	曹植	《责躬》
朝游江北岸，夕宿潇湘沚。	曹植	《杂诗》其二
人生一世间，贵与愿同俱。	李陵	《录别诗》
人生一世间，忽若暮春草。	徐幹	《情诗》
人生如寄，多忧何为。	曹丕	《善哉行》
日月不恒处，人生忍若寓。	曹植	《浮萍篇》
俯观五岳间，人生如寄居。	曹植	《仙人篇》
人生处一世，去若朝露晞。	曹植	《赠白马王彪》
人生天地间，忽如远行客。	佚名	古诗《青青陵上柏》

　　邺下诸子以自己的才学，创造了一个良好的文学创作环境。在这个环境中，曹丕的召集、诸子的逞才造成了文学的空前盛况。他们彼此在诗文交流中关注共同的题材、创作同题的诗篇则更有利于创作水平的增长。尤其值得一提的是曹植。建安十三年曹植十七岁，建安二十二年曹植刚满二十六岁。可以说曹植诗文学水平的真正提高与诸子邺下交流是有密切关系的。当然曹植本人也是邺下游宴的一分子，但当时由于年龄的限制，其才华并没有完全显示出来，但诸子间相互学习与模仿的风气对曹植确是有影响的。如曹植以后的创作，就曾刻意向大家学习。曹植的《天地》和《惟汉行》

就是对曹操《薤露行》的模拟。黄节曰："魏武帝《薤露行》曰：'惟汉二十二世，所任诚不良'，子建拟之，作《惟汉行》。"①《乐府诗集》中的《乐府解题》——注明了曹植对古诗的拟作和创新。如"曹植拟《苦寒行》为《吁嗟》"②，"曹植拟《长歌行》为《鰕鳝》"③，"曹植拟《豫章》为《穷达》"④。

四　邺下游宴文学的影响

魏太祖时期邺下文人的集会与游宴成为我国文学史上的一道亮丽风景。他们"彬彬大盛"的创作队伍，创作出了腾踊的五言诗篇。五言诗在他们的手中无论是从形式到内容，还是从其格调到风格都发生了巨大的变化，对文学史而言则产生了多层面的影响。

第一，邺下游宴文学拓宽了五言诗的题材范围。五言诗在两汉时多以乐府诗歌的形式出现，其前期作品以表现民生疾苦为主，汉末作品以游子思妇为主，此外几乎看不到其他主题。邺下贵游的活动，给五言诗注入了新的题材，如送别诗、宴饮诗、登览诗、赠答诗、情诗、抒怀诗，以及别种内容的杂诗等。这为五言诗容纳更广阔的社会内容及抒发情感扩展了道路。同时，我们也应该看到，游宴活动的频繁进行提高了五言诗在交际中的功能和作用。

第二，邺下游宴活动本身在很大程度上刺激了文学的发展。大量文人的聚集、酬唱、竞技不可避免地促使文学朝着艺术性的方向发展。文人之间的竞技逞才势必对诗人诗歌艺术的创作形成一个巨大的刺激，在这种刺激下，他们自身的创作欲望，他们对诗歌艺术的追求势必也得到最大的发展。如汉诗一直强调"经夫妇，成孝

---

① 黄节注《曹子建诗注》，中华书局，2008，第145页。
② （南朝宋）郭茂倩编《乐府诗集》卷33《相和歌辞八》，中华书局，1979，第499页。
③ （南朝宋）郭茂倩编《乐府诗集》卷30《相和歌辞五》，中华书局，1979，第446页。
④ （南朝宋）郭茂倩编《乐府诗集》卷34《相和歌辞九》，中华书局，1979，第502页。

敬，厚人伦，美教化"社会教化作用。但邺下大量的宴饮诗篇的创作，形成了"诗赋欲丽"的美学追求。这点我们从王粲、曹植、刘桢等人对古诗大量的模仿和学习就可以看出。他们在努力地学习前人的基础上试图创作出极具个性的诗篇来，其模仿的目的也无外乎是逞才或竞技，而正是这种社交活动本身刺激了诗歌艺术的发展。

第三，邺下游宴活动使五言诗从下层文人的歌诗形态，正式转化为文人五言诗。两汉时期也有文人五言诗，如班固、张衡、秦嘉等人的五言诗创作。但他们的五言诗走的是"质木无文"之路，我们很难从他们的五言诗中看到新鲜的生命和活力。邺下王粲、曹植、曹操等人的五言诗创作源头不是来自班固一流，而是从汉代乐府而来，并在继承了汉乐府"感于哀乐"的基础上，走向了更为广阔的现实世界和情感世界。同时，经过曹操、曹丕、王粲、刘桢等人对五言诗的接受、创作与发展，文人五言诗已经完全超越了乐府五言诗浓厚的民歌色彩与底层现实生活的格调。他们将乐府五言由下层文人的创作转为上层文人的创作，并且实现了文人乐府诗与文人五言诗的双层身份的转变。这种转变既有创作者身份的变化，也有五言诗自身的内容变化。当然，五言诗是时代的选择。邺下游宴活动的即时性和随机性，使诗人不自觉地放弃了容量小、格调单一的四言诗，而选择了五言诗这种更为灵活、涵盖内容更多的诗歌体裁。自此，五言诗也由民间文学变为文人诗歌的主要选择，并在之后相当长的时间内作为诗歌创作的主要形式。

第四，邺下文士的创作活动在内容与风格上开辟了一条与魏太祖前期文学截然不同的道路。魏太祖前期文学带有明显的现实救世的意味，作品一方面真实地再现了战争对民生社会造成的巨大痛苦与破坏，同时也表达了众多士人在战乱时代的壮志豪情。这种慷慨激昂的精神具有浓厚的时代色彩。但是邺下文士的创作背离了前期的道路，走上了以描写贵族宴饮、游园、斗鸡等为主的道路，其艺术性不再是为人生的写实，而是为艺术或娱乐的创作了。

当然，在给予邺下游宴文学以正面积极评价的同时，其弊端也是不可掩饰的。一方面，邺下曹丕等人的游宴活动属于贵游，故其诗歌内容不可避免具有浓烈的贵族特点，从而引起学界的批评。他们认为宴游之作"不过是公子王孙逸乐的吟哦"。隋李谔的《上隋高祖革文华书》则直接批评"魏之三祖，更尚文辞，忽人君之大道，好雕虫之小艺。下之从上，有同影响，竞驰文华，遂成风俗"①。可见，曹魏时代尚华辞的风气对后世影响很大，以至于后人要骂六朝崇尚文辞的流弊时，把这笔账算到邺下诸子身上的。当然，由于他们的生活主要集中在宴游上，所以其作品从主题到格调都具有单一性。另一方面，由于邺下文人的创作大多是随机性的逞才之作，所以他们的作品在很大程度上缺乏思想性，同时有着模式化的特点，不可避免地有大量的模仿和引用前人诗句未加融合的地方。观曹植诗歌，以"愿为×××"为句式的句子多达十余处。

第五节　军戎文学

魏武帝时期的诸多文士活动一方面是和平时期的邺城游宴活动，另一方面则是在战时随同曹操征战四方的军事活动。而征战四方时，曹操、曹丕、王粲等人也创作了大量的富有军戎特色的作品。这些作品大多与曹操四处征伐与军事事件有着密切的关系，可以毫不夸张地称之为战争的产物。

一　邺下文人的从军之行

曹操与王粲等人的关系更多的是靠军国大事维系的，故曹操的

---

① （唐）魏征、令狐德棻等撰《隋书》卷66《李谔列传》，中华书局，1973，第1544页。

征伐直接影响着王粲等人的行踪、工作任务、人生阅历与见识。自建安十三年后，曹操发出"人生几何"的哀叹，他虽"老骥伏枥"，但"壮心不已"，故其后半生的精力仍然放在对边境的开拓与政权的巩固上。陈琳、王粲、阮瑀等人以杰出的文学才华充任丞相掾属的时候多从曹操出征。再加上曹操出征有携妻带子的习惯，如此一来，邺下诸文士在战争年代随军出征，依旧带有集体活动的性质。《三国志·王粲传》裴松之注曰："《典略》载太祖初征荆州，使瑀作书与刘备，及征马超，又使瑀作书与韩遂，此二书今具存。"而今亡佚。建安五年袁、曹官渡之战，应场、刘桢均参加。此时诸子主要文学创作如下表。

魏太祖后期的征战与诸子的文学创作

时间	事件	作家经历	作品
建安十年（205）	曹操北征幽州	应场随	《撰征赋》
建安十年（205）十月至次年正月	征孙权	王粲、陈琳、阮瑀等人都参加。	王粲《为荀彧与孙权檄》。
建安十二年（207）	曹操北征乌丸	陈琳、应场等人从征。	《神武赋》
建安十三年（208）	曹操征刘表、赤壁之战	徐幹、陈琳、阮瑀、应场、刘桢及曹丕等人均从。	陈琳《神女赋》、阮瑀《纪征赋》、徐幹《序征赋》、刘桢《遂志赋》、曹丕《述征赋》。
建安十四年（209）	建安十三年十二月，赤壁之战曹操失败。建安十四年三月"至淮，作轻舟，治水军。秋七月，自涡入淮，出肥水，军合肥"。	王粲、徐幹、阮瑀、曹丕等人随军。	王粲《初征赋》、徐幹《序征赋》、阮瑀《纪征赋》以及曹丕《述征赋》，各叙其事。
建安十四年（209）	曹操浮淮征行，东征孙权。	曹丕、王粲等人随同。	曹丕、王粲各作《浮淮赋》。

续表

时间	事件	作家经历	作品
建安十六年（211）			阮瑀《为曹公作书与孙权》。
建安十六年（211）	曹操西征马超。	徐幹、王粲、阮瑀、应场与曹植等从行。从行诸子也以诗赋记其事。	徐幹《西征赋》、王粲《征思赋》、应场《西征赋》、王粲《吊夷齐文》、阮瑀《吊伯夷文》、王粲《咏史诗》、阮瑀《咏史诗》、曹植《三良诗》。
建安十八年（213）	曹操出猎	曹丕、陈琳、王粲、应场、刘桢等随军。曹丕命陈琳、王粲、应场、刘桢等同作校猎之赋。	陈琳《武猎赋》、王粲《羽猎赋》、应场《西狩赋》。
建安十九年（214）七月	征孙权	王粲、陈琳、阮瑀等人都参加。	
建安二十年（215）	西征张鲁	陈琳、王粲从征。	陈琳随军，曾代曹洪作两封书信汇报战绩，其一亡佚，另一收入《文选》。王粲《从军行》五首，其一赞美建安二十年曹操西征张鲁之役。
建安二十一年（216）	征孙权	陈琳赋云："汉三七之建安，荆野蠢而作仇。赞皇师以南假，济汉川之清流。感诗人之攸叹，想神女之来游。"①	陈琳《檄吴将校部曲文》。王粲《从军行》五首中有四首反映建安二十一年曹军东征孙权之行和王粲从征感受。王粲、陈琳、应玚、杨修等人均有《神女赋》。缪袭，奉曹操命写了鼓吹十二曲。
建安二十一年（216）十月至次年三月	征讨孙权	王粲、陈琳、阮瑀等人都参加。	

---

① 吴云主编《建安七子集校注》，天津古籍出版社，1991，第152页。

二 军戎文学的创作成就

从军的文学创作与曹操在建安十三年后的征伐战争密切相关。曹操在征战之中，经常携妻带子，在此过程中，曹丕与曹植如无其他任务则多从曹操征战。王粲、阮瑀、陈琳等人作为曹操重要的军谋祭酒人员更是不可或缺。军戎文学作品主要有三类：军国书檄；从军的纪行诗赋；从征所见所感。

建安诸子在曹操手下时的公务应该说是相当多的。阮瑀去世后，王粲作《阮元瑜诔》追述他归曹后的情形说："既登宰朝，充我秘府。爰司文章，爰乃军旅。庶绩维殷，简书如雨。强力成敏，事至则举。"① 当然，就诗歌而言，军戎生活也为魏太祖后期的文学开辟了新的题材和内容。具体包括两个方面，一是咏史诗的大量涌现；一是表现军戎的诗歌作品的出现。当然这些作品无一不带有明显的从军特点。

以《咏史》命名之诗作，班固《咏史》为最先。萧统《文选》首列"咏史"为文学题材之一，其选诗作 9 首，班固之作并未入选，而居于前列的为王粲的《咏史诗》和曹植的《咏史诗》。萧统之举说明两点，一是咏史已经成为诗歌的一个重要题材，二是班固之作远没有王粲、曹植之作重要。咏史的触发点是建安十六年曹操征伐马超的战争。是时徐幹、王粲、阮瑀、应场与曹植等随从大军出征。十二月自安定返回长安，路过三良冢。王粲作《咏史》、阮瑀作《咏史》、曹植作《三良诗》，现择录如下。

自古无殉死，达人所共知。秦穆杀三良，惜哉空尔为。
结发事明君，受恩良不訾。临没要之死，焉得不相随。

---

① 吴云主编《建安七子集校注》，天津古籍出版社，2005，第 274 页。

妻子当门泣，兄弟哭路垂。临穴呼苍天，涕下如绠縻。

人生各有志，终不为此移。同知埋身剧，心亦有所施。

生为百夫雄，死为壮士规。黄鸟作悲诗，至今声不亏。

——王粲《咏史诗》①

误哉秦穆公，身殁从三良。忠臣不违命，随躯就死亡。

低头窥圹户，仰视日月光。谁谓此可处，恩义不可忘。

路人为流涕，黄鸟鸣高桑。

——阮瑀《咏史诗》②

功名不可为，忠义我所安。秦穆先下世，三臣皆自残。

生时等荣乐，既没同忧患。谁言捐躯易？杀身诚独难！

揽涕登君墓，临穴仰天叹。长夜何冥冥，一往不复还。

黄鸟为悲鸣，哀哉伤肺肝。

——曹植《三良诗》③

秦穆公杀三良的故事记载于多种典籍。《左传·文公六年》载："秦伯任好卒，以子车氏之三子奄息、仲行、鍼虎为殉，皆秦之良也。国人哀之，为之赋《黄鸟》。"④《史记·秦本纪》载："缪（穆）公卒，葬雍。从死者百七十七人。秦之良臣子舆（车）氏三人名曰奄息、仲行、鍼虎，亦在从死之中。秦人哀之，为作歌《黄鸟》之诗。"⑤《黄鸟》一诗载于《诗经·秦风》。可见这个故事是有史可证的，其诗作之人物、地点、年代均有据可考。"彼苍者天，歼我良人"的呼喊与悲痛自此一直是古人心中的一道伤疤。曹操的

---

① 吴云主编《建安七子集校注》，天津古籍出版社，2005，第 274 页。
② 吴云主编《建安七子集校注》，天津古籍出版社，2005，第 440 页。
③ 赵幼文校注《曹植集校注》，人民文学出版社，1984，第 135 页。
④ 杨伯峻编著《春秋左传注·文公六年》，中华书局，1990，第 546 页。
⑤ （汉）司马迁撰《史记》卷 5《秦本纪》，中华书局，1959，第 194 页。

此次行军经过三良冢，同样也给了诸文士以重新思考与解读这一历史事件的机会。王粲面对三良冢，一方面通过艺术的手法再现了三良殉葬时残酷的现实与自身的痛苦，其一个"杀"字就把秦穆公的残忍与自己的满腔愤懑一起抒发出来。同时也发出"生为百夫雄，死为壮士规"的呐喊。这种呐喊表明三良对能够陪葬秦穆公而感到欣慰，他认为为帝殉葬的行为本身亦是对"壮士"身份的肯定。吴云则认为王粲此诗"除有对秦穆公的批评外，则又着意于赞扬三良受君恩图报，不惜殉葬的牺牲精神；并似有借咏史表示效忠曹操之意"①。阮瑀用比较婉转的手法叙述三良殉葬的不平与悲愤。一个"误"字明显地降低了诗歌本身的批判力度。曹植《三良诗》中则隐去了对殉葬的批判，"三臣皆自残"代替了王粲诗中"秦穆杀三良"。这一则减弱了对殉葬本身的批判，一则转到对"生时等荣乐，既没同忧患"的君臣知遇进行称扬。三良冢前，王粲、阮瑀、曹植各自站在自己的立场上抒发了自己的感想与观点。咏史诗的另一个咏叹对象是荆轲。阮瑀《咏史诗》其二曰："燕丹养勇士，荆轲为上宾。图尽擢匕首，长驱西入秦。素车驾白马，相送易水津。渐离击筑歌，悲声感路人。举坐同咨嗟，叹气若青云。"②

此时期的咏史之作，多以某一历史事件或一历史人物为描述对象，在历史的回顾与历史人物的评述中婉转地表达自己的志向、心意与追求。三良、荆轲等历史人物与事件也成为后世咏史诗作的主要话题，在以后很长的时间内影响着咏史作品。如左思《咏史》八首其六咏荆轲，陶渊明有《咏三良诗》《咏荆轲诗》。左思、陶渊明突破了对某一个历史事件与人物的评述与咏叹的模式，其作品中出现了模糊的历史人物与现象，强化了个体生命意志与思想的自我

---

① 吴云主编《建安七子集校注》，天津古籍出版社，2005，第 275 页。
② 吴云主编《建安七子集校注》，天津古籍出版社，2005，第 441 页。

表达。

军戎作品的另一主题是抒发从军过程中的感想、描写军旅生活的作品。这类作品大多是诸文士记述跟随曹操征战的过程中的所见、所思、所感之作，其中当以王粲《从军行》五首为代表。李善注《文选》时引用《魏志》曰："建安二十年三月。公西征张鲁。鲁及五子降。十二月。至自南郑。是行也，侍中王粲作五言诗以美其事。"① 逯钦立以为"五首非一时一地之作"②，观其意如此，但为从军之作无疑，或为从军西征之作，或为从军南下之作。如《从军行》五首③：

> 从军有苦乐，但问所从谁。所从神且武，焉得久劳师。
> 相公征关右，赫怒震天威。一举灭獯虏，再举服羌夷。
> 西收边地贼，忽若俯拾遗。陈赏越丘山，酒肉逾川坻。
> 军中多饶饶，人马皆溢肥。徒行兼乘还，空出有余资。
> 拓地三千里，往返速若飞。歌舞入邺城，所愿获无违。
> 昼日处大朝，日暮薄言归。外参时明政，内不废家私。
> 禽兽惮为牲，良苗实已挥。窃慕负鼎翁，愿厉朽钝姿。
> 不能效沮溺，相随把锄犁。熟览夫子诗，信知所言非。
>
> —— 其一
>
> 凉风厉秋节，司典告详刑。我君顺时发，桓桓东南征。
> 泛舟盖长川，陈卒被隰坰。征夫怀亲戚，谁能无恋情。
> 拊衿倚舟樯，眷眷思邺城。哀彼东山人，喟然感鹳鸣。
> 日月不安处，人谁获恒宁。昔人从公旦，一徂辄三龄。
> 今我神武师，暂往必速平。弃余亲睦恩，输力竭忠贞。

---

① （南朝梁）萧统编《文选》卷27，（唐）李善等注，上海古籍出版社，1986，第1269页。
② 逯钦立辑佚《先秦汉魏晋南北朝诗》，中华书局，1983，第361页。
③ 吴云主编《建安七子集校注》，天津古籍出版社，2005，第277页。

惧无一夫用，报我素餐诚。夙夜自恲性，思逝若抽萦。
将秉先登羽，岂敢听金声。

——其二

从军征遐路，讨彼东南夷。方舟顺广川，薄暮未安坻。
白日半西山，桑梓有余晖。蟋蟀夹岸鸣，孤鸟翩翩飞。
征夫心多怀，恻怆令吾悲。下船登高防，草露沾我衣。
回身赴床寝，此愁当告谁？身服干戈事，岂得念所私。
即戎有授命，兹理不可违。

——其三

朝发邺都桥，暮济白马津。逍遥河堤上，左右望我军。
连舫逾万艘，带甲千万人。率彼东南路，将定一举勋。
筹策运帷幄，一由我圣君。恨我无时谋，譬诸具官臣。
鞠躬中坚内，微画无所陈。许历为完士，一言犹败秦。
我有素餐责，诚愧伐檀人。虽无铅刀用，庶几奋薄身。

——其四

悠悠涉荒路，靡靡我心愁。四望无烟火，但见林与丘。
城郭生榛棘，蹊径无所由。雚蒲竟广泽，葭苇夹长流。
日夕凉风发，翩翩漂吾舟。寒蝉在树鸣，鹳鹄摩天游。
客子多悲伤，泪下不可收。朝入谯郡界，旷然消人忧。
鸡鸣达四境，黍稷盈原畴。馆宅充廛里，士女满庄馗。
自非贤圣国，谁能享斯休？诗人美乐土，虽客犹愿留。

——其五

《从军行》五首《其一》作于建安二十一年（216），《三国志·武
帝纪》载："二十一年春，公还邺。"[1] 裴松之注云："是行也，侍

---

[1]　（晋）陈寿撰《三国志》卷1《武帝纪》，中华书局，1959，第47页。

中王粲作五言诗以美其事。"① 诗中"歌舞入邺城"等句可以为证。其余四首作于建安二十一年（216）十月以后②。其依据为诗中所言为征吴之事，《三国志·武帝纪》有"冬十月治兵，隋征孙权。十一月，至谯"等记载。据现有资料分析，曹操时期的文人中，以《从军行》为题创作诗歌的只有王粲，其他诸子没有。王粲的《从军行》远不止这五首，其残篇残句中还有两首《从军行》。这似乎可以说明两点：一是王粲自归降曹操之后，跟随曹操从军的机会较其他诸子为多；二是王粲与曹操的关系较其他诸子更为紧密，或说王粲在政治上跟进的程度更大。这点我们可以从王粲的官职与爵位推知。《从军行》五首虽非一时之作，但其主体与表达的思想却是一致的。我们会发现在王粲的作品中洋溢着对曹操功业的称扬赞颂，如"从军有苦乐，但问所从谁。所从神且武，焉得久劳师"等诗句是对曹操军队神武的歌唱；"昔人从公旦，一徂辄三龄。今我神武师，暂往必速平"则通过周公与曹操的对比来彰显曹操的神武与强大；"外参时明政，内不废家私"说明了曹操的功业在武能定国、文能安邦两个方面。其五对谯郡乐土般的市民生活刻画则更使人心向往之。如诗曰："朝入谯郡界，旷然消人忧。鸡鸣达四境，黍稷盈原畴。馆宅充廛里，士女满庄馗。"这方面的作品当以曹丕为代表。曹丕有关军事活动或表达政治理想的诗，共 11 首：《黎阳作四首》《至广陵于马上作》《临高台》《饮马长城窟行》《秋胡行》《煌煌京洛行》《月重轮行》《令诗》。曹丕的《至广陵于马上作》是记述临江观兵之事、抒发息兵罢战之情的诗篇。诗人怀着"其如东山诗，悠悠多忧伤"的情感，崇尚"充国务耕植，先零自破亡"的农本治国思想。《董逃行》则以夸张的笔法写其"旌旗拂

① （晋）陈寿撰《三国志》卷1《武帝纪》，中华书局，1959，第47页。
② 吴云主编《建安七子集校注》，天津古籍出版社，2005，第280页。

日蔽天"的军威之盛。《饮马长城窟行》对征伐之战中的战争场面也有所描写，如"发机若雷电，一发连四五"是对扣弩射箭的情形描写。《黎阳作四首》[①]：

> 朝发邺城，夕宿韩陵。霖雨载途，舆人困穷。
> 载驰载驱，沐雨栉风。舍我高殿，何为泥中？
> 在昔周武，爰暨公旦。载主而征，救民涂炭。
> 彼此一时，惟天所赞。我独何人，能不靖乱？
>
> ——其一
>
> 殷殷其雷，濛濛其雨。我徒我车，涉此艰阻。
> 遵彼洹湄，言刈其楚。班之中路，涂潦是御。
> 辚辚大车，载低载昂；嗷嗷仆夫，载仆载僵。
> 蒙涂冒雨，沾衣濡裳。
>
> ——其二
>
> 千骑随风靡，万骑正龙骧。金鼓震上下，干戚纷纵横。
> 白旄若素霓，丹旗发朱光。追思太王德，胥宇识足臧。
> 经历万岁林，行行到黎阳。
>
> ——其三
>
> 奉辞罚罪遐征，晨过黎山巉峥。东济黄河金营，北观故宅顿倾。
> 中有高楼亭亭，荆棘绕蕃丛生。南望果园青青，霜露惨凄宵零，彼桑梓兮伤情。
>
> ——其四

《黎阳作四首》为表现诗人军旅生活的一组诗篇。第一首写行军途

---

① 夏传才、唐绍忠校注《曹丕集校注》，河北教育出版社，2013，第 1 页。

中遇到的艰难险阻，表现将士的英勇。第二首写在泥泞的道路上冒雨艰难行军的情况。第三首写军戎、军威的盛大。第四首写行军路过故乡，面对荒凉的景象触景生情。陈祚明《采菽堂诗选》卷5评《黎阳作四首》曰："数言耳，景与情毕尽，且能生动悲凉，知其用笔之妙。"①

军戎文学的另一主题是对战争本事的记载。这方面的作品当以曹操之作为代表，其作品又以《苦寒行》、《却东西门行》和《步出夏门行》为代表。这些作品主要以征战的艰险为描写对象，真实地再现了行军途中的经历与感受。如《苦寒行》：

> 北上太行山，艰哉何巍巍！羊肠坂诘屈，车轮为之摧。
> 树木何萧瑟，北风声正悲！熊罴对我蹲，虎豹夹路啼。
> 溪谷少人民，雪落何霏霏！延颈长叹息，远行多所怀。
> 我心何怫郁，思欲一东归。水深桥梁绝，中路正徘徊。
> 迷惑失故路，薄暮无宿栖。行行日已远，人马同时饥。
> 担囊行取薪，斧冰持作糜。悲彼东山诗，悠悠使我哀。②

这首诗是曹操在建安十一年（206）征高干时所作。严格意义上讲并不属于曹操后期作品，但我们为了论述的方便置其于此。诗歌分两部分，前十二句为第一部分，主要描写了行军途中所见的自然景色，包括风雪、树木、猛兽、溪谷等，"共同构成了一幅寒冬山地行军图"③。后十二句为第二部分，着力描写了艰苦的行军生活。全诗格调悲凉凄苦，在艰难的行军中支撑曹操"北上太行山"信念的还是《东山》诗歌中周公的形象与为国情怀。

---

① 河北师范学院中文系古典文学教研组编，《三曹资料汇编》，中华书局，1980，第82页。
② 中华书局编辑部编《曹操集》，中华书局，1959，第6页。
③ 傅亚庶注译《三曹诗文全集译注》，吉林文史出版社，1997，第25页。

三　军戎文学的创作特点

魏太祖后期的军戎文学应该说是比较繁荣的。究其原因，一方面是曹操连年的征伐战争，另一方面是在征伐过程中大量的文人雅士有着从军效力的丰富经历。军戎文学作品就是在这样的征伐过程中产生的，其特点如下。

军戎文学继承了魏太祖前期文学的写实精神与抒怀特点，与曹操前期文学有着一致性。军戎文学以咏史与从军之作为代表，这两种题材的作品失去了邺下游宴文学中逞才竞技的创作环境，取而代之的是"朝发邺都桥，暮济白马津"的征战之苦，所见的也多是"四望无烟火，但见林与丘"的社会现实。所以，军戎文学与游宴文学相比，无论是创作环境还是创作的动机都是不同的。军戎文学与曹操前期的"汉末实录"式的文学创作有着惊人的相似之处。如被称为"汉末实录"的曹操的《薤露行》真实地再现了汉末战乱对社会造成的巨大灾难，描绘了"白骨露于野，千里无鸡鸣"的惊人惨剧。军戎文学对此有所再现，但又有不同。如王粲《从军行》其五曰："悠悠涉荒路，靡靡我心愁。四望无烟火，但见林与丘。城郭生榛棘，蹊径无所由。雚蒲竟广泽，葭苇夹长流。日夕凉风发，翩翩漂吾舟。寒蝉在树鸣，鹳鹄摩天游。客子多悲伤，泪下不可收。"① 左延年的《从军诗》曰："苦哉边地人，一岁三从军。三子到敦煌，二子诣陇西。五子远斗去，五妇皆怀身。"② 左诗以简单的笔触客观地记载了边地人家五子从军，五妇有孕在身的残酷事实，这种实录式的语言与风格与曹操前期《薤露行》《蒿里行》等作品就其精神而言是一脉相承的。就抒怀的方式而言，军戎文学的

① 吴云主编《建安七子集校注》，天津古籍出版社，2005，第285页。
② 逯钦立辑校《先秦汉魏晋南北朝诗》，中华书局，1983，第410页。

抒怀与魏太祖前期文学的抒怀也有着情感上的一致性。魏太祖前期文学，王粲的《七哀诗》以自己由京师飘零到蛮荆时所见母亲弃儿的经过，抒发了自己作为漂泊之人的无助与悲哀。同样，在军戎文学中，王粲则通过描写从军过程中的所见来对曹操歌功颂德，如《从军行》其五，前面写从军途中"但见林与丘"，后面则一转为"朝入谯郡界，旷然消人忧。鸡鸣达四境，黍稷盈原畴。馆宅充廛里，士女满庄馗。自非圣贤国，谁能享斯休。诗人美乐土，虽客犹愿留"①。后者对谯郡乐土生活的描写，刻画的是"圣贤国"。前后描写以鲜明的对比凸现了曹操治理下的盛世与所征伐地区的荒芜。

此时期的军戎文学具有浓厚的歌功颂德的成分和对自我建功立业的期许。读王粲的《从军行》，从字里行间我们能感受到王粲那种对曹操征战的歌唱与功业的无限美化。李善在注《从军行》时说"侍中王粲作五言以美其事"。军戎文学，一方面是对所从之主曹操的歌唱，如《从军行》其一。曹军"神且武"，论其武功则言"一举灭獯虏，再举服羌夷。西收边地贼，忽若俯拾遗"。叙其战绩则云"陈赏越丘山，酒肉逾川坻。军中多饶饶，人马皆溢肥。徒行兼乘还，空出有余资"。叙其行军则云"拓地三千里，往返速若飞"。这样的从军诗以轻快的笔调概括了曹操的西征生活，以简洁的语言颂赞了曹操斩将夺关的辉煌战绩。《从军行》其四中，"筹策运帷幄，以由我圣君"是对智谋君主的赞叹，是对曹操治下州郡"诗人美乐土，虽客犹愿留"的认可。

军戎文学，另一方面也有着对自己志向和抱负的抒发。这一点沿袭的同样是曹操前期对建功立业志向的抒发。前期曹操"壮心不已""志在千里"的英雄豪情延续到后期成为王粲等欲建功立业的情怀与志向的抒发，这在《从军行》中随处可见。如《其一》曰：

---

① 吴云主编《建安七子集校注》，天津古籍出版社，2005，第 285 页。

"不能效沮溺，相随把犁除。"《其二》曰："弃余亲睦恩，输力竭忠贞。惧无一夫用，报我素餐诚。夙夜自怦性，思逝若抽綮。"《其三》曰："回身赴床寝，此愁当告谁。身服干戈事，岂得念所私。即戎有授命，兹理不可违。"《其四》曰："我有素餐责，诚愧伐檀人。虽无铅刀用，庶几奋薄身。"沿此一脉的后继者主要是曹植了。这种对建功立业思想的抒发到曹植手中发挥到极致，如《白马篇》中"幽并游侠儿"的勇猛及武艺，还有"父母且不顾，何言子与妻。名编壮士籍，不得中顾私"的豪情，以及"捐躯赴国难，视死忽如归"的精神。即便是在咏史作品中，也难掩作者欲建功立业的豪情。如曹植的《三良诗》一改秦穆杀三良的残酷，代之以对君臣知遇之情的抒发，表现了在乱世之中，更多士人寻求建功立业机会的求遇之情。

军戎文学主题具有单一性。军戎文学在这一时期包括两个方面：咏史文学与从军文学。就其主题而言是单一的。咏史文学产生本身虽说是从军之作，却是文人在军队经过历史古迹时，借古人来抒发自己当下情感的作品，这种情感的抒发本身与从军没有必然的联系，而是作者自己遭遇与情感的借机爆发。从军之作一方面对曹操大唱赞歌，另一方面则是对自我建功立业思想的表露。两者结合起来我们就会发现，无论是对历史人物及事件的批评与咏叹，还是对曹操及其事业的称扬，其核心都是在表达自己一展怀抱的愿望。

| 第四章 |

曹丕时期文学研究

　　建安二十二年（217），曹丕被立为太子，成为曹操事业的正式接班人。建安二十五年（220），曹丕成为大魏皇帝，改元黄初。曹丕在位五年零七个月。魏黄初七年（226），曹丕卒，享年40岁，庙号世祖。魏世祖时期的文学起于建安二十二年曹丕立太子之时，迄于黄初七年曹丕病逝，约10年的时间。以前的很多学者在论述建安文学时经常把魏世祖时期文学划入建安文学中。这在一定程度上抹杀了曹丕时期文学的个性及曹丕在这一时期文坛中所起的主导地位。本章的设立基于以下考虑。

　　首先，从后世对曹丕时代文学的接受来看，在历代的诗文评论中经常可见把建安和黄初这两个阶段区别对待的议论。如严羽《沧浪诗话·诗体》："以时而论，则有建安体、黄初体。"① 吴淇《六朝选诗定论》提出"诗家分体以年代者，文帝兼属建安黄初二体"②。其次，从作家的数量来看。曹丕的时代，以王粲为首的邺下诸子已然凋零殆尽，曹操步入晚年，能够产生影响的作家只有曹丕、曹植二人而已。再加上曹丕的时代总共不到10年，文学的

---

① （宋）严羽著《沧浪诗话校释》，郭绍虞校释，人民文学出版社，1961，第52页。
② 河北师范学院中文系古典文学教研组编《三曹资料汇编》，1980，第66页。

后继力量尚没有出现，因此这一段时期应该是相对独立的过渡阶段。第三，从文学创作和文学思想来讲，这个时期又迥异于邺下时期。邺下时期的创作从内容而言有游宴和军戎两个方面，而这一时期受建安二十二年灾异的刺激，其创作多以游仙和悲情为主题。

第一节　曹丕时期文学产生的背景

一　建安二十二年是关键期

建安二十二年，是曹魏文学史上非常重要的一年。本书把魏世祖时期文学的上限限定在建安二十二年而不是建安二十五年曹操去世，是在综合建安二十二年至曹操去世的三年间的史实背景后考虑的结果。其原因大致如下。

第一，建安二十二年正月，王粲在随军征战途中因病去世。建安二十二年冬暴发了历史少有的大瘟疫，郭沫若"断定为鼠疫"①。在这场瘟疫中，成名已久的徐幹、陈琳、应玚、刘桢卒。"昔日游处，行则同舆，止则接席，何尝须臾相失"的邺下生活也随着这场疾疫"一时俱逝"。这样一来，文学史上具有代表意义的"建安七子"已经大多凋零。这次瘟疫以及在建安时期频繁的天灾不仅对社会造成了巨大的灾难，同时也对士人精神造成了巨大的冲击，曹丕时代的文学就是在这种社会背景下产生的。这对文学的直接影响是文士心理产生了浓郁的感伤情怀以及游仙情趣，因此产生了游仙文学与感伤文学。游仙情怀以曹操、曹植为主；感伤情怀则以曹丕为最。曹丕在为诸子伤痛的时候，还不忘为他们整理旧稿，同时，也

① 郭沫若著《郭沫若全集》卷4《论曹植》，人民出版社，1982，第116页。

开始撰写《典论》。

第二，曹操作《立太子令》，正式确立曹丕魏太子的身份。曹丕也正式成为曹操事业的接班人。长期以来曹丕与其他兄弟对太子之位的争夺暂告段落。也正是由于这种身份的确立，在建安二十四年九月，曹丕才能成功地处理了魏讽谋反一案。这是曹丕正式处理军国大事的一个标志性的事件，更进一步加强了曹丕储君的地位，标志着曹丕时代已经来临。

第三，建安二十二年，曹植在曹操心中已经发生由受宠到失宠的转变。这一年，曹植严重违制，私开司马门，曹操作《曹植私开司马门令》予以严责。《三国志》载："植尝乘车行驰道中，开司马门出。太祖大怒，公车令坐死。由是重诸侯科禁，而植宠日衰。"① 同时，曹植的妻子也因为服饰违制而被曹操赐死②。建安二十三年，作为临淄侯文学的邯郸淳奉命离开曹植。建安二十四年曹操派遣曹植救曹仁，"植醉不能受命，于是（太祖）悔而罢之"③。同年冬，曹操借口杀掉曹植的谋主杨修。这一系列的打击，以及曹丕即位后对以曹植为代表的诸侯采取的种种措施，导致了曹植心灵上更大的不安与伤感。曹植这种地位上的变化导致的文风的变化是其文学生涯上的一次重大转折，这也促成了其感伤文学的发展。曹植命运的改变始于建安二十二年。

第四，魏太祖后期的文学以邺下宴饮、酬唱、歌功颂德为主，而随着王粲等人的去世、曹植境遇的转变，其文学内容也势必发生本质的改变。曹操的游仙作品增多，曹丕的伤感怀旧之作出现，曹植则开始关注自己内心，这一切都标志着一个新的文学时代的

---

① （晋）陈寿撰《三国志》卷19《曹植列传》，中华书局，1959，第558页。
② （晋）陈寿撰《三国志》卷11《崔琰列传》，中华书局，1959，第369页。《世语》曰："植妻衣绣，太祖登台见之，以违制命，还家赐死。"
③ （晋）陈寿撰《三国志》卷19《曹植列传》，中华书局，1959，第558页。

来临。

二　黄初元年后的历史背景

建安二十五年正月，曹操在洛阳病逝，曹丕"嗣位为丞相、魏王""改建安二十五年为延康元年"，自此，真正的曹丕时代来临了。曹丕为了巩固自己的政权着力在以下方面展开工作。

在政治上，"嗣位为丞相、魏王"的曹丕首先开始向皇位迈进。曹丕是个有追求的政治家，他的追求为其手下百官所洞悉。于是他们在近一年的时间内进行着为曹丕登基做准备的政治活动。如"魏王侍中刘廙、辛毗、刘晔、尚书令桓阶、尚书陈矫、陈群、给事黄门侍郎王毖、董遇等"[①] 一起劝禅；"辅国将军清苑侯刘若等百二十人上书"[②] 劝禅；当中，群臣为了促成曹丕的登基活动的成功，"太史丞许芝条魏代汉见谶纬于魏王"；[③] 在此过程中，汉献帝也几次下诏强烈表示："天命不于常，帝王不一姓，由来尚矣。汉道陵迟，为日已久，安、顺已降，世失其序，冲、质短祚，三世无嗣，皇纲肇亏，帝典颓沮。暨于朕躬，天降之灾，遭无妄厄运之会，值炎精幽昧之期……当斯之时，尺土非复汉有，一夫岂复朕民？幸赖武王德膺符运，奋扬神武，芟夷凶暴，清定区夏，保乂皇家。今王缵承前绪，至德光昭，御衡不迷，布德优远，声教被四海，仁风扇鬼区，是以四方效珍，人神响应，天之历数实在尔躬。"[④] 并为了效法尧舜禅让的先例，嫁两女给曹丕以效法当年尧嫁两女于舜的故事，以促成禅让的成功。当遇到曹丕的辞让后，汉献帝再次下诏表

---

① （晋）陈寿撰《三国志》卷 2《文帝纪》，中华书局，1959，第 63 页。
② （晋）陈寿撰《三国志》卷 2《文帝纪》，中华书局，1959，第 68 页
③ （晋）陈寿撰《三国志》卷 2《文帝纪》，中华书局，1959，第 63 页。
④ （晋）陈寿撰《三国志》卷 2《文帝纪》，中华书局，1959，第 67 页。

示"天不可违，众不可拂"①。在如此的劝禅过程中，曹丕表现了出奇的冷静和大度，多次推辞，作《辞符谶令》《答司马懿等再陈符命令》等文章，以表明自己的心意。在多次表白"今吾德至薄也，人至鄙也"② 之后，曹丕终于在繁阳"升坛即阼"③。曹丕与汉献帝之间皇位的禅让是三代禅让制度在皇权交替过程中的第一次成功运用。

即位之后，曹丕在政治上采用陈群的建议立九品中正制以选拔人才。曹丕在即王位之初就下令"其宦人为官者不得过诸署令；为金策著令，藏之石室"④。为了防止妇人干政，曹丕于黄初三年下《禁妇人与政诏》。从史学的角度看，这两个诏书吸取了东汉灭亡的教训。军事上，黄初三年，孙权反叛，曹丕南征孙权，不久因孙权上书表示悔改而结束。黄初五年，曹丕不顾群臣反对南征孙权，最终无功而返。可以说，曹丕在军事上有雄心而无伟业。

文化上，曹丕非常重视孔子及儒家经学。黄初元年，曹丕接受华歆的建议选举孝廉以经试，同时安排经学家郑称为武德侯曹叡的老师。黄初二年，曹丕"令鲁郡修起旧庙，置百户吏卒以守卫之，又于其外广为室屋以居学者"⑤，同时下《以孔羡为宗圣侯置吏修庙诏》。黄初五年，"夏四月，立太学，制五经课试之法，置《春秋穀梁》博士"⑥。其已然确立以儒家经学为其指导思想了。在倡导儒家经学的同时，曹丕还有意打击道家思想的传播，如黄初三年曹丕至苦县，作《敕豫州禁吏民往老子亭祷祝》，其目的就是对曹操消灭当年五斗米道和太平道的成果予以巩固，并通过政治手段，

① （晋）陈寿撰《三国志》卷 2《文帝纪》，中华书局，1959，第 71 页。
② （晋）陈寿撰《三国志》卷 2《文帝纪》，中华书局，1959，第 65 页。
③ （晋）陈寿撰《三国志》卷 2《文帝纪》，中华书局，1959，第 62 页。
④ （晋）陈寿撰《三国志》卷 2《文帝纪》，中华书局，1959，第 58 页。
⑤ （晋）陈寿撰《三国志》卷 2《文帝纪》，中华书局，1959，第 78 页。
⑥ （晋）陈寿撰《三国志》卷 2《文帝纪》，中华书局，1959，第 84 页。

消除其在思想上的影响。

文学上，由于曹丕本人"好文学"，又亲自参与并领导了邺下文人的宴饮酬唱活动，所以他对文学极为重视，他"以著述为务"，曾"自所勒成垂百篇"①。此时期的文学活动主要表现在以下方面：一是整理建安诸子文集；二是"使诸儒撰集经传，随类相从，凡千余篇，号曰《皇览》"②；三是撰写《典论》，并积极地进行传播，"胡冲《吴历》曰：帝以素书所著《典论》及诗赋饷孙权，又以纸写一通与张昭"③；四是曹丕之所以在对待曹植的问题上一直采取宽容的态度，在一定程度上是因对其文学才华和成就的欣赏。

三 曹丕时期文学创作概论

《三国志·魏书·文帝纪》云："帝好文学，以著述为务，自所勒成垂百篇。"④ 又云："文帝天资文藻，下笔成章，博闻强识，才艺兼该。"⑤ 曹丕《典论·自叙》云："上雅好诗书文籍……余是以少诵诗、论，及长而备历五经、四部，《史》《汉》、诸子百家之言，靡不毕览。"⑥ 曹丕还非常重视学术著作的编订，"故论撰所著典论、诗赋，盖百余篇，集诸儒于肃城门内，讲论大义，侃侃无倦"⑦。虽然曹丕本人对文学情有独钟，但随着王粲、刘桢等邺下诸子的相继离世，曹丕在自己的时代没有再次组织像邺下时期那样众多的文学活动。邺下时期极力描写的以"怜风月，狎池苑，述恩荣，叙酣宴"为内容的诗歌作品在建安二十二年的灾异后便很少出

---

① （晋）陈寿撰《三国志》卷2《文帝纪》，中华书局，1959，第88页。
② （晋）陈寿撰《三国志》卷2《文帝纪》，中华书局，1959，第88页。
③ （晋）陈寿撰《三国志》卷2《文帝纪》，中华书局，1959，第89页。
④ （晋）陈寿撰《三国志》卷2《文帝纪》，中华书局，1959，第88页。
⑤ （晋）陈寿撰《三国志》卷2《文帝纪》，中华书局，1959，第89页。
⑥ （晋）陈寿撰《三国志》卷2《文帝纪》，中华书局，1959，第90页。
⑦ （晋）陈寿撰《三国志》卷2《文帝纪》，中华书局，1959，第88页。

现了。有的学者认为曹丕时代文学的主题是劝进、颂赞等诸多政治应用文，这是有一定道理的。但本书所关注的主要是诗歌作品，以及由此而带动的文学思想。从这一角度而言，此时期的文学创作主要集中于曹丕、曹植兄弟。

魏世祖时期文学的主导者无疑是曹丕。"曹丕是一根主线，有了他才有劝进文；由于曹丕的压迫、猜忌才有曹植的痛苦，才出现了曹植成就最高的怨愤类作品，才使黄初文学放出异彩；也正是曹丕赐死甄后，才使曹叡写出怀念生母的怀忿怨妇诗、哀策文。"① 其文学创作包括游仙和感伤两方面。

第二节　游仙文学

一　游仙文学概述

"游仙"作为诗歌内容的分类开始于萧统的《文选》，这表明游仙诗作为一种诗歌类型开始为后世所接受。对游仙诗的定义，李善注曰："凡游仙之篇，皆所以滓秽尘网，锱铢缨绂，餐霞倒景，饵玉玄都。"② 他认为游仙诗重在描述列仙之趣。③ 钟嵘《诗品》评述郭璞《游仙诗》曰："辞多慷慨，乖远玄宗……乃是坎壈咏怀，非列仙之趣也。"④ 日本游佐昇之《道教与文学》曰："所谓游仙诗是游览仙境之诗的意思，是讴歌仙人居住的另一个神秘世界情景的诗。"⑤

---

① 陈际斌：《黄初宗亲文学》，《黑龙江史志》2009 年第 13 期，第 21 页。

② （南朝梁）萧统编《文选》卷 21《诗乙游仙》，（唐）李善注，上海古籍出版社，1986，第 1018 页。

③ （南朝梁）萧统编《文选》卷 21《诗乙游仙》，（唐）李善注，上海古籍出版社，1986，第 1018 页。

④ （南朝梁）钟嵘著《诗品集注》，曹旭集注，上海古籍出版社，1994，第 247 页。

⑤ 〔日〕福井康顺等监修《道藏》卷 2，上海古籍出版社，1992，第 255 页。

李丰楙在《不死的探求道教信仰的介绍与分析》中说游仙诗是"源于原始巫俗文学，象《楚辞》中的《离骚》《远游》等，以原始宗教升天仪礼的仪式与神话为背景，表达人类希冀超脱时间、空间的限制，超升向一绝对自由、逍遥的神仙世界"①。据此我们可为游仙诗作如下定义：在背景上，游仙诗以我国古代的长生观念、神仙观念为文化背景；在内容上，或描写与列仙在仙境之游览，或描写食丹饮药以求长生之经过；在创作意图上，体现作者与道神游。

游仙诗在先秦已经存在，但游仙诗真正成为中国诗歌当中有影响的一个题材是从曹操开始的，其在诗歌中的巨大影响也确是曹操、曹丕、曹植等建立的。曹操是大力写作游仙诗的第一人。后经过曹丕，尤其是曹植等人的创作与发扬，游仙已然成为一种重要的文学题材。曹操在《让县自明本志令》中明确说："性不信天命。"②曹操以为"神龟虽寿，犹有尽时，腾蛇乘雾，终为土灰"③。对神仙之说，曹操也从不相信，"痛哉世人，见欺神仙"④。曹操"毁坏祠屋，止绝官吏民不得祠祀。及至秉政，遂除奸邪鬼神之事，世之淫祀由此遂绝"⑤。曹植在《辨道论》中说："夫神仙之书、道家之言，乃云：傅说上为辰尾宿，岁星降下为东方朔；淮南王安诛于淮南，而谓之获道轻举；钩弋死于云阳，而谓之尸逝柩空。其为虚妄甚矣哉！"⑥综上，我们可以得出结论：曹操与曹植父子对神仙之说是不相信的。

从现存资料来看，曹操诗歌一共17题24首（含残篇和阙疑），其中完整诗篇共计18首。曹操的游仙诗包括：《气出倡》三首、

---

① 刘岱主编《敬天与亲人中国文化新论·宗教礼俗篇》，三联书店，1992，第230页。
② 中华书局编辑部编《曹操集》，中华书局，1959，第41页。
③ 中华书局编辑部编《曹操集》，中华书局，1959，第11页。
④ 中华书局编辑部编《曹操集》，中华书局，1959，第219页。
⑤ （晋）陈寿撰《三国志》卷1《武帝纪》，中华书局，1959，第4页。
⑥ 赵幼文校注《曹植集校注》，人民文学出版社，1984，第187页。

《秋胡行》二首、《精列》、《陌上桑》，共 7 首，占其全部完整诗作的 39% 。可见曹操的游仙诗在其诗歌中占有重要地位，因此分析其游仙诗的成因及主题具有非常重要的意义。

二 曹操游仙诗的成因及主题

曹操进行了大量游仙诗的创作，究其原因很难用一句话来概括。它由深刻的社会背景、个体的信仰、强烈的个人意志，以及残酷的现实等诸多因素组成。

首先，汉末道家思想的流行是曹操游仙诗产生的客观的社会条件。东汉政治到中后期已经腐朽到极点。宦官、外戚轮流专权，外族持续侵略，灾荒连年不断，农民起义此起彼伏，卖官鬻爵现象层出不穷。在这种形势下，"独尊儒术"引起了当时诸多学者的质疑和批判，经学的僵化程度已经引起很多学者的批评和不满，太学中甚至出现了"博士倚席不讲"的局面。汉灵帝于光和元年二月设置鸿都门学，其目的很明显的就是反动和否定儒家经学。此时，整个社会出现了类似于春秋时代的"百家争鸣"局面。建安中，"自魏氏膺命，主爱雕虫，家弃章句，人重异术"[1]。"异术"者，无疑包含了道家、兵家、法家、阴阳家、纵横家等，道家思想是其中最具代表性的思想了。道家思想在整个汉朝从未间断研究和传播。司马迁"崇黄老而薄六经"是时代的产物。东汉末年道家思想更是为官、民两方所接受。《后汉书》载"桓帝即位十八年，好神仙事"[2]，汉桓帝延熙"八年春正月，遣中常侍左悺之苦县，祠老子"[3]，同年汉桓帝"使中常侍管霸之苦县，祠老子"[4]，次年"庚

---

① （南朝梁）沈约撰《宋书》卷 55《臧焘列传》，中华书局，1974，第 1552 页。
② （南朝宋）范晔撰《后汉书》，中华书局，1965，第 3188 页。
③ （南朝宋）范晔撰《后汉书》，中华书局，1965，第 313 页。
④ （南朝宋）范晔撰《后汉书》，中华书局，1965，第 316 页。

午，祠黄、老于濯龙宫"①。汉桓帝两年之内三次祭祀老子，可见道家思想学说在当时极为盛行。

当时，民间对黄老之术也是非常重视的，有慕无为之道而学其操行的、有对《老子》进行研究的、有口不离《老子》以作论据的，更有借《老子》来谋划农民起义的。如淳于恭善说《老子》，不慕荣名追求清净；耿弇学《老子》于安丘；郎颛奏疏多引《老子》，如"人之饥也，以其上食税之多也""大音希声，大器晚成"；范升精研《梁丘易》和《老子》，并以此教授诸生；其他如马融作《老子注》、张衡注《老子》。类似情况不胜枚举。

就社会影响而言，道家思想在此时发展到一个崭新的阶段。其中影响最大的莫过于依据《道德经》而发展起来的太平道和五斗米教了。裴松之注《三国志·张鲁传》引《典略》："熹平中，妖贼大起，三辅有骆曜。光和中，东方有张角，汉中有张修。骆曜教民缅匿法，角为太平道，修为五斗米道。"② 张角和张修同时进行道教教义传播。东汉就是在信奉黄老之术的二教打击下进入坟墓的。这一切活动最终带来了道家学说的流行。

其次，曹操本人的道家思想及其长生理念是其游仙诗产生的主观因素。《三国志·武帝纪》载："初，桓帝时有黄星见于楚、宋之分，辽东殷馗善天文，言后五十岁当有真人起于梁、沛之间，其锋不可当。至是凡五十年，而公破绍，天下莫敌矣。"③ 此处所谓"真人"者，即曹操。这是别人对曹操的一种称呼。真人，道家著作中多有论述，《庄子》中的"真人"颇有仙人的味道。我们很难肯定地说曹操具有浓厚的道家思想，但我们可以肯定的是曹操的言行或政令中多与道家思想契合的地方。张角的太平道和张修的五斗

---

①　（南朝宋）范晔撰《后汉书》，中华书局，1965，第317页。
②　（晋）陈寿撰《三国志》卷8《张鲁传》，中华书局，2006，第264页。
③　（晋）陈寿撰《三国志》卷1《武帝纪》，中华书局，2006，第22页。

米道都是以《道德经》为指导思想的。自他们始，道教的雏形已经形成。这两股宗教势力是把东汉王朝推向灭亡的巨大推力，但这两股势力最终归附于曹操。初平三年（192），曹操在青州收编黄巾"降卒三十余万，男女百余万口，收其精锐者，号为青州兵"①。建安元年"汝南、颍川黄巾何仪、刘辟、黄邵、何曼等，众各数万，初应袁术，又附孙坚。二月，太祖（曹操）进军讨破之，斩辟、邵等，仪及其众皆降"②。五斗米教的领袖，军阀张鲁曰："宁为魏公奴，不为刘备上客也。"③ 建安二十年（215），张鲁归顺曹操。曹操的军事与政治实力得到进一步加强。从以上三则材料我们可以看到，东汉末年，带有浓厚道教色彩的太平道与五斗米道最终结局都是归顺曹操。其原因不外乎曹操有道教"真人"的外衣，以及开明的宗教政策。

长生、神仙思想历来是道家思想的核心。朱乾《乐府正义》曰："呜呼！魏武之心，汉武之心也。"④ 此言差矣。汉武之心是在相信成仙的基础上的希求长生，曹操则是在不相信成仙基础上的希求延年。曹操《善哉行》云："痛哉世人，见欺神仙。"⑤ 这里的"世人"是包括秦皇、汉武等帝王的。其诗《精列》曰："厥初生，造化之陶物，莫不有终期。莫不有终期。圣贤不能免，何为怀此忧？"⑥ 可见，曹操是否定长生、成仙说的。但曹操认为通过养性法和饮方药来延年益寿是完全可以的。张华《博物志》卷5记载："魏武帝好养性法，亦解方药。招引四方之术士如左元放、华佗之

---

① （晋）陈寿撰《三国志》卷1《武帝纪》，中华书局，2006，第9页。
② （晋）陈寿撰《三国志》卷1《武帝纪》，中华书局，2006，第13页。
③ （晋）陈寿撰《三国志》卷2《文帝纪》，中华书局，2006，第63页。
④ 河北师范学院中文系古典文学教研组编《三曹资料汇编》，中华书局，1980，第34页。
⑤ 中华书局编辑部编《曹操集》，中华书局，1959，第219页。
⑥ 中华书局编辑部编《曹操集》，中华书局，1959，第2页。

徒无不毕至……又习啖野葛至一尺，亦得少多饮鸩酒。"① 《博物志》载："魏王所集方士名：上党王真，陇西封君达，甘陵甘始，鲁女生，谯国华佗字元化，东郭延年，唐霅，冷寿光，河南卜式，张貂，蓟子训，汝南费长房，鲜奴辜，魏国军吏河南赵圣卿，阳城郤俭字孟节，庐江左慈字元放。"② 这 16 人者皆善导引养生之术。概括上述材料可知，曹操"召聚"方士的目的一方面是政治上搜揽人才，加以控制的需要，另一方面则是个人养生延寿。如华佗，"时人以为仙"，华佗的存在就是为曹操医治头风的。"曹操所好方术有行气、服药、房中术、养性法等，这些均系以上方士所提供。"③

曹操曾撰《四时食制》探究食疗，即人的饮食与长寿的关系问题，可惜大部分已亡佚。曹操在《与皇甫隆令》中提到："闻卿（皇甫隆）年出百岁，而体力不衰，耳目聪明，颜色和悦，此盛事也。所服食施行导引，可得闻乎？若有可传，想可密示封内。"④ 看来曹操雅好道教养生术是毋庸置疑的。

再次，曹操的壮志情怀与暮年心理是其游仙诗产生的情感基础。曹操是一位理想主义英雄，他亲身经历了汉末战乱造成的"白骨露于野，千里无鸡鸣"的残酷战争，"忧世不治"成为他一生解不开的情结。曹操一生的志向就是统一天下，消弭战争。建安十三年（208），曹操 54 岁，赤壁之战败于孙权与刘备联军，自此再无实力大规模攻打孙权和刘备。其后曹操一直致力国家的统一，但其格局只局限于北方，故其推广屯田制以强兵，下《求贤令》以纳才，征马超、韩遂，招降张鲁以巩固北方。曹操一直在努力，直到建安二十五年在洛阳去世。其一生都在征伐、都在为统一努力着，

① （晋）张华撰《博物志校证》，范宁校证，中华书局，1980，第 61 页。
② （晋）张华撰《博物志校证》，范宁校证，中华书局，1980，第 61 页。
③ 李刚：《曹操与道教》，《世界宗教》2001 年第 4 期，第 51～61 页。
④ 中华书局编辑部编《曹操集》，中华书局，1959，第 57 页。

可谓壮志难酬。其诗《龟虽寿》即为明证，诗曰："神龟虽寿，犹有竟时。腾蛇乘雾，终为土灰。老骥伏枥，志在千里。烈士暮年，壮心不已。盈缩之期，不但在天；养怡之福，可得永年。幸甚至哉，歌以咏志。"曹操的这种强烈的建功立业的愿望与其步入暮年的现实构成了一对矛盾。曹操也很清楚自己根本无法实现理想，使内心的激情得以发泄和平息。他越到晚年，实现理想的愿望越强烈。梦是愿望的达成，幻想同样也是愿望的达成。曹操的诗歌中没有梦的意象，他通过游仙这种方式发泄自己内心激动不已的情绪，从而达成其理想的实现。他经常发出"君子多苦心""我愿何时随？此叹亦难处"（《善哉行》其二）的感叹。即便是在游仙的幻想中"饮玉浆"，其目的也只是"解愁腹"。其诗《精列》曰："志意在蓬莱。周孔圣徂落，会稽以坟丘。会稽以坟丘。陶陶谁能度？君子以弗忧。年之暮奈何，时过时来微。"① 清陈祚明解释说："仙人不可得学，托之于不忧。然年暮之感，徘徊于心。'时过时来微'，玩景之悲，造语不近。"② 借助神仙延长生命是一种代偿性的情绪，这种情绪的表达只会出现在曹操步入晚年之后，所以他的七首游仙诗无疑都是晚年之作。曹操的游仙诗从理想和年龄层面上讲，正是其自身的愿望和暮年已至之间矛盾不可调和的产物。

历代对曹操的游仙诗的评价都不高。这些作品在当代学者眼中，多是"思想上和艺术上都不足取"，"表现了较为浓厚的悲欢人生无常、追慕神仙的消极情绪"。也有人认为这"是他政治思想、人生情趣、理想愿望等方面的折光反射"。曹操的游仙诗之所以获得如此评价，其原因是多方面的：一是对其游仙诗的分析忽视了精神思想分析而注重表面表达方式的分析；二是注重《薤露行》《蒿

---

① 中华书局编辑部编《曹操集》，中华书局，1959，第 2 页。
② 河北师范学院中文系古典文学教研组编《三曹资料汇编》，中华书局，1980，第 33 页。

里行》等能体现"汉末实录"的作品，而轻视具有游仙意象的虚幻世界的作品。这导致了对曹操游仙诗主题的纷纷议论。关于其游仙诗之主题有四种说法："娱乐调笑"说、"求贤揽才"说、"万岁为期"说、"忧世不治"说。

"娱乐调笑"说，源于曹植《辨道论》中一句话"自家王与太子及余兄弟咸以为调笑，不信之矣"。曹操《气出倡》中也有"今日相乐诚为乐""乐共饮食到黄昏"等句。正如徐公持所说："曹操的游仙诗，实际上并无太多寄托……曹操游仙诗的作意，当为娱乐性的，是在宴饮娱乐场合'披之管弦'，作助兴侑酒的自娱娱宾之用。"① 这种说法是功能说。此处有两点需要注意：一是曹操不信方士神仙之说与游仙诗有无寄托、是否娱乐无任何关系，这正如我们不能因为蒲松龄创作《聊斋志异》而判定其本人是有神论者一样；二是诗歌的主题是否为"娱乐"与其创作的场合无必然的关系。

"求贤揽才"说源于黄节。黄节认为《秋胡行》其一："盖有求贤之意。"② 《秋胡行》其一有"有何三老公，卒来在我傍"句。"三老公"乃为贤才，故曹操有揽才之意。但孤证难立，凭这一点就断定其游仙诗的整体主题趋向显然有失偏颇。这种说法似乎更适合对《短歌行》等诗的主题提炼。

关于"万岁为期"说，我们可以在曹操诗中找到诸多例证，如"愿登泰华山，神人共远游"，"飘飘八极，与神人俱。思得神药，万岁为期"③（《秋胡行》其二）；"愿螭龙之驾，思想昆仑居"，"见期于迂怪，志意在蓬莱"④（《精列》）；"传告无穷闭其口，但

---

① 徐公持著《魏晋文学史》，人民文学出版社，1999，第36页。
② 黄节注《曹子建诗注》，中华书局，2008，第219页。
③ 中华书局编辑部编《曹操集》，中华书局，1959，第7页。
④ 中华书局编辑部编《曹操集》，中华书局，1959，第2页。

当爱气寿万年"，"愿得神之人，乘驾云车，骖驾白鹿，上到天之门，来赐神之药"①（《气出倡》其一）。曹操一直不信成仙长生之说，其思想是带有明显的朴素唯物主义色彩的。有的学者根据以上的一些诗句得出晚年的曹操对神仙之说是信疑皆半的结论。准确地说，曹操不信长生，而重养生。对以上诗句我们进行整体的观照就会发现很多问题。如"见欺于迂怪，志意在蓬莱。志意在蓬莱。周孔圣徂落，会稽以坟丘。会稽以坟丘。陶陶谁能度"（《精列》）就是对神仙观念的否定；"长愿主人增年，与天相守"等诗句则是在"东西厢，客满堂。主人当行觞"时的祝福话语。可见，所谓的"万岁为期"的例证多为断章取义。

曹操游仙诗的基本主题应该是"不戚年往，忧世不治"，这也是贯穿曹操一生的基本精神。这个主题的提炼，是与曹操本人强烈的功业思想与人至暮年生命之感密切相关的。如《秋胡行》其一（"晨上散关山"一诗）。黄节认为此诗当作于建安二十年曹操西征张鲁时，此时曹操61岁，三国的格局已然形成。诗中众仙"遂上升天"，自己留下是因为"沉吟不决"，从而他感叹"去去不可追，长恨相牵攀"。可见即使在游仙诗中，他也只是去仙境"游"，而没有"留"的意思，其思想驻足点仍在人间。他"夜夜安得寐，惆怅以自怜"的根源在于其复杂矛盾的心理，而这源于他对"忧世不治"理想的纠结。《秋胡行》其二："四时更逝去，昼夜以成岁。大人先天而天弗违。不戚年往，忧世不治。存亡有命，虑之为蚩。歌以言志，四时更逝去。"② 这里曹操更加明确地表达了自己担忧的不是"年往""存亡"，而是"忧世不治"，是统一大业的不可实现，是自己已近暮年却壮志难酬的残酷现实。"存亡有命，虑之为

---

① 中华书局编辑部编《曹操集》，中华书局，1959，第1页。
② 中华书局编辑部编《曹操集》，中华书局，1959，第8页。

蚩"表达了曹操对生命有限有着清醒的认识。这种认识在《精列》中也有表述："厥初生，造化之陶物，莫不有终期。莫不有终期，圣贤不能免。"①纵观曹操一生，统一事业和国家的长治久安才是萦绕在他心头的思绪。赤壁失败时，曹操54岁，可谓进入了晚年。其后曹操一直致力于国家的统一，真可谓"老骥伏枥，志在千里"，在面对"去日苦多"时，仍不免心中有千万遗憾。这种情绪在现实生活中不能得到实现就必然要通过其他的方式来发泄。其实曹操的游仙诗何尝不是他愿望的达成。

同时我们还应该看到曹操游仙诗中还有个人意志的延伸。

曹操《气出倡》三首均为纯粹的游仙长生之作。诗中，曹操有相似的表达。《气出倡》其二曰："赤松王乔，乃德璇之门。乐共饮食到黄昏。多驾合坐，万岁长，宜子孙。"②其三曰："长乐甫始宜孙子。"曹操很清楚"造化之陶物，莫不有终期，圣贤不能免"的规律。他不祈求个人的长生，而是把个人长生的观念转变到子孙繁衍上来。如此，自己未完成的事业就可以通过子孙来实现。子孙是个体自然生命的延续与精神意志的绵延。现实中，曹操是重视子孙的繁衍与培养的。据《三国志》记载，曹操有名姓的妻妾有13位，子25人。仅卞夫人一人就生有四子：曹丕、曹彰、曹植、曹熊。就曹操子嗣的数量与质量而言，其在帝王史上是名列前茅的。

我们可以看到这样的一种现象：曹操名在游仙，实在抒情。他明明不信神仙之说，却依旧有游仙山、与仙游的诗境描写。这是现实与理想的矛盾吗？不。游仙不是与现实对立的存在，恰恰是现实的再次延伸。曹操的游仙与屈原赋中那些关于托云龙、迂怪之语，说丰隆、求宓妃之言有异曲同工之妙。两者均为诗人思想在异域世

---

① 中华书局编辑部编《曹操集》，中华书局，1959，第2页。
② 中华书局编辑部编《曹操集》，中华书局，1959，第2页。

界的曲折反映。这与后世梦文学、鬼神文学一样皆为现实世界的曲折反映，是用幻想来实现自我存在的价值。曹操的理想是结束乱世，统一中国。但事实上，他认识到在有生之年难以实现理想，以致无法让自己狂热的心平静下来。于是，曹操不断地产生游仙的幻想，欲通过此等方式来追求内心的平衡。

至此，曹操游仙诗的整体思想以及主题表述就很清楚了。曹操游仙诗的创作有的是源于宴会上的劝侑，如《气出倡》其三为宾主间长寿的祝福；其二中"乐共饮食到黄昏"则显示了太平盛世的歌舞太平。求贤纳才是曹操诗歌的一个重要主题，尤其是晚年之后更是多次下《求贤令》，这亦是他"忧世不治"思想的反映。与仙共游只是诗歌的一种抒情方式，是其现实中无法实现的统一大业的愿望在虚幻世界中的一种曲折的表达。贯穿游仙诗的还是其统一天下，使"万国率土，莫非王臣"的理想。游仙诗的真正创作始于曹操。曹操是我国诗史上第一位大力创作游仙诗的人。

三 曹丕的"游仙诗"

论游仙诗者，多论及曹操与曹植的游仙之作，对曹丕的游仙之作论之很少。论之者多认为其作品甚少，被认可的只有《折杨柳行》，还有一篇有争议的《丹霞蔽日行》。此二首是否是游仙诗我们当做分析，先看《折杨柳行》：

> 西山一何高，高高殊无极。上有两仙僮，不饮亦不食。
> 与我一九药，光耀有五色。服药四五日，身体生羽翼。
> 轻举乘浮云，倏忽行万亿。流览观四海，茫茫非所识。
> 彭祖称七百，悠悠安可原？老聃适西戎，于今竟不还。
> 王乔假虚辞，赤松垂空言。达人识真伪，愚夫好妄传。

> 追念往古事，愤愤千万端。百家多迂怪，圣道我所观。①

本诗分为两部分。前十二句描写的是神游西山，求仙问药，如果仅为此我们可以断定其为游仙之作。但是其后的描写却一反前述，以彭祖、老聃、王乔、赤松子的例子来论证关于他们成道成仙的传说皆为愚夫的妄传，是"迂怪"之谈。这是对所谓的仙道、长生之说的批判，而这种批判才是本诗的主旨所在。傅亚庶认为："本篇是疾虚妄之作，驳斥求仙长生之说。"② 前面的游仙求药的描写只是为后文的批判提供靶子。

按照游佐昇的定义，《折杨柳行》不是"讴歌仙人居住的另一个神秘世界情景的诗"。按照李丰楙的定义，《折杨柳行》没有"表达人类希冀超脱时间、空间的现实，超升向一绝对自由、逍遥的神仙世界"。依以上二位学者的定义，曹丕的《折杨柳行》不是真正意义上的游仙诗。

曹丕还有一首《丹霞蔽日行》。其诗曰：

> 丹霞蔽日，采虹垂天。谷水潺潺，木落翩翩。
> 孤禽失群，悲鸣云间。月盈则冲，华不再繁；
> 古来有之，嗟我何言！③

此诗既没有表达"超脱时间、空间的现实，超升向一绝对自由、逍遥的神仙世界"，也没有"表达人类希冀超脱时间、空间的现实，超升向一绝对自由、逍遥的神仙世界"，只是慨叹人生无常之作，与游仙无关。

---

① 夏传才、唐绍忠校注《曹丕集校注》，河北教育出版社，2013，第41页。
② 傅亚庶注译《三曹诗文全集译注》，吉林文史出版社，1997，第274页。
③ 夏传才、唐绍忠校注《曹丕集校注》，河北教育出版社，2013，第27页。

曹丕在情感上是敏感的，尤其是对于时间的流逝与友情，但在对待神仙、长生等问题上曹丕是惊人地理性。如《典论·论方术》曰："夫生之必死，成之必败，天地所不能变，圣贤所不能免……然死者相袭，丘垄相望，逝者莫返，潜者莫形，足以觉也……刘向惑于鸿宝之说，君游炫于子政之言，古今愚谬，岂一人哉。"① 此文之中，曹丕通过郤俭辟谷、甘陵行气、左慈补导几致人死亡的数例来反复证明所谓"不死"的虚妄。不仅如此，曹丕还于黄初五年十二月下《禁淫祀诏》，诏书以律法的形式郑重声明："自今，其敢设非祀之祭，巫祝之言，皆以执左道论，著以令典。"② 即使是道家思想的创始人老子，也严禁世人"妄往祷祝"。由此可见，作为政治家的曹丕在思想上是疾虚妄的，作为文学家的曹丕，观其诗文也不见丝毫荒诞之言，虚妄之词。

四　曹植游仙诗的成因及主题

曹植存诗 90 余首，其中游仙之作 13 首，占其全部诗作的 14%。其游仙诗均作于黄初与太和年间。曹植的游仙诗在三曹中数量最多，有《五游咏》《升天行二首》《陌上桑》《远游篇》《苦思行》《飞龙篇》《仙人篇》《桂之树行》《述仙》《游仙》《平陵东》《驱车篇》，共计 13 首③。其中《陌上桑》《述仙》两首均为残篇，但从其意来看仍为游仙无疑。据南朝宋郭茂倩《乐府诗集》卷 63 引《乐府解题》，可知曹植游仙诗尚有《上仙篆》《与神游》《前缓声歌》三篇，可惜全部逸而不传。

---

① 夏传才、唐绍忠校注《曹丕集校注》，河北教育出版社，2013，第 253 页。
② 夏传才、唐绍忠校注《曹丕集校注》，河北教育出版社，2013，第 205 页。
③ 除此外，有人视《洛神赋》为游仙题材。《赠白马王彪》一诗中也涉及游仙内容，"虚无求列仙，松子久吾欺"一句似乎在从反面向读者证明曹植曾经是信奉道教的，至少说明曹植是存有向道教寻求些什么的愿望。

　　曹植游仙诗的数量是可观的。曹植究竟对游仙与长生之道持怎样的一个态度，是相信，还是怀疑？目前学术界存在着这样几种看法。第一种说法以陆侃如、冯沅君与袁行霈为代表。陆、冯二人认为曹植"游仙诗很多……不过我们要知道曹植乃是个反对方士的人"①。第二种看法以刘大杰为代表，他认为曹植"反对方士，不信神仙，但他的潜意识里充满了反儒慕道的思想与游仙的追恋"②。第三种看法以赵幼文为代表，他认为"《辨道论》中子建从统治者为了巩固政权的角度，批判方士之术，可是对一些现象作了保留。在晚年，由于自身的感受和客观情况的变化，对于方术出现了企羡的思想情感"③。观其《辨道论》与《释疑论》的确会发现曹植对待方士的态度有前后矛盾的地方。曹植在《辨道论》中说："世有方士，吾王悉所招致……本所以集之于魏国者，诚恐此人之徒，挟奸诡以欺众，行妖恶以惑民，故聚而禁之也。岂复欲观神仙于瀛洲，求安期于边海，释金辂而顾云舆，弃文骥而求飞龙哉！自家王与太子及余兄弟，咸以为调笑，不信之矣。"④而《释疑论》则彻底推翻前言，开篇即言："初谓道术，直呼愚民诈伪空言定矣。"随后举左慈、甘始之例，"乃知天下之事不可尽知，而以臆断之，不可任也"⑤。于是论者据此而对曹植思想争论纷纷。《辨道论》出自多种史书的校注，可信度较强。而《释疑论》选自葛洪《抱朴子·论仙》，可信度较小，本书是道家"论仙"之书，书中以史书笔法记载大量成仙之人、之道，多荒诞之言，可信度不足，其所引曹植之例，有拉曹植以引起名人效应之嫌。葛洪以为《释疑论》是

① 陆侃如、冯沅君：《中国诗史》，山东大学出版社，2000，第267页。
② 刘大杰：《中国文学发展史》（上册），上海古籍出版社，1999，第258页。
③ 赵幼文校注《曹植集校注》，人民文学出版社，1984，第397页。
④ 赵幼文校注《曹植集校注》，人民文学出版社，1984，第186页。
⑤ 赵幼文校注《曹植集校注》，人民文学出版社，1984，第396页。

曹植后期作品，我们可以从其后期作品《赠白马王彪》中"虚无求列仙，松子久吾欺"一语来印证曹植即便是在遭受到打击以后，对列仙之说仍然是持批判否定态度的。

曹操"痛哉世人，见欺神仙"，曹丕更是从饮食养生的角度批判郤俭等人"愚妄"世人的举动。在这种家庭的影响下，曹植的《辨道论》是可信的，所以我们得出曹植"神仙之书，道家之言，其为虚妄甚矣哉"的结论。但其为数不少的游仙诗，表明的不是他后期思想的转变，而是后期现实政治生存环境的改变导致的心境的改变。曹植虽不信神仙虚妄之言，但其内心仍有一丝对异域世界的空想，也可以理解为这是其排遣现实郁闷的一种途径。中国古代的文人，在现实世界遇到挫折后，当现实愿望不能实现的时候往往借助于异域世界的虚幻来倾泻自己的情感，如屈原、曹植、李白、蒲松龄等。

那么曹植创作游仙诗的动因是什么呢？这个问题我们需要从其创作的时代来考察。曹植一生的主要分界点应该是建安二十二年曹操下《立太子令》，立曹丕为太子。因为曹植命运的真正的转变始于此。建安二十二年曹丕被立为太子，曹植则"增置邑五千，并前万户"①。曹植"后以骄纵"多次为曹操所惩罚，其"宠日衰"。曹植的游仙诗产生于建安二十二年之后。关于曹植游仙诗的动因我们可以找到很多，比如汉末方术养生之学大盛；建安年间无休止战乱，尤其是建安二十二年的灾异造成了十室九空的人间惨剧，对诗人生命意识的刺激；长期以来民间求仙养生思想的影响。但学界在论述曹植游仙诗时还是多从曹植黄初年间的一系列政治遭遇入手来分析其游仙诗创作动因。

---

① （晋）陈寿撰《三国志》卷19《曹植列传》，中华书局，1959，第557页。

　　动因一：曹植后期遭受了一系列的政治打击与迫害。曹植因丁仪兄弟的被杀而惶恐不安。曹植在黄初年间的两次获罪加深了这种恐惧与不安。关于曹植政治生活环境恶劣的资料很多："黄初二年，监国谒者灌均希指，奏'植醉酒悖慢，劫胁使者'。有司请治罪，帝以太后故，贬爵安乡侯。"①《魏书》载曹丕诏曰："植，朕之同母弟。朕于天下无所不容，而况植乎？骨肉之亲，舍而不诛，其改封植。"②《世说新语·尤悔》："魏文帝忌弟任城王骁壮。因在卞太后阁共围棋，并啖枣，文帝以毒置诸枣蒂中。自选可食者而进，王弗悟，遂杂进之。既中毒，太后索水救之。帝预敕左右毁瓶罐，太后徒跣趋井，无以汲。须臾，遂卒。复欲害东阿，太后曰：'汝已杀我任城，不得复杀我东阿。'"③《世说新语·文学》："文帝尝令东阿王七步作诗，不成者行大法。应声便为诗曰：'煮豆持作羹，漉菽以为汁。其在釜下然，豆在釜中泣。本是同根生，相煎何太急？'帝深有惭色。"④ 萧涤非以为："文帝自为太子时，即已深忌子建，徒以武帝尚在，隐而未发。故一旦践位，即日以杀植为事，始则诛其党羽，继且残及手足，危机四伏，动辄得咎，此七年间，子建殆无日不在惊波骇浪之中。而怀才莫展，忠不见信，尤所痛心……此期则多言游仙与夫孤妾逐妇之不幸生活。"⑤ 曹丕虽非"即日以杀植为事"，但曹植的生活环境与曹操时代相比确实有了很大的变化，有动辄得咎之感确是事实。

　　动因二：曹植在黄初年间的活动受到限制，这对于自由惯了的曹植是一种极大的束缚。曹植在黄初年间"号则六易，居实三迁"，

---

① （晋）陈寿撰《三国志》卷19《曹植列传》，中华书局，1959，第561页。
② （晋）陈寿撰《三国志》卷19《曹植列传》，中华书局，1959，第562页。
③ 余嘉锡撰《世说新语笺疏》，周祖谟、余淑宜整理，中华书局，1983，第895页。
④ 余嘉锡撰《世说新语笺疏》，周祖谟、余淑宜整理，中华书局，1983，第244页。
⑤ 萧涤非：《汉魏六朝乐府文学史》，人民文学出版社，1984，第145页。

并过着"连遇瘠土，衣食不继"①的生活。因为受"诸侯游猎不得超过三十里"的限制，曹植感觉自己过的是犹"如圈牢之养物"般的囚徒生活，这致使他"每四节之会，块然独处，左右惟仆隶，所对惟妻子，高谈无所与陈，发义无所与展，未尝不闻乐而拊心，临觞而叹息也"②。

动因三：陆侃如、冯沅君在《中国诗史》中提出，曹植"游仙诗数量之多，是由于他对于汉乐府的模拟"③。并且认为曹植拟作中几乎全是游仙诗。陆、冯二人的观点是从艺术创作的渊源上来探究的，这种观点与众有别。为此他们举了好多例子，如"曹植《仙人篇》对汉乐府《董逃行》和《妍歌》有诸多模仿的句式，像《仙人篇》的'湘娥拊琴瑟，秦女吹笙竽，玉樽盈桂酒，河伯出鲤鱼'，模仿《妍歌》的'天公出美酒，河伯出鲤鱼……南斗工鼓瑟，北斗吹笙竽'"④。但这说到底是艺术上的模仿，况且模仿是当时的一种创作风气，不能说明任何问题。《妍歌》的内容为表现主人公享受神灵围绕下的天上宴会之乐，除此之外没有其他内涵。而《仙人篇》中"四海一何局，九州安所如？韩终与王乔，要我于天衢"则表现了诗人在世间的不如意，及受邀到天衢散心之感。"诗人求自试无门，而应韩终王乔之邀，上天求出路。在歌颂自由的背后，反衬出身受迫害，有志难伸的阴影。"⑤ 由此可见，二诗有着截然的不同，陆、冯之说有待商榷。

以上三个动因可归结为一点：曹丕对曹植的政治限制促使曹植对生命与自由有了更强烈的追求。对此有两点需要说明：一是曹丕

① 赵幼文校注《曹植集校注》，人民文学出版社，1984，第392页。
② 赵幼文校注《曹植集校注》，人民文学出版社，1984，第436页。
③ 陆侃如、冯沅君：《中国诗史》，山东大学出版社，2000，第267页。
④ 陆侃如、冯沅君：《中国诗史》，山东大学出版社，2000，第267页。
⑤ 傅亚庶注译《三曹诗文全集译注》，吉林文史出版社，1997，第595页。

对曹植的迫害是否成立？关于第一个问题，大量事实已经说明，曹
丕是优待曹植的。二是曹植游仙诗的创作主要是由其个人的精神气
质决定的，现实情况只是一个诱因而已。曹植的个人精神气质究竟
是怎样的呢？

不甘寂寞、喜欢热闹是曹植气质的第一种表现。如《上疏求存
问亲戚》曰："若得辞远游，戴武弁，解朱组，佩青绂，驸马、奉
车，趣得一号，安宅京室，执鞭珥笔，出从华盖，入侍辇毂，承答
圣问，拾遗左右，乃臣丹诚之至愿，不离于梦想者也。"① 曹植不能
忍受的是"每四节之会，块然独处，左右惟仆隶，所对惟妻子，高
谈无所与陈，发义无所与展，未尝不闻乐而拊心，临觞而叹息
也"②。这种寂寞，一是场面的不热闹，二是内心的孤独与无聊。

"任性而行，不自雕励"是曹植气质的第二种表现。陈寿认为
曹植性格上有"任性而行，不自雕励"的缺陷，导致其"几为太
子者数矣"，最终与太子无缘。这样的例子不胜枚举。如：

> 植尝乘车行驰道中，开司马门出。太祖大怒，公车令坐
> 死。由此重诸侯科禁，而植宠日衰。③
> 植妻衣绣，太祖登台见之，以违制命，还家赐死。④
> 二十四年，曹仁为关羽所围。太祖以植为南中郎将，行征
> 虏将军。欲遣救仁，呼有所敕戒。植醉不能受命，于是悔而
> 罢之。⑤

---

① （晋）陈寿撰《三国志》卷19《曹植列传》，中华书局，1959，第570页。
② （晋）陈寿撰《三国志》卷19《曹植列传》，中华书局，1959，第570页。
③ （晋）陈寿撰《三国志》卷19《曹植列传》，中华书局，1959，第558页。
④ （晋）陈寿撰《三国志》卷12《崔琰列传》，中华书局，1959，第369页。
⑤ （晋）陈寿撰《三国志》卷19《曹植列传》，中华书局，1959，第558页。

　　自我中心、倔强敏感是曹植气质的第三种表现。观曹植之诗文，通篇很难看到他人的影子，几乎都是他自己的呻吟与表达。很多事情他一旦决定，便执意要做成，从不考虑代价。如黄初二年，曹植上《求祭先王表》，"欲祭先王于北河之上"。曹丕则回《止临淄侯求祭先王诏》，答曰："得月二十八日表，知侯推情欲祭先王于河上。览省上下，悲伤感切，将欲遣礼以纾侯敬恭之意，会博士鹿优等奏礼如此，故写以示。开国承家，顾迫礼制，惟侯存心，与吾同之。"① 按照封建礼制，以曹植的身份，不得自行祭祀先王，然曹植仍然要"求祭先王"。

　　强烈的功名意识是曹植气质的第四种表现。他的许多作品中都有着为国献身、建功立业、留名后世的愿望。如《王仲宣诔》道："王虽薨徂，人谁不殁，达士徇名。生荣死哀，亦孔之荣。"② 如《任城王诔序》道："功著丹青，人谁不没，贵有遗声。"③ 如《薤露行》："孔氏删诗书，王业粲已分。骋我径寸翰，流藻垂华芬。"④

　　综上，我们大致可以对曹植的气质作如下归纳。曹植为人直率，任性而行，不自雕励，有着强烈的自我意识。"常恐先朝露，填沟壑，坟土未干，而身名并灭。"⑤ 他有这种强烈的文人气质又做着侠客梦，政治上的压抑势必造成巨大的心理反弹。这种压抑的、有志难伸的情绪很难在现实中得到疏解，于是游仙诗成为这种情绪申诉的最好突破口。

　　曹植游仙诗的内容与主题，一言以蔽之"咏怀"而已。曹植的游仙诗的主要内容可归纳为三类。

---

① 夏传才、唐绍忠校注《曹丕集校注》，河北教育出版社，2013，第122页。
② 赵幼文校注《曹植集校注》，人民文学出版社，1984，第163页。
③ 赵幼文校注《曹植集校注》，人民文学出版社，1984，第279页。
④ 赵幼文校注《曹植集校注》，人民文学出版社，1984，第433页。
⑤ （晋）陈寿撰《三国志》卷19《曹植列传》，中华书局，1959，第567页。

第一类内容，长生及求仙问道。这类内容存在于大多数游仙作品中，有的整篇皆为寻仙求道之意，有的则在诗中明白言之。如《驱车篇》《五游咏》《飞龙篇》《升天行二首》《平陵东》《桂之树行》等，皆确切地表达。

> 王子奉仙药，羡门进奇方。服食享遐纪，延寿保无疆。[1]
>
> ——《五游咏》
>
> 金石固易弊，日月同光华。齐年与天地，万乘安足多。[2]
>
> ——《远游篇》
>
> 同寿东父年，旷代永长生。[3]
>
> ——《驱车篇》
>
> 晨游泰山，云雾窈窕。忽逢二童，颜色鲜好。乘彼白鹿，手翳芝草。我知真人，长跪问道。西登玉堂，金楼复道。授我仙药，神皇所造。教我服食，还精补脑。寿同金石，永世难老。[4]
>
> ——《飞龙篇》
>
> 桂之树，桂之树。桂生一何丽佳！扬朱华而翠叶，流芳布天涯。上有栖鸾，下有蟠螭。桂之树，得道之真人咸来会讲，仙教尔服食日精。要道甚省不烦，淡泊无为自然。乘蹻万里之外，去留随意所欲存。高高上际于众外，下下乃穷极地天。[5]
>
> ——《桂之树行》

以上诗篇均是在谈论升仙得道之事，申诉求长生成仙之意。《桂之

① 赵幼文校注《曹植集校注》，人民文学出版社，1984，第400页。
② 赵幼文校注《曹植集校注》，人民文学出版社，1984，第402页。
③ 赵幼文校注《曹植集校注》，人民文学出版社，1984，第404页。
④ 赵幼文校注《曹植集校注》，人民文学出版社，1984，第397页。
⑤ 赵幼文校注《曹植集校注》，人民文学出版社，1984，第399页。

树行》中诗人通过桂树以滞留，寄情于仙道之术中。这类作品多产生于黄初初年，当时曹丕即位，曹植的助手丁仪兄弟被杀，即便是曹植本人也受到"就国"制度的限制。如黄初二年，曹植因"醉酒悖慢，劫胁使者"被监国谒者灌均告发，后因卞太后的干预才以贬爵安乡侯告终。其后不久，他又被人以"荒淫不孝"之罪告发，押解至京都，后无罪释放。此时的曹植动辄得咎，战战兢兢。他此时的愿望与诉求就是生存。对生存的渴望，对现实的失望，最终导致曹植从先前接触过的长生思想中寻找到精神出路，于是以表达长生求仙为内容的游仙诗就产生了。这是曹植的第一批游仙诗，通过寻仙问道，食丹服药等方式排遣"忧生之嗟"的现实困扰。《平陵东》就是在这种背景下产生的，其曰："阊阖开，天衢通，被我羽衣乘飞龙。乘飞龙，与仙期，东上蓬莱采灵芝。灵芝采之可服食，年若王父无终极。"[①]《平陵东》中，诗人通过采灵芝以服食，从而求得"年若王父无终极"。其目的就是在充满苦难的人生中，通过飘渺幻境来发泄自己的苦闷，以求暂时的精神上的超脱。对生命自由的追求与向往、对长生的渴望，说明曹植对未来还寄予厚望。

第二类内容是对仙境景色的描写。在曹植的游仙诗中我们随处可见一幅幅飘渺绮丽的天宫景象。这些景象中既有对宫殿的描写，又有对仙人的刻画，还有对朝霞、玉树等景色的铺陈，给人以眼花缭乱之感。如：

> 九州不足步，愿得陵云翔。逍遥八纮外，游目历遐荒。
> 披我丹霞衣，袭我素霓裳。华盖芳晻蔼，六龙仰天骧。
> 曜灵未移景，倏忽造昊苍。阊阖启丹扉，双阙曜朱光。
> 徘徊文昌殿，登陟太微堂。上帝休西棂，群后集东厢。

---

① 赵幼文校注《曹植集校注》，人民文学出版社，1984，第400页。

带我琼瑶佩，漱我沆瀣浆。踟蹰玩灵芝，徙倚弄华芳。
王子奉仙药，羡门进奇方。服食享遐纪，延寿保无疆。①

——《五游咏》

仙人揽六著，对博泰山隅。湘娥抚琴瑟，秦女吹笙竽。
玉樽盈桂酒，河伯献神鱼。四海一何局！九州安所如？
韩终与王乔，要我于天衢。万里不足步，轻举陵太虚。
飞腾逾景云，高风吹我躯。回驾观紫微，与帝合灵符。
阊阖正嵯峨，双阙万丈余。玉树扶道生，白虎夹门枢。
驱风游四海，东过王母庐。俯观五岳间，人生如寄居。
潜光养羽翼，进趋且徐徐。不见轩辕氏，乘龙出鼎湖。
徘徊九天上，与尔长相须。②

——《仙人篇》

乘屑追术士，远之蓬莱山。灵液飞素波，兰桂上参天。
玄豹游其下，翔鹍戏其巅。乘风忽登举，仿佛见众仙。③

——《升天行》其一

伏桑之所出，乃在朝阳溪。中心陵苍昊，布叶盖天涯。
日出登东干，既夕没西枝。愿得纤阳缨，回日使东驰。④

——《升天行》其二

远游临四海，俯仰观洪波。大鱼若曲陵，乘浪相经过。
灵鳌戴方丈，神岳俨嵯峨！仙人翔其隅，玉女戏其阿。
琼蕊可疗饥，仰首吸朝霞。昆仑本吾宅，中州非我家。
将归谒东父，一举超流沙。鼓翼舞时风，长啸激清歌。

---

① 赵幼文校注《曹植集校注》，人民文学出版社，1984，第 400 页。
② 赵幼文校注《曹植集校注》，人民文学出版社，1984，第 263 页。
③ 赵幼文校注《曹植集校注》，人民文学出版社，1984，第 266 页。
④ 赵幼文校注《曹植集校注》，人民文学出版社，1984，第 467 页。

金石固易弊，日月同光华。齐年与天地，万乘安足多。①

——《远游篇》

以上游仙之作中，作者通过想象瑰奇、笔墨绚丽的游仙诗给我们塑造的仙境中有"仙人揽六著，对博泰山隅"的恬静；有"湘娥拊琴瑟，秦女吹笙竽"的宴飨；有"餐霞漱沆瀣""仰首吸朝霞"的餐饮；有"灵液飞素波，兰桂上参天"的自然景色，还有"玄豹游其下，翔鹍戏其巅"的动物世界。这一切都在表达着作者对充满活力、生机、自由、祥和、恬静的生活环境的追求。就其艺术手法而言，亦是"精深华妙，绰有仙姿，炎汉已还，允推此君独步"②。这种超越时空的想象，给后世提供了丰富多彩的意象，对后世游仙之作产生了极大的影响。故清王士祯《带经堂诗话》曰："汉魏以来二千余年间，以诗名其家者众矣。顾所号为仙才者，唯曹子建、李太白、苏子瞻三人而已。"③

曹植的这类刻意描写异域世界景象的诗歌多产生于黄初后期。当时，曹植的性命之忧基本解除，但仍然过着"圈养生活"，精神上更是苦于"高谈无所与陈，发义无所与展"，丝毫没有初见邯郸淳时"澡讫，傅粉"的心情与"评说混元造化之端，品物区别之意，然后论羲皇以来贤圣名臣烈士优劣之差，次颂古今文章赋诔及当官政事宜所先后，又论用武行兵倚伏之势"④ 的惬意。对有过这种畅快生活的曹植而言，此时的圈养简直要生生憋死这爱表现的才子，其精神上的苦闷与不得志可见一斑。现实生活中

---

① 赵幼文校注《曹植集校注》，人民文学出版社，1984，第402页。
② （魏）曹植撰《曹子建集》，（清）丁晏诠评，上海文明书局出版，宣统三年影印，第600页。
③ （清）王士祯著《带经堂诗话》卷5《序论》，张宗柟纂集，人民文学出版社，1963，第119页。
④ （晋）陈寿撰《三国志》卷21《邯郸淳列传》，中华书局，1959，第603页。

的举步维艰、精神上的苦闷迫使曹植把对自由的渴望转移到精神世界的丰富与延伸之上。如《升天行》通过幻想中的恬静、充满生机的仙山画面，反衬充满矛盾与罪恶的现实生活。神仙的异域世界让曹植压抑的心情得到舒展。正如弗洛伊德所言：梦是人愿望的达成。曹植对丰富的异域世界的幻想正是其在现实生活中所渴望而不可达成的。或许在对异域世界的幻想与描画中，自己的心灵才能在无边无际的世界里任意翱翔，自己的才能与激情才可痛快地释放。

第三类内容是表达对现实的不满。如果说曹植对求仙问道的描写，是在生命受到威胁时产生的欲望与诉求的话，那么他由于生存空间上的局限而产生的迫隘感则直接促成了他对神仙异域世界的描画。咏怀内容是其二者结合的产物。曹植把自己对现实世界的不满一股脑地在此类作品中抒发出来。如《五游咏》《远游篇》《仙人篇》《游仙诗》等作，都是通过写游仙来抒其愤世之情。《仙人篇》曰："四海一何局！九州安所如？韩终与王乔，要我于天衢。万里不足步，轻举陵太虚。"① 《五游咏》曰："九州不足步，愿得陵云翔。"② 《远游篇》曰："昆仑本吾宅，中州非我家。将归谒东父，一举超流沙。鼓翼舞时风，长啸激清歌。"③

"四海一何局，九州安所如""九州不足步，愿得陵云翔""昆仑本吾宅，中州非我家"等诗句则直陈诗人在现实世界中无法忍受的恶劣生存环境，"不足步""非我家"是浓郁的情感表达与内心痛苦挣扎下的绝望呼喊。朱乾认为"游仙诸诗嫌九州之局促，思假道于天衢，大抵骚人才士不得志于时，藉此以写胸中之牢落，故君

---

① 赵幼文校注《曹植集校注》，人民文学出版社，1984，第263页。
② 赵幼文校注《曹植集校注》，人民文学出版社，1984，第400页。
③ 赵幼文校注《曹植集校注》，人民文学出版社，1984，第402页。

子有取焉"①。《远游篇》直袭屈原《远游》之精神，黄节认为"此篇词意多仿屈原《远游》。篇首'九州不足步，愿得凌云翔'即《远游》起句'悲时俗之迫厄，愿轻举而远游'意，可谓师其意不师其词矣"。忧生之嗟与不遇之痛成为屈原与曹植《远游》之作共同的心灵痛楚。为此宋长白《柳亭诗话》卷3中曾说："曹子建怀才自负，局促藩邦，欲从征而未能，求自试而未可，因借以名篇。"②《苦思行》一诗也可以作为辅证，诗曰："绿萝缘玉树，光耀灿相辉。下有两真人，举翅翻高飞。我心何踊跃！思欲攀云追。郁郁西岳巅，石室青青与天连。中有耆年一隐士，须发皆皓然，策杖从吾游，教我要忘言。"③朱乾《乐府正义》评《苦思行》时认为"子建多历忧患，苦思所以藏身之固，计欲攀云随真人而不可得，托言隐士教以忘言，盖安身之道，守默为要也"④。诗人热心政治，满腹文采，多求自试，而此处却要其"忘言"，正反映出其内心的苦闷与对出路的寻求。《仙人篇》就是诗人自试无门，而应韩终、王乔之邀，上天求出路的一种心境的表达。

曹植游仙诗的内容大致有如上三点，但其主旨归一是为咏怀。他寻仙问道，食丹服药；他游览天衢，与仙同游；他从仙而游，聆听忘言之训的全部根源在于其生存境遇的艰难、自由的受限以及有志难伸。他是有着强烈的政治理想的，他对这种政治理想的追求甚至显得有些病态的偏执。他的许多作品中都有着为国献身、建功立业、留名后世的愿望。即便是晚年，曹植仍然做着建功立业的梦。《三国志》载："植每欲求（与明帝）别见独谈，论及时政，幸冀

① 河北师范学院中文系古典文学教研组编《三曹资料汇编》，中华书局，1980，第202页。
② 河北师范学院中文系古典文学教研组编《三曹资料汇编》，中华书局，1980，第173页。
③ 赵幼文校注《曹植集校注》，人民文学出版社，1984，第316页。
④ 河北师范学院中文系古典文学教研组编《三曹资料汇编》，中华书局，1980，第201页。

试用，终不能得。既还，怅然绝望。"① 这是曹植对于生命意义、人生价值的追求。他只能在精神的世界中靠游仙的方式给自己以心灵上的希望，从而消除自己心中的块垒。

第三节　感伤文学

感伤文学是曹魏三祖时期文学的重要组成部分，曹丕兄弟及前期的建安诸子的文学作品中都有着感伤的情调。"忧""愁""苦""哀"等词是此期文学中的高频词汇。究其原因，感伤文学的出现有着深刻的社会原因和文化因素。汉末以来挽歌等哀乐成为豪门贵族家宴饮中的重要音乐。曹丕自己也对哀乐出奇地喜欢。东汉中期以来，哀伤音乐长期流行。《后汉书·周举传》载，外戚梁商在洛水边大会宾客，极尽欢乐，"及酒阑倡罢，继以《薤露》之歌，座中闻者，皆为掩涕"②。

汉末战乱灾异造成的"十室九空"的残酷现实成为人们心灵的阴影。士人的个体生命意识的觉醒造成的对生命的极度敏感也是其感伤文学产生的重要原因。至于他们的作品，则曹操"悲凉"③；王粲"发愀怆之词"④；刘桢"直抒胸臆，一往清警，缠绵悱恻"⑤。《魏太子邺中集·平原侯植诗序》评曹植诗"颇有忧生之嗟"⑥，总之"或述酣宴，或伤羁戌，志不出于淫荡，辞不离于哀思"⑦。曹丕时代的感伤文学就是在以上诸因素的基础之上发展起来的，但这

① （晋）陈寿撰《三国志》卷19《曹植列传》，中华书局，1959，第576页。
② （宋）范晔撰，（唐）李贤等注《后汉书》卷61，中华书局，1965，第2028页。
③ （南朝梁）钟嵘著《诗品集注》，曹旭集注，上海古籍出版社，1994，第362页。
④ （南朝梁）钟嵘著《诗品集注》，曹旭集注，上海古籍出版社，1994，第117页。
⑤ 方东树著《昭昧詹言》卷2，汪绍楹校点，人民文学出版社，1961，第78页。
⑥ （晋）谢灵运著，顾绍柏校注《谢灵运集校注》，中州古籍出版社，1987，第155页。
⑦ （南朝梁）刘勰撰《文心雕龙义证》，詹锳义证，上海古籍出版社，1989，第243页。

一时期的感伤文学又有着不同于其他时期的一些特殊因素。单个人如曹丕、曹植等则又大不相同。

一 曹丕感伤文学的表现及主题

据《全三国文》与《全魏诗》统计：曹丕全集中"忧"字共计出现 22 次，诗歌当中出现 12 次；全集中"哀"字出现 38 次，在诗歌中出现 6 次；全集中"愁"字出现 15 次，在诗歌中出现 3 次；"苦"字出现 22 次，诗歌中出现 9 次。其诗歌作品中如"忧令人老""多忧何为""忧来无方""悠悠多忧伤""聊以忘忧"等诗句随处可见。曹丕的诗文中总是笼罩着一层感伤的情绪，沈德潜说："子桓诗有文士气，一变乃父悲壮之习矣。要其便娟婉约，能移人情。"① 其文士气，是指有文士的敏感与多情，其"移人情"的作品恐怕就是这类带有感伤色彩的作品了。既然如此，我们就可以从感伤的角度来观照曹丕的文学作品。

首先，曹丕的伤感源于生命意识的觉醒及人生如寄的感叹。生命意识的觉醒不始于曹魏时代，但曹魏时代人们对生命脆弱和人生如寄的感受较以往各时代更为敏感。曹丕就是其中的代表。其《善哉行》曰：

上山采薇，薄暮苦饥。溪谷多风，霜露沾衣。野雉群雊，猴猿相追。

还望故乡，郁何垒垒！高山有崖，林木有枝。忧来无方，人莫之知。

人生如寄，多忧何为？今我不乐，岁月如驰。汤汤川流，中有行舟。

---

① （清）沈德潜：《古诗源》卷 5，中华书局，1963，第 107 页。

　　随波转薄，有似客游。策我良马，被我轻裘。载驰载驱，
聊以忘忧。①

《善哉行》是一首表达旅客忧伤的诗篇，其忧伤的原因是"忧来无
方，人莫之知"。陈祚明以为："发端四句，情在景事之中。'忧来
无方'言忧始深。意中有一事可忧，便能举以示人，忧有域也。惟
不能示人之忧，戚戚自知，究乃并己亦不自知其何故，耳触目接，
无非感伤，是之为'无方'。非'无方'二字不能写之……驰驱定
不能忘忧，然忧终不可忘，反不如姑且驰驱耳。"②"人莫之知"之
忧无他，流露出的只是诗人对"人生如寄"的生命价值的询问与探
寻。王尧衢之《古唐诗合解》曰："魏文因征行劳苦而作……言山
则有崖矣，木则有枝矣，凡物皆有定向，而独忧之无定，人所难
知。"③ 再如《丹霞蔽日行》中："月盈则冲，华不再繁。古来有
之，嗟我何言。"此诗通过世间万物的自然变化规律而总结出富有
哲理的语言，称之为哲理诗也不为过。"月盈则冲，华不再繁"的
自然现象和生命规律是任何人都无法逃避的。这种生命规律必然导
致士人的无言忧伤。类似的例子还有很多，如《短歌行》曰："人
亦有言，'忧令人老'。嗟我白发，生一何早！"④ 鲁迅在《魏晋风
度及文章与药及酒之关系》中指出："曹丕做的诗赋很好。"⑤ 确实
如此。鲁迅的议论是从生命自觉的角度对曹丕诗歌的一个评价，他
更重视曹丕那个时代的文学自觉与生命意识的觉醒。

　　"日月逝于上，体貌衰于下，忽然与万物迁化，斯志士之大痛

---

① 夏传才、唐绍忠校注《曹丕集校注》，河北教育出版社，2013，第 25 页。
② 河北师范学院中文系古典文学教研组编《三曹资料汇编》，中华书局，1980，第 78 页。
③ 河北师范学院中文系古典文学教研组编《三曹资料汇编》，中华书局，1980，第 75 页。
④ 夏传才、唐绍忠校注《曹丕集校注》，河北教育出版社，2013，第 8 页。
⑤ 鲁迅著《魏晋风度及其他》，上海古籍出版社，2000，第 188 页。

也"①，是对"天地无终极，命若朝霜"②"人生处一世，去若朝露晞"③"对酒当歌，人生几何！譬如朝露，去日苦多"④的感慨。《魏略》中"太上立德，其次立功。盖功德所以垂名也。名者不灭，士之所利"，⑤是对功名理想的追求。诚如罗宗强所云："前此没有任何一个时期的士人，像建安士人那样感到生与死的问题，没有像他们那样的把注意力放到生命的价值上来。人的存在价值是被极大地发现了。"⑥难能可贵的是，曹丕对生命的这种敏感的触摸与感伤的情怀并没有停留在个体的感悟上，而是把它外化为精神财产的创作与精神产品的生产与传播。正因为曹丕对生命有着这种体认，所以曹丕较他人更加重视文人作品的整理与学术著作的传播。他曾编撰《典论》，组织编写大型类书《皇览》，整理并传播孔融、陈琳、繁钦等人的作品。正是由于曹丕的这一系列工作，这些人的著作才得以保存。

其次，曹丕的伤感还体现在闺情之作中。在他的闺情、爱情之作中我们经常可以看到男女主人公的伤感与哀怨。曹丕诗作中歌咏男女情爱和离愁别怨的近20首，最能代表曹丕诗歌的特色，如《钓竿行》《秋胡行·朝与佳人期》《上留田》《艳歌何尝行》《陌上桑》《善哉行·上山采薇》《杂诗二首》《燕歌行》《善哉行·有美一人》《寡妇诗》《于清河见挽船士新婚与妻别》《代刘勋妻王氏杂诗》等。这些诗歌从不同方面表达着不同的情爱与怨愁。《寡妇诗》是借对阮瑀的怀念、对其孤寡妻子的伤怀而写的一篇代人伤情之作，诗歌婉约动人，道尽了天下寡妇的艰难与情感痛苦。其《代

---

① 夏传才、唐绍忠校注《曹丕集校注》，河北教育出版社，2013，第238页。
② 赵幼文校注《曹植集校注》，人民文学出版社，1984，第4页。
③ 赵幼文校注《曹植集校注》，人民文学出版社，1984，第298页。
④ 中华书局编辑部编《曹操集》，中华书局，1959，第5页。
⑤ （晋）陈寿撰《三国志》卷19《曹植列传》，中华书局，1959，第569页。
⑥ 罗宗强：《玄学与魏晋士人心态》，南开大学出版社，2003，第45页。

刘勋妻王氏杂诗》二首则记述了刘勋弃妻王氏的事件，以第一主人公的语气诉说了一个弃妇的命运，字里行间充满着同情。《其一》曰：“翩翩床前帐，张以蔽光辉。昔将尔同去，今将尔共归。缄藏箧笥里，当复何时披。”《其二》曰：“谁言去妇薄，去妇情更重。千里不唾井，况乃昔所奉。远望未为遥，踟蹰不得共。”① 陈祚明言：“（其一）此章心伤断绝，借物形己。（其二）此章惓惓不忘，情怀忠厚。”② 此类诗还有《见挽船士兄弟辞别诗》《于清河见挽船士新婚与妻别》《于清河作》《杂诗二首》。此类诗表达的主要是“采之遗谁”的期待与知音难觅的怅惘，如《秋胡行》：

　　朝与佳人期，日夕殊不来。嘉肴不尝，旨酒停杯。寄言飞鸟，告余不能。

　　俯折兰英，仰结桂枝；佳人不在，结之何为？从尔何所之？乃在大海隅。

　　灵若道言，贻尔明珠。企予望之，步立踟蹰：佳人不来，何得斯须！③

　　　　　　　　　　　　　　　　　　　——《秋胡行》其一

　　泛泛绿池，中有浮萍。寄身流波，随风靡倾。芙蓉含芳，菡萏垂荣。

　　朝采其实，夕佩其英。采之遗谁？所思在庭。双鱼比目，鸳鸯交颈。

　　有美一人，婉如清扬；知音识曲，善为乐方。④

　　　　　　　　　　　　　　　　　　　——《秋胡行》其二

---

①　傅亚庶注释《三曹诗文全集译注》，1997，第 304 页。
②　河北师范学院中文系古典文学教研组编《三曹资料汇编》，中华书局，1980，第 82 页。
③　夏传才、唐绍忠校注《曹丕集校注》，河北教育出版社，2013，第 23 页。
④　夏传才、唐绍忠校注《曹丕集校注》，河北教育出版社，2013，第 37 页。

两首情歌中浮萍寄水、飞鸟寄言、双鱼比目、鸳鸯交颈等意象的塑造，寄托了男主人公对美好生活的向往和追求。男主人公在采摘"兰英""桂枝""芙蓉"后，面对"日夕殊不来"的佳人所表现出"佳人不在，结之何为""采之遗谁，所思在庭"的感慨，给人以无限的想象，突出了他心中的落寞与伤感。而女主人公的忧愁主要表现为闺怨。

曹丕此类诗中最著名的当属《燕歌行》了。《燕歌行》是一篇秋思诗。诗歌以萧瑟的秋风为背景，营造出了"悲秋"的氛围。一个"星汉西流夜未央"的夜晚，天上牛郎、织女二星悬挂于苍天之上。此时房中，女主人公"援瑟鸣弦发清商"，望月思人。其情感人，感人之处在于思人至午夜之后还不能入眠，在于午夜之后还要靠琴瑟望月来表达对远方丈夫的思念。也正是这样才显示出女主人公忧愁、思念的绵长与深厚。庾信《哀江南赋》说："《燕歌》远别，悲不自胜。"① 全诗为一种伤感与相思之情怨所包围，想来这种思念对人的折磨是残酷的。王夫之《船山古诗评选》评"秋风萧瑟天气凉"篇，是"倾情、倾度、倾色、倾声，古今无两"② 之作。钟嵘《诗品》说："魏文帝，其源出于李陵。"吴淇《六朝选诗定论》说："文帝诗源于李陵，终生无改。"③ 钟嵘与吴淇的评价一脉相承，都是从离愁别绪上对二者进行分析。张可礼认为曹丕的诗歌创作"表明他长于当时比较普通的人生际遇中，发掘出具有社会意义的内容，能把动乱的社会现象融合在男女恋情和游子思妇的命运之中"。曹丕诗歌这一特点的形成，是由于"多次随军出征，使他饱尝远征不归的辛酸与亲人分离的哀伤。因此，当时社会上普遍存在的离别之苦，当时士卒夫的忧愁，怨女思妇的悲叹，都容易

---

① （北周）庾信撰《庾子山集注》，（清）倪璠注，许逸民校点，中华书局，1980，第94页。
② 河北师范学院中文系古典文学教研组编《三曹资料汇编》，中华书局，1980，第69页。
③ 河北师范学院中文系古典文学教研组编《三曹资料汇编》，中华书局，1980，第66页。

引起曹丕的关切"①。曹丕的感情是细腻的，敏感的，从他其他题材的诗歌中我们亦能感受到其细腻的情感抒发。军旅之歌，漂泊之苦，思妇之痛，在其笔尖流出的都是浓浓深情。孙明君在《三曹与中国诗史》中说："曹丕的诗大多数是对人生的意义、生命的价值等题的苦苦求索，其诗更多地表现出迷惘的心绪、躁动的情思、忧愁难解的哀怨。"②

　　第三，曹丕的伤感还来自朋友亲人的离世。曹丕是一个很重感情的人，无论是对亲人还是对朋友都表现出重情的一面。其怀念曹操的《短歌行》由"仰瞻帷幕，俯察几庭"想到"其物如故，其人不存"，进而联系到自然界中动物亲子之情，反衬自己失去父亲的悲痛。其中最打动人的当是他对建安诸子的怀念了。如建安十七年阮瑀去世，曹丕念及悲痛，而作《寡妇诗》，其序曰："友人阮元瑜早亡，伤其妻子孤寡，为作此诗。"③ 同时还作有《寡妇赋》，其序曰："陈留阮元瑜与余有旧，薄命早亡。每感存其遗孤，未然不怆然伤心，故作斯赋，以叙其妻子悲苦之情。命王粲并作之。"④其《寡妇诗》为了抒情的方便，而采用骚体形式，正如张玉毂所评"诗伤寡妇，而竟代寡妇自伤，最为亲切"⑤。建安二十三年五月，曹丕中子曹仲雍卒。繁钦也于"建安二十三年卒"⑥，这增加了曹丕的伤感和对生命的感触。

　　最能表现曹丕重感情与伤感情绪的当为对王粲等人的深切怀念。建安二十二年，我国北方发生了少见的大范围的灾异，是时

①　张可礼：《建安文学论稿》，山东教育出版社，1986，第 132 页。
②　孙明君：《三曹与中国诗史》，清华大学出版社，1999，第 75 页。
③　夏传才、唐绍忠校注《曹丕集校注》，河北教育出版社，2013，第 5 页。
④　夏传才、唐绍忠校注《曹丕集校注》，河北教育出版社，2013，第 59 页。
⑤　张玉毂著《古诗赏析》卷 8《魏诗》，许逸民点校，上海古籍出版社，2000，第 181 页。
⑥　（晋）陈寿撰《三国志》21《王粲列传》，中华书局，1959，第 603 页。

"疠气流行。家家有僵尸之痛，室室有号泣之哀"①。曹丕自己也多次在书信中表示这种伤友之痛，如《与吴质书》：

> 每念昔日南皮之游，诚不可忘。既妙思六经，逍遥百氏，弹棋闲设，终以博弈，高谈娱心，哀筝顺耳。驰骛北场，旅食南馆，浮甘瓜于清泉，沈朱李于寒水。皦日既没，继以朗月，同乘并载，以游后园，舆轮徐动，宾从无声，清风夜起，悲笳微吟，乐往哀来，凄然伤怀。余顾而言，兹乐难常，足下之徒，咸以为然。②

曹丕的这种怀旧与感伤是其建安二十二年后情绪的一个重要方面。他对建安诸子的去世，已经不仅仅是对朋友的怀念了，而是上升为一种对脆弱生命的心灵感悟。这种对生命的感悟成为曹丕文人气质的一个重要方面，并且很多时候都不自觉地流露了出来。如："昔年疾疫，亲故多离其灾，徐、陈、应、刘，一时俱逝，痛可言邪！"③吴质的《思慕诗》也同样地把曹丕对自己的知遇之恩通过"何意中见弃，弃我如遗庐"④来抒发，其中"茕茕靡所恃，泪下如连珠"⑤尤为感人。

二 曹植感伤气质的根源

曹植人生的转折当以建安二十二年曹丕即太子位为界。⑥ 从曹

---

① 赵幼文校注《曹植集校注》，人民文学出版社，1984，第177页。
② 夏传才、唐绍忠校注《曹丕集校注》，河北教育出版社，2013，第104页。
③ 夏传才、唐绍忠校注《曹丕集校注》，河北教育出版社，2013，第110页。
④ 逯钦立辑校《先秦汉魏晋南北朝诗》，中华书局，1983，第412页。
⑤ 逯钦立辑校《先秦汉魏晋南北朝诗》，中华书局，1983，第412页。
⑥ 朱绪曾的《曹集考异》、陆侃如的《中古文学系年》等认为：建安二十二年是曹植创作的分水岭，其创作心态与以前有天壤之别。

植的作品来看，建安二十二年以前充满"不及世事，但美遨游"的内容。故敖陶孙评其"如三河少年，风流自赏"①。建安二十二年后的作品则透露出曹植对世事的无可把握，如《梁甫行》、《门有万里客行》、《送应氏》二首等，虽然以表现现实为主，但其中我们仍能看到作为贵公子的曹植对应场前途的无可奈何。黄初以降，《赠白马王彪》《种葛篇》《鼙舞歌》《美女篇》《薤露行》《箜篌引》《名都篇》等诗篇则一改"风流俊赏"而为"情兼雅怨"了。究其思想转变的原因，大致如下。

妻子的被杀与孩子的夭折成为曹植伤感的家庭情感因素。

《三国志》卷12《崔琰传》记载："植，琰之兄女婿也。"其注曰："《世语》曰：植妻衣绣，太祖登台见之，以违制命，还家赐死。"这件事情发生在建安二十三年。他的妻子崔氏因为"衣绣"违制而被赐死。曹植子女夭折。他先后有过四个孩子，两个儿子两个女儿，女儿分别叫金瓠和行女，儿子分别叫曹苗和曹志，可惜金瓠、行女、曹苗均早夭。

《行女哀辞》序云："行女生于季秋，而终于首夏。三年之中，二子频丧。"②此处的三年，当指建安二十二年、二十三年、二十四年。③二子当为金瓠和行女。曹植本来就情感细腻、丰富，面对如此变故，自然悲痛欲绝。《金瓠哀辞》："金瓠，予之首女，虽未能言，故已授色知心矣！生十九旬而夭折，乃作此辞。"④曹植还有一篇《慰子赋》。曹苗为长子，也在黄初年间中殇，曹志非嫡子，而是庶出。

建安二十一年，曹植还有《与杨德祖书》《宝刀赋》《宝刀铭》

① 吴文治主编《宋诗话全编》，江苏古籍出版社，1999，第7541页。
② 赵幼文校注《曹植集校注》，人民文学出版社，1984，第181页。
③ 李洪亮：《曹植家庭变故考论》，《文学遗产》2011年第4期，第136页。
④ 赵幼文校注《曹植集校注》，人民文学出版社，1984，第121页。

等，都是充满进取精神的作品。建安二十二年，曹植的作品只有《王仲宣诔》和《说疫气》两篇，充满悲伤阴郁之情。

政治上的不得志成为其感伤的直接因素。

曹植的政治生活中有两个重大事件。一是曹丕被选为继承人后对曹植的一系列打击。曹丕太子地位的确立，标志着曹植政治仕途的终结。曹植命运的转折肇于建安二十二年，这一年曹丕即太子位，宣告了曹植争夺太子的失败。之后，曹植因擅闯司马门而遭到曹操的严厉批评，导致其"宠日减"。建安二十四年，曹植的亲信杨修被杀，这一切都预示着曹操晚期不仅对曹植宠爱日衰了，而且对他非常不满意，并通过杀伐曹植身边党羽智囊来巩固曹丕的政治地位。依曹操性格推断，如其当时健在，恐怕诛杀丁仪兄弟的非曹丕而是曹操了。这一时期是曹操在位时期，曹植的政治生涯基本上已经终结，曹操的宠爱已经不复存在。

二是曹丕即位后，曹植政治地位的变化。

黄初年间曹植两次获罪。其中第一次具代表性。《三国志》载："（黄初二年）植醉酒悖慢，劫胁使者。有司请治罪，帝以太后故，贬爵安乡侯。"① 究其原因，正是曹植在《责躬诗》中说的："伊尔小子，恃宠骄盈。举挂时网，动乱国经。作藩作屏，先轨是隳。傲我皇使，犯我朝仪。"② 至此，曹植获罪的真正原因是"举挂时网，动乱国经"。黄初二年（221），曹操去世一周年之际，曹植没有上表请求而私祭父亲。这一举动受到了监国谒者灌均的干涉和阻挠，曹植与灌均发生了激烈的冲突。曹丕得到呈报后勃然大怒，但又不好以"私祭父亲"的罪名治曹植的罪，于是只好授意灌均，给曹植安上一个"醉酒悖慢，劫胁使者"的罪名。曹植的第二次获罪史书

---

① （晋）陈寿撰《三国志》卷19《曹植列传》，中华书局，1959，第561页。
② 赵幼文校注《曹植集校注》，人民文学出版社，1984，第269页。

没有记载，多数学者以为第二次获罪的真正原因是派人去邺城祭奠父亲曹操。曹植在《黄初六年令》中坦言："吾昔以信人之心无忌于左右，深为东郡太守王机、防辅吏仓辑等任所诬白，获罪圣朝，身轻于鸿毛，而谤重于太山。"① 当时，曹植还有诗歌以言其心志，《当墙欲高行》曰："众口可以铄金，谗言三至，慈母不亲。愦愦俗间，不辨伪真。愿欲披心自说陈，君门以九重，道远河无津。"② 可见，曹植面临王机等人的诽谤，百口莫辩。此时的曹植在政治上如履薄冰。

曹植精神的分裂是其感伤文学产生的根本原因。

曹植在黄初年间创作大量感伤文学的根本原因，不在于以上两点。家人的遭遇与政治上的挫折也只是其中一个原因。邢培顺曾在自己的博士论文中提出："由于生存处境的剧烈变化，他对屈原的人格境界有了切身的体认，对屈原的创作方法也有了真切的体会，于是他才能从精神深处学习屈原及其创作。"③ 这种说法看到了曹植与屈原二者相似的地方，但这只是对其艺术手法等相似的解释，不足以解释其文学作品创作的原动力。真正促使曹植在曹丕时代的情绪以感伤为主的根本原因恐怕还是其精神气质的分裂。

多数学者认为曹丕对曹植的迫害是曹植思想转变的根本原因。我以为这个说法值得商榷。我们可以从以下两个方面来分析：一是从曹植的政治待遇看，曹丕对曹植是否存有迫害的行为；一是从曹植自身的行事来看待其性格及精神倾向。

黄初三年，曹植为"东郡太守王机、防辅吏仓辑等任所诬白，获罪圣朝"④。此次王机等人诬曹植事由不详。但在曹植看来，为

---

① 赵幼文校注《曹植集校注》，人民文学出版社，1984，第 337 页。
② 赵幼文校注《曹植集校注》，人民文学出版社，1984，第 365 页。
③ 邢培顺：《曹植文学研究》，山东师范大学博士学位论文，2010，第 138 页。
④ 赵幼文校注《曹植集校注》，人民文学出版社，1984，第 337 页。

"诬白"与"谗言"。曹植本人也深感"欲披心以自陈，君门以九重，道远河无津"。从曹植的诗作中常见类似的表达。但我们从史料中找不到任何对曹植本人的惩罚。

黄初四年，曹植徙封雍丘王，"及到雍，又为监官所举"。① 此事亦不了了之。

黄初六年，"帝东征，还过雍丘，幸植宫，增户五百"②。曹丕作《诏雍丘王植》，赐曹植以先帝所服衣物若干，以示优待。可见，曹丕是非常重视与曹植的兄弟之情的。如果将曹植徙封的次数多算作迫害的话，那么曹丕"幸植宫"，这又作何解释？曹植是曹丕弟兄20多人中，唯一受此殊荣的人。

总之，虽然曹植在曹丕一朝多有出格、违法、犯忌之事，且又多为防辅等人所弹劾，但曹丕对曹植一直持这样的态度："植，朕之同母弟。朕于天下无所不容，而况植乎？骨肉之亲，舍而不诛，其改封植。"③所以，虽然曹植经常被告，但都以"改封"来化解，并没有受到实质性的惩罚。

既然曹丕是优待曹植的，那又怎样来解释曹植在黄初年间作品中的伤感情怀与忧生之谈呢？这就涉及曹植性格及精神倾向问题。

建安二十二年后，曹植有几个主要的事情值得我们关注：曹丕被立为太子，曹植则"增置邑五千，并前万户"④。可见，当时的曹操对曹植是有所补偿的。但曹植的一系列事故导致曹操对其失望。

> 植尝乘车行驰道中，开司马门出。太祖大怒，公车令坐

---

① 赵幼文校注《曹植集校注》，人民文学出版社，1984，第338页。
② （晋）陈寿撰《三国志》卷19《曹植列传》，中华书局，1959，第565页。
③ （晋）陈寿撰《三国志》卷19《曹植列传》注引《魏书》，中华书局，1959，第562页。
④ （晋）陈寿撰《三国志》卷19《曹植列传》，中华书局，1959，第557页。

死。由是重诸侯科禁，而植宠日衰。①

"始者谓子建，儿中最可定大事。"又令曰："自临淄侯植私出开司马门至金门，令吾异目视此儿矣。"又令曰："诸侯长史及帐下吏，知吾出辄将诸侯行意否？从子建私开司马门来，吾都不复信诸侯也。恐吾适出，便复私出，故摄将行。不可恒使吾以谁为心腹也。"②（《魏武故事》）

曹植私开司马门，当属于严重的违法。从曹操处死公车令，实行"重诸侯科禁"的后果可见其严重性，为此所下的两道"令"也是一个佐证。或许这也是曹操对曹植失望，从而确立曹丕为太子的直接原因。司马门为邺城王宫通往后宫的正门，只有曹操一人可以通行，其他人则由司马门旁边的两个侧门通过。曹植却违反这一严格的制度。事情并没有就此结束，几乎是同时，发生了这样一件事（《世语》载）："植妻衣绣，太祖登台见之，以违制命，还家赐死。"③ 曹植妻子崔氏为河北望族，是崔琰的侄女。她被赐死不仅仅是由于"衣绣"，恐怕有深层的政治因素在里面。

建安二十四年，"曹仁为关羽所围。太祖以植为南中郎将，行征虏将军，欲遣救仁，呼有所敕戒。植醉不能受命，于是悔而罢之"④。从曹植任"南中郎将，行征虏将军"来看，曹操对曹植还是很重视的，是可以满足其"勠力上国，流惠下民"的政治愿望的，但曹植因为嗜酒、不自砥砺等原因再一次错失机会。曹操曾派曹彰征乌丸，"临发，太祖戒彰曰：'居家为父子，受事为君臣，动

① （晋）陈寿撰《三国志》卷19《曹植列传》，中华书局，1959，第558页。
② （晋）陈寿撰《三国志》卷19《曹植列传》，中华书局，1959，第558页。
③ （晋）陈寿撰《三国志》卷12《崔琰列传》，中华书局，1959，第369页。
④ （晋）陈寿撰《三国志》卷19《曹植列传》，中华书局，1959，第558页。

以王法从事，尔其戒之"①。可见，曹操对曹彰的要求是严格的，但面对曹植醉酒不能受命一事却不了了之。由此以可推断，曹操对曹植的不自砥砺无可奈何，从而彻底放弃了对他的培养。同年秋，"太祖既虑终始之变，以杨修颇有才策，而又袁氏之甥也，于是以罪诛修。植益内不自安"②。曹操杀杨修是为曹丕平稳登基铺路。杨修对自己被杀也有着清醒的认识，《魏略》载："修临死，谓故人曰：'我固自以死之晚也。'其意以为坐曹植也。修死后百余日而太祖薨。"杨修因曹植而死是不言而喻的，至于丁仪、丁廙兄弟在曹丕登基之后被杀，其原因与杨修同。曹操杀杨修后百日而死，假如给曹操多一些时间的话，丁仪兄弟被杀也会由曹操来执行。杨修、丁仪兄弟在争夺太子之位的过程中，已经成长为阻碍曹丕登基、坐天下最不稳定的政治因子了。故除掉杨修、丁仪兄弟是政治斗争的必然结果，也是政权顺利过渡的必要措施。这一点，不能归结至曹丕本人政治胸怀狭窄及人品卑下上来。

延康元年，曹植在临淄，作《求祭先王表》以上曹丕，要求"祭先王于北河之上"。曹丕回《止临淄侯植求祭先王诏》，诏书中，曹丕明确指出：

> 得月二十八日表，知侯推情欲祭先王于河上。览省上下，悲伤感切，将欲遣礼以纾侯敬恭之意。会博士鹿优等奏礼如此，故写示。开国承家，顾迫礼制，惟侯存心，与吾同之。③

观曹丕诏书，其意有三：拒绝了曹植祭祀先王的申请；体会了曹植对先王的敬恭之意；重申了诸侯不得祭祀先王的礼制，并以博士们

---

① （晋）陈寿撰《三国志》卷19《曹彰列传》，中华书局，1959，第555页。
② （晋）陈寿撰《三国志》卷19《曹植列传》，中华书局，1959，第558页。
③ 夏传才、唐绍忠校注《曹丕集校注》，河北教育出版社，2013，第122页。

的奏答作为佐证。曹丕之诏可谓明白至极，但曹植在收到诏书后，明知祭祀于礼制不和，仍然于北河之上行祭祀之事，置曹丕之诏于不顾。其一意孤行，违反礼制，被御史弹劾。

《三国志·苏则列传》记载："初，则及临菑侯植闻魏氏代汉，皆发服悲哭，文帝闻植如此，而不闻则也。帝在洛阳，尝从容言曰：'吾应天而禅，而闻有哭者，何也？'"① 随后，曹植上《庆文帝受禅章》与《庆文帝受禅上礼章》，此事亦不了了之。

《曹植传》载："监国谒者灌均希指，奏'植醉酒悖慢，劫胁使者'。有司请治罪，帝以太后故，贬爵安乡侯。其年改封鄄城侯。"② 随后曹植作《谢初封安乡侯表》表自悔之意。"植醉酒悖慢，劫胁使者"的情况究竟如何，史料不全，无法还原真相，但从以前曹植醉酒行事的情况来推测，恐非诬陷之词。曹植自己也在多处诗文中以"自招罪衅"自陈，亦不能归结为曹丕的迫害。曹丕对曹植亦是较为宽容。

综上，通过以上几件事我们大致可以作如下推断。一是曹植违法的行为自曹丕立太子后经常发生。曹植学究天人，"每进见难问，应声而对"而"几为太子者数矣"。如果说曹植对魏国的法律、礼制、军法不了解，这恐怕是欺人之谈，但他多次触犯法律的行为，实在难以理解，其中原因也绝不能全部归结到别人身上，恐怕还得落脚在陈寿总结的"任性而行，不自雕励，饮酒不节"的性格缺陷上。夏传才指出："曹植的失败不能怨曹丕与他竞争，而怨自己不争气。恃（原文为'侍'，据文意而改）宠骄纵，带头违法乱纪，尤其是派他带领援军南征解围，他竟醉酒不能应命。"③ 曹植的每一次违法都是严重的事件，甚至有明知故犯的嫌疑，但曹操、曹丕对

① （晋）陈寿撰《三国志》卷16《苏则列传》，中华书局，1959，第492页。
② （晋）陈寿撰《三国志》卷19《曹植列传》，中华书局，1959，第561页。
③ 夏传才、唐绍忠校注《曹丕集校注》，河北教育出版社，2013，第5页。

曹植基本上都给予了宽容的处理。曹操、曹丕父子是优待曹植的，即便是曹叡也是优待曹植的。二是曹植遭受打击不是始于曹丕，而是始于曹操。如果把建安二十二年作为曹植性情转变的分界点来看，曹植精神上的打击，或说他一系列看似不正常的举止起于曹操对他的惩罚与教训的结果，而不能归结为曹丕登基后对曹植的所谓的迫害。

曹植这一系列不正常的行为，源于曹丕被确定为太子这一事件。曹植在曹操的宠爱中，已经给曹植造成了"儿中最可定大事"的太子假象。一旦曹丕被立为太子，受宠多年，一直没有受过任何挫折的曹植必然难以接受。虽不至于疯癫，但其精神很可能不正常。如果曹植有精神分裂倾向一说能成立的话，我们则更容易理解曹植在之后因为固执、酗酒所犯下的一切过错，因为曹植的很多错误都是明知故犯的。同时，我们从曹操、曹丕对曹植一系列违法乱纪的宽容处理，甚至不了了之的处理上也可以看出，曹操、曹丕对曹植的精神错乱是知道，也是容忍的。不然，以曹植的一系列行为，即便其结果如曹彰也是正常不过的了。

曹植的精神分裂，具体表现有两点：一是固执地认为自己是对的，自己是最优秀的，自己是可以通过打仗等方式来建功立业、名垂青史的。二是总感觉有人要害自己，自己受了莫大的委屈、不公平待遇，没有知音，很孤独。如果我们确定了这两点，那么曹植自建安二十二年后的一切行为方式以及其思想变化都可以得到合理的解释了。曹丕时代，曹植因为曾与曹丕争夺太子失败而心生不安。曹操杀掉杨修，曹丕除掉丁仪兄弟等消除曹植羽翼的做法加剧了曹植内心的这种不安，因此他总感觉迟早有一天杨修、丁仪等人的下场也会落到自己的头上。于是曹植一直战战兢兢，忧生也成为其作品主要内容。就其情感而言，此时的曹植，没有了杨修等人的辅佐与帮衬，内心是孤独的，感觉是委屈的，感伤的情绪成为曹植作品的主线。

　　黄初年间，曹丕实行诸侯就国的制度，曹植在诗文中对此多有陈述，认为自己受到了极大的打击与迫害。《魏武故事》载，其实早在曹植私闯司马门之后，曹操便下令曰："诸侯长史及帐下吏，知吾出辄将诸侯行意否？从子建私开司马门来，吾都不复信诸侯也。恐吾适出，便复私出，故摄将行。不可恒使吾尔谁为心腹也。"① 从以上材料可知：曹植私闯司马门，导致曹操对诸侯（多为曹植的兄弟）失去了信任。所以曹操行"摄将行"制度，即控制曹植等诸侯行动的制度。曹丕实行诸侯就国制度也只是曹操"摄将行"制度的延续。其制度本身无可厚非。曹彰也加剧了这个制度的实行。《三国志》卷19《曹彰传》注释中引用了这样两则材料：

　　　　《魏略》曰：彰至，谓临菑侯植曰："先王召我者，欲立汝也。"植曰："不可。不见袁氏兄弟乎！"
　　　　《魏氏春秋》曰：初，彰问玺绶，将有异志，故来朝不即得见。②

曹彰倚仗武力，意欲在曹操死后夺权的意图是十分明显，这给曹丕造成了莫大的威胁。故诸侯就国制度势在必行，这是稳定天下的客观需要。曹操共计25个儿子，诸侯就国制度并非针对曹植一人，类似于曹植"寮属皆贾竖下才，兵人给其残老，大数不过二百人"③ 的状况是普遍的，非针对曹植一人。至于"植以前过，事事复减半，十一年中而三徙都"④ 的现实也无须解释，陈寿已经明言。综上，

---

① （晋）陈寿撰《三国志》卷19《曹植列传》，中华书局，1959，第558页。
② （晋）陈寿撰《三国志》卷19《曹彰列传》，中华书局，1959，第557页。
③ （晋）陈寿撰《三国志》卷19《曹植列传》，中华书局，1959，第576页。
④ （晋）陈寿撰《三国志》卷19《曹植列传》，中华书局，1959，第576页。

曹植在诸侯就国上，其"事事复减半，十一年中而三徙都"是有着法律依据的，同时这是曹植自身触犯法律应得的结果，并不能归结为曹丕的迫害。政策是针对每个诸侯的，其他的诸侯均可以接受，唯独曹植有强烈的受欺负、受迫害的感觉，还是由于他的精神脆弱。他不能承受由得帝王宠爱、为所欲为的公子变为受防辅监视的藩国诸侯这一现实，其精神的脆弱与敏感导致稍有挫折即有很激烈的反应。

曹植的一生如果按其思想变化来分的话主要可分为三个阶段：第一阶段，曹植在曹操的宠爱下过着"优游岁月"的公子生活。曹操"始者谓子建，儿中最可定大事"①。其间作品，多为宴飨、游戏之作。第二阶段，自建安二十二年曹丕立为太子到黄初七年曹丕去世，这段时间曹植由于不间断地犯法违纪，被曹操、曹丕打击，因此曹植思想也增添了忧生与感伤的色彩。第三个阶段为曹叡的太和时期，由于曹叡对曹植待遇的松绑，曹植"忧生"的思想转变为"自试"建功立业的冲动，其作品多表现这一内容。

三 曹植感伤文学的表现及主题

曹植在与曹丕激烈而残酷的太子之争中以失败而告终。无论是曹操还是曹丕都面临着政权顺利交接的问题，于是杨修、丁仪、贾逵、孔桂、杨俊等拥戴曹植者无疑成了这场政治斗争的牺牲品。曹植在从"儿中最可定大事"到被曹操"异目视此儿"②的过程中受到了极大的刺激。之后曹植一系列违法乱纪事件与其说是对自己落选太子的不满，不如说是其精神受刺激下的过激行为。杨修等人的被杀，对曹植本人也是一个巨大的刺激。尤其是曹丕登基后，曹植

---

① （晋）陈寿撰《三国志》卷19《曹植列传》，中华书局，1959，第558页。
② （晋）陈寿撰《三国志》卷19《曹植列传》，中华书局，1959，第558页。

的这种危机感更加强烈，他失去了精神上的安全感，诸侯就国又让他增添了这种不安，故其有了忧生伤怀的作品，有了强烈的政治抒愤之作，有了借游仙逃避现实以便靠在虚无世界中的遨游来纾解郁闷的游仙诗篇。这些创作，归根到底，是曹植在悲怨情绪的产物。

曹植在曹丕时代的文学创作主要表现在两个方面。一方面歌功颂德作品很多。如曹丕代汉称帝，曹植作《庆文帝受禅章》以祝贺。黄初二年，曹丕"令鲁郡修起旧庙"①，曹植作《孔子庙颂》。黄初年间，地方现祥瑞现象，曹植作《贺瑞表》。随后，"鄄城县北见众狐数十"②，曹植将其献上，作《上九尾狐表》。曹丕穿灵芝池，曹植作《灵芝篇》。另一方面，在这段时期的诗歌作品中，我们也能看到很多表现不安全感的作品。赵幼文在《曹植集校注》一书中考订曹植这时期的诗歌作品主要有：《杂诗》（高台多悲风）、《游仙》《升天行二首》《七步诗》《赠白马王彪》《浮萍篇》《七哀》《种葛篇》《苦思行》《鞞舞歌五首》等诗篇。③ 这些作品我们据内容可以分为以下四种。

（一）忧生愤怨诗

黄初年间的曹植面临着和其他诸侯王一样的诸侯就国制度。虽贵为王侯，但其日子和以前"优游岁月"的宴飨生活是无法相比的。尤其是曹丕受到曹彰夺权的威胁的刺激，对诸侯增加了防范，如设立防辅以监视诸侯。这对过惯了自由生活的曹植来说，自然是有天壤之别的。故其有"思为布衣而不能得"的感慨。加上被防辅监国等人不时逮住一些把柄，其"颇有忧生之嗟"④ 倒也显得是情理中事。

① （晋）陈寿撰《三国志》卷2《文帝纪》，中华书局，1959，第78页。
② 赵幼文校注《曹植集校注》，人民文学出版社，1984，第235页。
③ 赵幼文校注《曹植集校注》，人民文学出版社，1984。
④ （晋）谢灵运著《谢灵运集校注》，顾绍柏校注，中州古籍出版社，1987，第155页。

这种忧生之嗟首先表现为曹植对自己被防辅、监国等人"诬白"的一种辩解。如：

> 鸳鸯自朋亲，不若比翼连。他人虽同盟，骨肉天性然。
> 周公穆康叔，管蔡则流言。子臧让千乘，季札慕其贤。①
>
> ——《豫章行》其二
>
> 为君既不易，为臣良独难。忠信事不显，乃有见疑患。
> 周公佐成王，金縢功不刊。推心辅王室，二叔反流言。
> 待罪居东国，法涕常流连。皇灵大动变，震雷风且寒。
> 拔树偃秋稼，天威不可干。素服开金縢，感悟求其端。
> 公旦事既显，成王乃哀叹。吾欲竟此曲，此曲悲且长。
> 今日乐相乐，别后莫相忘。②
>
> ——《怨歌行》
>
> 龙欲升天须浮云，人之仕进待中人。众口可以铄金，谗言
> 三至，慈母不亲。
>
> 愤愤俗间，不辨伪真。愿欲披心自说陈，君门以九重，道
> 远河无津。③
>
> ——《当墙欲高行》

在曹植的作品中经常可以看到他对自己受到"诬白"的辩解之词。这种辩解中，曹植常通过鸳鸯比翼、"龙欲升天须浮云"来起兴，以周公执政遭到管叔和蔡叔二人的谣言中伤和曾子杀人而曾母难辨的典故来表明自己的艰难处境。"他人虽同盟，骨肉天性然"一句则是从自己与曹丕兄弟之情的角度来申明他们之间的亲情是超越一

---

① 赵幼文校注《曹植集校注》，人民文学出版社，1984，第415页。
② 赵幼文校注《曹植集校注》，人民文学出版社，1984，第362页。
③ 赵幼文校注《曹植集校注》，人民文学出版社，1984，第365页。

切的，同时也是借此来表明防辅、监国所举报的罪状多为不实之词。这是曹植对曹丕的表白，也是对所犯罪过的一种辩解。而这一切的辩解均源于曹植对自己所处境况的不安。他缺乏安全感，害怕谣言成真，故一再地申辩。

（二）孤妾逐妇诗

这一时期曹植表现孤妾逐妇的诗篇主要有《浮萍篇》《七哀》《闺情》《杂诗·西北有织妇》等。大家熟知的《洛神赋》亦出于此时。

> 明月照高楼，流光正徘徊。上有愁思妇，悲叹有馀哀。
> 借问叹者谁？言是宕子妻。君行逾十年，孤妾常独栖。
> 君若清路尘，妾若浊水泥；浮沉各异势，会合何时谐。
> 愿为西南风，长逝入君怀。君怀良不开，贱妾当何依！①
>
> ——《七哀诗》
>
> 浮萍寄清水，随风东西流。结发辞严亲，来为君子仇。
> 恪勤在朝夕，无端获罪尤。在昔蒙恩惠，和乐如瑟琴；
> 何意今摧颓，旷若商与参。茱萸自有芳，不若桂与兰；
> 新人虽可爱，不若故人欢。行云有反期，君恩倘中还！
> 慊慊仰天叹，愁心将何愬？日月不恒处，人生忽若遇。
> 悲风来入帷，泪下如垂露。散箧造新衣，裁缝纨与素。②
>
> ——《浮萍篇》

这些诗篇，从表面上看是写离愁思妇和弃妇之怨，而且这种孤妾思妇的愁怨，是让人心碎的。尤其是《七哀诗》中"愿为西南风，

---

① 赵幼文校注《曹植集校注》，人民文学出版社，1984，第313页。
② 赵幼文校注《曹植集校注》，人民文学出版社，1984，第311页。

长逝入君怀。君怀良不开，贱妾当何依"等诗句，给我们一种妾心依旧，而君心已改的被弃的悲哀。《浮萍篇》再次抒发这种弃妇的情怀。"恪勤在朝夕，无端获罪尤"表达弃妇无端获罪而被弃的痛苦。诗篇结尾中皆用相似的"愿为……"句式来表达自己对夫君的忠诚和深情。且这种忠诚与深情是一唱三叹的表白，加剧了对自身"恪勤"、清白的表达。这些诗篇，看似是弃妇的一种自我表白，实际上是曹植对自己境遇的感叹，他借助弃妇的形象寄托自己对君王的忠诚与无端获罪的伤感。张蕾以为："诗中的女性不是单纯寄寓诗人身世之感的比兴符号，他是将自己的身世之感融入女人的不幸之中。"① 借女性或弃妇的形象来表达自己对君王的忠诚的抒情模式自屈原以来就非常盛行。以《七哀》为例，我们完全可以从诗中思妇对丈夫的思念和怨恨中找到曹植与曹丕兄弟之间关系的影子。"君若清路尘"喻曹丕也，"妾若浊水泥"喻曹植也。"浮沉各异势，会合何时谐"明指二人政治地位的悬殊导致了二者没有交汇点。"愿为西南风，长逝入君怀"是曹植倾向曹丕、向曹丕靠拢的心意表达。其结果却是"君怀良不开"，曹植则有"贱妾当何依"的感慨。夫妻之间关系的生疏，暗示着曹植与曹丕兄弟间关系的生疏。刘履评此诗曰："子建与文帝同母骨肉，今乃浮沉异势，不相亲与，故特以孤妾自喻，而切切哀虑之也。"②

（三）政治抒愤诗

曹植的政治抒愤诗篇也是其雅怨情绪的一种表达，但这种表达明显是一种激烈的情绪宣泄。这类代表作有《杂诗》（高台多悲风）、《七步诗》、《赠白马王彪》七首（或云一首七段）、《种葛篇》、《鞞舞歌五首》（包括《圣皇篇》《灵芝篇》《大魏篇》《精微

---

① 张蕾：《曹植妇女题材诗作鉴赏异说》，《河北师范大学学报》1992 年第 2 期，第 32～38 页。
② 河北师范学院中文系古典文学教研组编《三曹资料汇编》，中华书局，1980，第 121 页。

篇》《孟冬篇》）等。曹植在这类作品中没有明显的忧生之叹和借助孤妾逐妇抒怀的表达，而是把自己对政治的愤懑用比较激烈、直接的方式表现出来，把倔强的性格表现出来。他面对曹丕实行的诸侯就国和防辅监国制度表现得异常强烈。这些诗篇意旨大致相同。朱乾对此有很好的说明："曹丕薄于骨肉，甫即位，即遣其弟鄢陵侯彰等就国。受禅之后，名为进爵诸弟为王，而皆寄地空名，国有老兵百余人以为守卫，隔绝千里之外，不听朝聘，设防辅监国之官，以伺察之。虽有王侯之号，而侪于匹夫，皆思为匹夫而不能得。法既峻切，过恶日闻，其时如植者，尤惴惴不免。"[1]

黄初四年曹植创作《赠白马王彪》，曰：

> 黄初四年五月，白马王、任城王与余俱朝京师，会节气。到洛阳，任城王薨。至七月，与白马王还国。后有司以二王归藩，道路宜异宿止，意毒恨之。盖以大别在数日，是用自剖，与王辞焉，愤而成篇。
>
> 谒帝承明庐，逝将归旧疆。清晨发皇邑，日夕过首阳。伊、洛广且深，欲济川无梁。泛舟越洪涛，怨彼东路长。顾瞻恋城阙，引领情内伤。
>
> 太谷何寥廓，山树郁苍苍。霖雨泥我涂，流潦浩纵横。中逵绝无轨，改辙登高冈。修坂造云日，我马玄以黄。
>
> 玄黄犹能进，我思郁以纡。郁纡将难进，亲爱在离居。本图相与偕，中更不克俱。鸱枭鸣衡轭，豺狼当路衢；苍蝇间白黑，谗巧令亲疏。欲还绝无蹊，揽辔止踟蹰。
>
> 踟蹰亦何留？相思无终极！秋风发微凉，寒蝉鸣我侧。原野何萧条！白日忽西匿。归鸟赴乔林，翩翩厉羽翼；孤兽走索

---

[1] 河北师范学院中文系古典文学教研组编《三曹资料汇编》，中华书局，1980，第199页。

群，衔草不遑食。感物伤我怀，抚心长太息。

太息亦何为？天命与我违！奈何念同生，一往形不归。孤魂翔故域，灵柩寄京师。存者忽复过，亡殁身自衰。人生处一世，去若朝露晞。年在桑榆间，景响不能追。自顾非金石，咄唶令心悲。

心悲动我神，弃置莫复陈。丈夫志四海，万里犹比邻。恩爱苟不亏，在远分日亲；何必同衾帱，然后展殷勤。忧思成疾疢，无乃儿女仁。仓猝骨肉情，能不怀苦辛！

苦辛何虑思？天命信可疑。虚无求列仙，松子久吾欺。变故在斯须，百年谁能持。离别永无会，执手将何时？王其爱玉体，俱享黄发期。收泪即长路，援笔从此辞。①

《赠白马王彪》是曹植兄弟于黄初四年朝京师回封后写给白马王曹彪的一首诗。作品中曹植对曹丕迫害兄弟的满腔怒火喷薄而出。诗歌中我们看不到什么掩饰，诗人的离别之情、对曹丕的愤怒、对曹彪的劝勉、对人生无常的哀叹都没有任何的隐晦与曲笔，而是直接把这一切感情融入诗歌当中，读之令人赞叹，读之如有同悲之感。这是曹植黄初年间的代表作。同时我们也可以看到他对防辅、监国的容忍已经到了极限。"黄初二年，监国谒者灌均希指，奏'植醉酒悖慢，劫胁使者'。有司请治罪，帝以太后故，贬爵安乡侯。"②时隔两年，曹植对监国的愤怒再一次爆发。或许他也明白这样做的结果可能会像上次一样受到惩罚，但他已经控制不住自己的情绪了。《野田黄雀行》曰："高树多悲风，海水扬其波。利剑不在掌，结友何须多。"③《吁嗟篇》曰："吁嗟此转蓬，居世何独然！长去

---

① 赵幼文校注《曹植集校注》，人民文学出版社，1984，第294页。
② （晋）陈寿撰《三国志》卷19《曹植列传》，中华书局，1959，第561页。
③ 赵幼文校注《曹植集校注》，人民文学出版社，1984，第206页。

本根逝，宿夜无休闲。"① 诗中，"转蓬""蝉""白鹤""雀"等意象的重现是自己无法把握命运的象征。其作品名为写物，实则写人，借物以咏怀，这就是诗人的情感特质。必须要感情强烈如火山一样不可遏制方可创作最优秀的作品，也唯有如此的疯狂才能达到艺术上的最高境界。于此，用王国维评价李煜的一段话来评价曹植比较恰当："尼采谓'一切文学，余爱以血书者。'后主之词真所谓以血书者也。"②"词人者，不失其赤子之心者也。故生于深宫之中，长于妇人之手，是后主为人君所短处，亦即为词人所长处。"③曹植亦然。

当然，曹植的作品中最为人们所传颂的还是《七步诗》，本诗原出《世说新语·文学》，原文如下："文帝尝令东阿王七步中作诗，不成者行大法。应声便为诗曰：'煮豆持作羹，漉菽以为汁。其在釜下然，豆在釜中泣。本是同根生，相煎何太急？'帝深有惭色。"④ 关于这段记载，很多学者持怀疑态度。以"七步作诗，不成者行大法"⑤ 的方式来作为惩处自己亲兄弟的做法显然不是成熟政治家的作为，亦很难使人信服。承认此说真实，显然是对曹丕政治智慧的一种贬低，况且以曹植的个性与行事方式来看，若想对其"行大法"，曹丕是根本不需要寻找这样借口的。但其诗以其豆作比的方式，明显是揭露与批判曹丕残害兄弟的残酷现实。

曹植雅怨文学从内容上来说还有游仙诗篇，其游仙诗"书翰伤切，文辞哀痛，千悲万恨，何可胜言"⑥。李梦阳曰："嗟乎，植，

---

① 赵幼文校注《曹植集校注》，人民文学出版社，1984，第382页。
② 王国维著《人间词话》，滕咸惠译评，吉林文史出版社，2004，第28页。
③ 王国维著《人间词话》，滕咸惠译评，吉林文史出版社，2004，第25页。
④ 余嘉锡撰《世说新语笺疏》，周祖谟、余淑宜整理，中华书局，1983，第244页。
⑤ 余嘉锡撰《世说新语笺疏》，周祖谟、余淑宜整理，中华书局，1983，第244页。
⑥ （北周）庚信撰《庚子山集注》，（清）倪璠注，中华书局，1980，第56页。

其音宛，其情危，其言愤切而有余悲，殆处危疑之际者乎。"① 张溥说："诗文怫郁，音成于心。"② 忧生、怨愤、追求自由世界的心灵驰骋成为其心灵的虚拟世界，具体论述详见对曹植游仙文学的论述。钟嵘在《诗品》中评价说，曹植诗篇有"情兼雅怨"的特点，就其作品的内容和表达的情感而言，这主要还是对曹丕时代创作的这些雅怨文学的概括。这些雅怨文学的生成，从外界来说是当时政治环境的变化，或说是曹植政治地位的变化影响下的产物，同时也是曹植主观精神上对政治环境变化表现出来的强烈的不满情绪与矛盾心情促成下的产物。曹植雅怨情绪及雅怨作品的产生不始于黄初，而始于建安二十二年曹丕立为太子之时，始于曹植因司马门事件而失曹操宠爱之时。崔氏的被杀在一定程度上是曹操对曹植过激行为的严重的警告。自此以后曹植在政治问题上的不当处理给自己造成了一系列风波。在这些政治风波中，曹植的精神也变得异常敏感、偏激，甚至我们可以在他的行为中看到躁狂、自恋的精神分裂的症状。躁狂与自恋到极点就是行为不受控制而屡屡犯错，以及对自己盲目肯定和对他人极度不满。曹植的怨中还包含有其他复杂的情绪，如感觉自己被误解了、被迫害了。同时，曹植仍固执地认为自己一直是对的，自己所受的待遇是不公平的，自己不公平的待遇是遭受诬陷和谣言的结果。所以他在作品中一再地为自己的忠贞辩解，为自己受到不公平的待遇愤愤不平。

---

① 河北师范学院中文系古典文学教研组编《三曹资料汇编》，中华书局，1980，第 127 页。
② 张溥著《汉魏六朝百三家集题辞注》，殷孟伦注，人民文学出版社，1963，第 71 页。

| 第五章 |

曹叡时期文学研究

第一节　曹叡时期文学背景

曹叡时期的文学自有其风采，历代对此时的文学论述多集中在曹叡本人的文学创作上，如《文心雕龙·乐府》云："至于魏之三祖，气爽才丽，宰割辞调，音靡节平。"① 《诗薮》外编卷1云："诗未有三世传者，既传而且烜赫，仅曹氏操、丕、叡耳。"② 钟嵘《诗品》将其诗列入下品，并云："叡不如丕，亦称三祖。"正因为如此，我们才有必要对曹叡统治时期的整个文学创作现状及影响做一全面的考察，从而探究其在文学发展中的独特贡献。

一　政治背景

曹叡（205~239），字元仲，文帝曹丕之子，庙号烈祖，史称魏明帝。曹叡"性特强识，虽左右小臣官簿性行，名迹所履，及其父兄子弟，一经耳目，终不遗忘"③，对朝臣的政绩品行了如指掌。

---

① （南朝梁）刘勰撰《文心雕龙义证》，詹锳义证，上海古籍出版社，1989，第243页。
② （明）胡应麟撰《诗薮·外编》卷1《周汉》，上海古籍出版社，1958，第137页。
③ （晋）陈寿撰《三国志》卷3《明帝纪》，中华书局，1959，第115页。

曹叡在政治上杀伐决断，群臣皆服其大略。在军事上，曹叡对吴、蜀两国展开多次征伐，其战略也由曹丕时代的防御转为进攻。他在诸多重大军事决策中表现出非同一般的军事才能。

曹叡自少"好学多识，特留意于法理"①，故其在执政之后特别注重法律建设。在他执政期间，曹魏王朝的立法达到了高峰。曹丕实行"九品官人法"是在人才的选拔制度上对曹操"唯才是举"的发展。太和三年，"冬十月，改平望观曰听讼观。帝常言'狱者，天下之性命也'，每断大狱，常幸观临听之"②。下诏删约汉法，制定《新律》，废苛法，减刑罚，在重刑名的同时亦行"仁政"。曹叡时期有考核官员的《都官考课法》。他组织编撰的《魏律》则是一部非常成熟的法典。曹叡较曹丕和曹操等更注重法律在政治生活中的运用，以及法律精神的贯彻与执行。曹操实行的法治中有人治的成分，多为人诟病为奸诈。曹丕也有因为一时意气而诛杀大臣的事例。但曹叡从没有妄杀朝臣，这不能不归因曹叡对法理的精通，对法学精神的领会，对依法治国的执行。

曹叡最为人诟病的地方在于其执政期间大兴土木，建造宫殿。太和六年九月，曹叡"行幸摩陂，治许昌宫，起景福、承光殿"③。青龙三年"大治洛阳宫，起昭阳、太极殿，筑总章观"④。当是时杨阜、高堂隆、张茂、王肃等纷纷上表以"百姓失农时""吴、蜀数动，诸将出征"⑤等由进行劝谏，"虽不能听，常优容之"⑥。曹叡建造了大量的宫室，促成了很多宫殿赋和都城赋的生成。如景福殿建成后，夏侯惠、韦诞、何晏等人均有《景福殿赋》。

---

① （晋）陈寿撰《三国志》卷3《明帝纪》，中华书局，1959，第91页。
② （晋）陈寿撰《三国志》卷3《明帝纪》，中华书局，1959，第96页。
③ （晋）陈寿撰《三国志》卷3《明帝纪》，中华书局，1959，第99页。
④ （晋）陈寿撰《三国志》卷3《明帝纪》，中华书局，1959，第104页。
⑤ （晋）陈寿撰《三国志》卷3《明帝纪》，中华书局，1959，第105页。
⑥ （晋）陈寿撰《三国志》卷3《明帝纪》，中华书局，1959，第104页。

二　道家思想的涌动

道家思想在东汉一直处于隐学的地位，虽然没有像儒家经学一样取得博士地位，却有很好的传播与接受。东汉末年的黄巾起义与西北的五斗米教起义的理论基础都是道家思想。曹操通过军事战争的方式彻底打垮了这种以道家思想为指导的宗教势力后，对其领袖张鲁等给予了很高的待遇。曹丕时代，一方面"令鲁郡修起旧庙，置百户吏卒以守卫之，又于其外广为室屋以居学者"①，"以议郎孔羡为宗圣侯，邑百户，奉孔子祀"②，从而在政治上提高儒家正统地位；另一方面又极力打压道家势力及思想。如黄初三年下《敕豫州刺史禁吏民往老子亭祷祝》，诏曰：

> 告豫州刺史，老聃贤人，未宜先孔子，不知鲁郡为孔子立庙成未。汉桓帝不师圣法，近以嬖臣而事老子，欲以求福，良足笑也。此祠之兴由桓帝，武皇帝以老子贤人，不毁其屋，朕亦以此亭当路，行来者辄往瞻视，而楼屋倾颓，倘能压人，故令修整。昨过视之，殊整顿；恐小人谓此为神，妄往祷祝，违犯常禁，宜宣告吏民，咸使知闻。③

鉴于汉桓帝崇尚老子而导致黄巾起义的历史事实，曹丕严厉禁止吏民祷祝老子。曹丕的这种担心是有道理的。其即位之初，从青州兵的不听调遣就可以看出黄巾道家思想的深厚影响。曹叡一朝在政治上没有抑制道家思想。因此，道家思想才有了复苏的可能，起码在士人中已经悄然壮大起来。其表现有二。一是何晏等代表的年青一

---

① （晋）陈寿撰《三国志》卷2《文帝纪》，中华书局，1959，第78页。
② （晋）陈寿撰《三国志》卷2《文帝纪》，中华书局，1959，第78页。
③ 夏传才、唐绍忠校注《曹丕集校注》，河北教育出版社，2013，第180页。

代开始把《老子》《庄子》看成是自己的理论武器，并借此来扩大自己在政界、士林中的影响。关于何晏其人及其著作见《三国志·何晏传》，其曰："（何）晏，何进孙也。母尹氏，为太祖夫人。晏长于宫省，又尚公主，少以才秀知名，好老庄言，作《道德论》及诸文赋著述凡数十篇。"① 根据史料来看，何晏当时的著述似还不止这些。《管辂别传》载："（裴徽）数与平叔共说《老》《庄》及《易》。"② 又记管辂评论何晏，云："其才若盆盎之水，所见者清，所不见者浊。神在广博，志不务学，弗能成才……故说《老》《庄》则巧而多华；说《易》生义则美而多伪；华则道浮，伪则神虚；得上才则浅而流绝，得中才则游精而独出，辂以为少功之才也。"③ 二是老一辈的士人经历了建安之乱和黄初禅让，对老庄思想中表现养生、处事甚至"齐生死"的哲学理念有了深刻的理解，所以他们在文章中也经常借助老庄的理论来表达自己的思想。如曹植曾模仿《庄子·至乐》的结构而创作出《髑髅说》，文中曹子与髑髅之间的对话几乎同于《庄子·至乐》，髑髅所言也完全体现了庄子的生死观和道的境界。吴质《答东阿王书》曰："览老氏之要言。"④ 卞兰《座右铭》曰："老氏所珍……和光同尘。"⑤ 高堂隆《诏问鹊巢陵霄阙对》曰："天道无亲，惟与善人。"⑥ 即便是曹叡也在诏书中模仿《老子》的语言："法令滋章，犯者弥多，刑罚愈众，而奸不可止。"⑦

---

① （晋）陈寿撰《三国志》卷9《何晏列传》，中华书局，1959，第292页。
② （晋）陈寿撰《三国志》卷29《管辂列传》，中华书局，1959，第821页。
③ （晋）陈寿撰《三国志》卷29《管辂列传》，中华书局，1959，第821页。
④ （清）严可均辑《全三国文》，商务印书馆，1999，第309页。
⑤ （清）严可均辑《全三国文》，商务印书馆，1999，第312页。
⑥ （清）严可均辑《全三国文》，商务印书馆，1999，第314页。
⑦ （晋）陈寿撰《三国志》卷3《明帝纪》，中华书局，1959，第107页。

三 儒家思想的衰落

曹操时代以名法之术为治国之本。曹丕时代压制道家信仰，而通过重修孔子庙、大封孔子后人的办法来提倡儒家在官学中的地位，并通过"立太学，制五经课试之法"[1] 来选举人才。曹叡比父祖更重视儒家思想在政治统治中的作用，从太和元年至景初三年的十余年间，曹叡下过三道重儒的诏令：

（太和二年）诏曰："尊儒贵学，王教之本也。自顷儒官或非其人，将何以宣明圣道？其高选博士，才任侍中常侍者。申敕郡国，贡士以经学为先。"[2]

（太和四年）诏曰："世之质文，随教而变。兵乱以来，经学废绝，后生进趣，不由典谟。岂训导未洽，将进用者不以德显乎？其郎吏学通一经，才任牧民，博士课试，擢其高第者，亟用；其浮华不务道本者，皆罢退之。"[3]

（景初年间）诏曰："昔先圣既没，而其遗言馀教，著于六艺。六艺之文，礼又为急，弗可斯须离者也。末俗背本，所由来久。故闵子讥原伯之不学，荀卿丑秦世之坑儒，儒学既废，则风化曷由兴哉？方今宿生巨儒，并各年高，教训之道，孰为其继？昔伏生将老，汉文帝嗣以晁错；谷梁寡畴，宣帝承以十郎。其科郎吏高才解经义者三十人，从光禄勋隆、散骑常侍林、博士静，分受四经三礼，主者具为设课试之法。夏侯胜有言：'士病不明经术，经术苟明，其取青紫如俯拾地芥耳。'

---

① （晋）陈寿撰《三国志》卷2《文帝纪》，中华书局，1959，第84页。
② （晋）陈寿撰《三国志》卷3《明帝纪》，中华书局，1959，第94页。
③ （晋）陈寿撰《三国志》卷3《明帝纪》，中华书局，1959，第97页。

今学者有能究极经道，则爵禄荣宠，不期而至。可不勉哉！'"①

曹叡在位十几年，三下崇儒贵学的诏书，不可谓不重视。但细析其书，我们可做如下大致推断。诏书一《贡士先经学诏》要点有三：一是贡士的选拔以经学为先；二是对通过经学选中的博士可在朝中出任侍中、常侍等官职；三是现有的儒官有滥竽充数者，说明以前的博士选拔不甚严格，同时也是造成今天儒学不行、圣道不名的重要原因。诏书二《策士罢退浮华诏》进一步抬高了经学的地位，课试选拔的博士皆有"擢其高第者，亟用"的优惠。同时此道诏书的颁布主要是针对标榜聃庄思想的浮华之徒。这也是罢黜浮华的一个宣言。这使尊儒成为消除浮华风气的重要力量和举措。景初年间的诏书三《科郎吏从高堂隆等受经诏》的颁布亦有其特定的历史环境。当是时，朝中硕儒高堂隆、苏林、秦静等人年事已高，为使其学有所传继，曹叡下此诏书的目的是培养经学人才。

纵观曹叡一朝，我们会发现，虽然曹叡通过三道诏书来尊儒重学，但其实际效果并不理想。《三国志·刘靖列传》载《上疏陈儒训之本》曰："自黄初以来，崇立太学二十余年，而寡有成者，盖由博士选轻，诸生避役，高门子弟，耻非其伦，故无学者。虽有其名而无其人，虽设其教而无其功。"② 对此种情况《魏略》中也有记载：

至太和、青龙中，中外多事，人怀避就。虽性非解学，多求诣太学。太学诸生有千数，而诸博士率皆粗疏，无以教弟子。弟子本亦避役，竟无能习学，冬来春去，岁岁如是。又虽

① （晋）陈寿撰《三国志》卷25《高堂隆列传》，中华书局，1959，第717页。
② （晋）陈寿撰《三国志》卷15《刘靖列传》，中华书局，1959，第464页。

有精者，而台阁举格太高，加不念统其大义，而问字指墨法点注之间，百人同试，度者未十。是以志学之士，遂复陵迟，而末求浮虚者各竞逐也。正始中，有诏议圜丘，普延学士。是时郎官及司徒领吏二万余人，虽复分布，见在京师者尚且万人，而应书与议者略无几人。又是时朝堂公卿以下四百余人，其能操笔者未有十人，多皆相从饱食而退。①

可见，虽然曹叡几次三番地强调，但在太学中却没有真正达到"崇儒学"的效果，所谓的儒家经学教育也没有收到显著的成效。自黄初五年立太学以来，二十余年太学建设的结果仍是太学不兴，儒学不显。第三道诏书的颁布并没有成效，相反"数年，隆等皆卒，学者遂废"②。

第二节　曹叡与崇文观的设置

一　崇文观的设置

检索《三国志》，其中关于崇文观的资料只有两条。其一，《三国志·明帝纪》载："（青龙四年）夏四月，置崇文观，征善属文者以充之。"③ 其二，《三国志·王肃传》载："肃以常侍领秘书监，兼崇文观祭酒。"④ 从这两条史料中我们可以得到如下信息：崇文观成立的时间为青龙四年夏四月；崇文观的祭酒由经学家王肃兼任；崇文观的成员主要有"善属文者以充之"，所谓善属文者当以辞赋

① （晋）陈寿撰《三国志》卷13《王肃列传》，中华书局，1959，第420页。
② （晋）陈寿撰《三国志》卷25《高堂隆列传》，中华书局，1959，第718页。
③ （晋）陈寿撰《三国志》卷3《明帝纪》，中华书局，1959，第107页。
④ （晋）陈寿撰《三国志》卷13《王肃列传》，中华书局，1959，第416页。

之士为主。

曹操、曹丕重视文学的传统影响着曹叡。崇文观的设置是曹魏三祖爱好文学的制度性产物，亦是曹魏政权对文章人才笼络的一种手段。崇文观的设立从制度建设上来说是对曹操设置"五官中郎将文学"中"文学"，以及"文学掾"等用于安排王粲等善属文者的制度的一种延续和发展。曹操时代的"文学""文学掾"等职务的设立有其特定的历史属性，其目的一方面是安排王粲、阮瑀等文学之士，但更重要的是教导、辅佐曹丕兄弟。曹丕时代，沿袭了"文学"这一官职，但是其作用明显没有曹丕当年那么明显。曹叡本人喜好文学，加上他即位后曹魏的政权已经稳固，各项制度的建设也需要进一步的规范。所以曹叡就把以前依附于诸子的"文学""文学掾"等官职发展成具有相对独立性的"崇文观"官职，用于安排"善属文"者。"至明帝纂戎，制诗度曲，徵篇章之士，置崇文之观，何刘群才，迭相照耀。"① 崇文观的设立是我国历史上第一个为"善属文"者安排的文学机构，具有极其重要的历史意义。

王仲荦以为："曹叡统治时期，是魏王朝的全盛时期。"② 其实达到全盛时期的不仅仅是政治、军事方面，也包括在文化建设方面。这一时期，虽然代表着建安一代文风的三曹七子仅剩下曹植一人，但文坛并不寂寞。此时活跃在文坛的主要人物包括何晏、刘劭、卫凯、苏林、韦诞、何桢、缪袭、卞兰、应璩、杜挚、夏侯惠、孙该、李康、左延年、蒋济、桓范、毌丘俭等人。除此以外当还有大量没有留下名字的文人雅士。以上诸人可分三类。一是刘劭、毌丘俭、桓范、蒋济等人，他们在明帝时期都已经是出任一方的军政人物了。毌丘俭早年任平原侯文学的经历表明他的文学功底

---

① （南朝梁）刘勰撰《文心雕龙义证》，詹锳义证，上海古籍出版社，1989，第1697页。
② 王仲荦著《魏晋南北朝史》上册，上海人民出版社，1983，第134页。

是得到了曹操认可的。从他们三者的文章也可见其文采。二是以缪袭、卞兰、李延年、孙康为代表，这类人纯以自己的文学才华而闻名，故被曹叡所欣赏。尤其孙康更是以其赋作出色而选进仕途。三是以何晏为代表的青年新秀，他们多靠祖荫而获得官职与任用。虽然他们的文学才华也能独当一面，但显然他们的精力并不在文学上，他们靠玄谈与交游来提高自己的政治地位。面对以上三个人群，曹叡对其采取了不同的措施：对毌丘俭、蒋济等人加以政治上的重用；对何晏等人"罢黜浮华"以削弱其政治影响；对缪袭、孙康等文学之士予以提拔。曹叡对其他在文学方面有爱好和特长的人则通过设立崇文观这一文学机构来进行管理。

崇文观的设立对后世影响很大。南北朝时期各中央政权都设置了类似崇文观的文馆。如唐武德四年设修文馆，武德九年改为弘文馆，神龙元年改弘文馆为昭文馆，开元年间复称弘文馆，宋改弘文馆为昭文馆，明设宏文馆，清设内宏文院，皆沿袭崇文观之设也。

二 崇文观的文学成就现状及其分析

崇文观是我国历史上第一个为文学之士设立的专门机构，这也是文学发展到一定阶段的产物。这种制度性的建设在当时产生了轰动效应。刘勰说："何刘群才，迭相照耀。"曹叡本人对文学之士的创作是给予大力支持的。材料一：《太平御览》卷 587 引《文士传》："何桢，字元幹，青龙元年天子特诏曰：'扬州别驾何桢，有文章才，试使作《许都赋》。'成封上不得令人见。桢还造赋，天子甚异之。"① 材料二：《三国志·刘劭传》载："劭尝作《赵都赋》，明帝美之。诏劭作《许都》《洛阳赋》。时外兴军旅，内营宫室，劭作二赋，皆讽谏焉……凡所撰述，《法论》《人物志》之类

---

① （宋）李昉等编《太平御览》卷 587《文部三》，中华书局，1960，第 2645 页。

百余篇。"① 关于何桢、刘劭，史有记载，"群才"者都有何人？历史没有明确的记载。《三国志·王肃传》载："（肃）甘露元年薨，门生缞绖者以百数。"② 这数以百计的门生大多数是崇文观所招收的"善属文者"。

由于崇文观的设立和曹叡的提倡，当时的文学创作理应出现繁盛的局面，但从现存的史料来看，我们既找不到优秀的文学家，也没有发现优秀作品。虽然"置崇文观，征善属文者以充之"③，然崇文观中的"善属文者"没有人留下名字，也没有留下任何作品，即便是当时崇文观的祭酒王肃也没有。可以说，虽然曹叡设置崇文观的初衷在于发展文学，但效果并不理想，究其原因恐怕还是文学圈养的结果。曹叡选择经学家王肃作为祭酒不能推动文学的发展，从实际结果来看设置崇文观对文学的发展没有什么影响和作用。这个问题值得关注。

首先，曹叡时代，儒学得到了朝廷的高度重视。曹魏建国后，恢复了太学，儒学也开始得到重视。从太和元年至景初三年的十余年间，曹叡下过三道重儒的诏令。太和二年，曹叡下《尊儒贵学诏》④ 这道重儒诏书的颁布是沿袭了西汉以来以儒家经学为官方思想的传统做法。政治上的需要使王肃等经学家一跃成为经学的官方代表和发言人。当时在文学方面，唯有曹植一人，而且他处于不自由的藩国之中。

曹叡安排"善贾、马之学"的经学家王肃为崇文观祭酒。王肃本人是继郑玄之后的经学名家，但从其留下的作品来看乏见文学之作，诗歌、辞赋类作品为零。其作品除经学之作外，多是祭祀庙乐

① （晋）陈寿撰《三国志》卷21《刘劭列传》，中华书局，1959，第618页。
② （晋）陈寿撰《三国志》卷13《王肃列传》，中华书局，1959，第419页。
③ （晋）陈寿撰《三国志》卷3《明帝纪》，中华书局，1959，第107页。
④ （晋）陈寿撰《三国志》卷3《明帝纪》，中华书局，1959，第94页。

的奏章，如《议祀圆丘方泽宜宫县乐八佾舞》《郊庙乐舞议》《祀五郊六宗及厉殃议》，讨论的也都是祭祀时的礼仪，并且是站在政治的角度，从儒家经学的立场来谈问题。试想在他的领导下，即便是"善属文"者，恐怕也很难写出什么高水平的文学作品来。

其次，重"材辩""玄理"已经成为当时青年才俊中的思想主流，重才学的邺下文风到此时已经基本终结。纵观太和、青龙年间的青年才俊，何晏、夏侯玄、邓飏等人当为代表。这些人不再以研读儒家经学为主，而以老庄道家之学为务。如何晏等人皆"才秀知名，好老庄言"，同时他们还广泛地以清谈的形式进行交流，材辩的内容多以对《道德经》的理论探讨。《傅子》曰："是时何晏以材辩显于贵戚之间，邓飏好变通，合徒党，鬻声名于闾阎，而夏侯玄以贵臣子少有重名，为之宗主。"① 《文心雕龙·论说》曰："何晏之徒，始盛玄论。于是聃周当路，与尼父争途矣。"② 何晏等人作为当时士林的代表人物，引领当时的士人才俊阔谈聃周玄论。

再次，当时的社会思潮已经开始由才气转向了才理。当时以夏侯玄、何晏、邓飏为代表的士人不再热衷于通过文学作品的形式来表达自己的情感，而更注重于通过对聃周作品的解读与辩论阐发玄理。这种社会风气的形成是多种原因导致的，其中既有太学中儒家经学教育的失败，又有太学生学习经学目的的不单纯（多为逃避徭役）。自汉末黄巾起义以来，虽然太平道和五斗米道等宗教在政治上已经被消灭了，但是道家思想在民间已经广泛传播，至少在上层士人中得到了广泛的传播。当时的书信以及诏书中都有对道家经典的引用。东汉末年清谈之风的延续与发展也是一个重要的原因。但汉末的清谈在政治意义上具有对抗宦官势力的积极一面，而太和年

---

① （晋）陈寿撰《三国志》卷21《傅嘏列传》，中华书局，1959，第623页。
② （南朝梁）刘勰撰《文心雕龙义证》，詹锳义证，上海古籍出版社，1989，第681页。

间的清谈材辩则更多的是彼此之间通过交通谋求"以毁誉为罚戮，用党誉为爵赏"①。二者形式相似，但其历史作用以及其原动力是不同的。

最后，崇文观文学成就不高与曹叡和诸文士间的君臣关系有关。曹叡重视法治建设，他与诸文士是君臣关系。曹叡没有曹丕与文士间的那种朋友深情，也没有通过更多的宴飨活动来刺激文学创作。臣子们或歌功颂德，或进行讽谏的辞赋作品，其艺术性与思想性与其父祖时期的文学无法相比。所以崇文观文学在后世的传播中，明显处于劣势，以至于最终被历史所湮没。

第三节　曹叡的文学成就

关于曹叡的文学成就，钟嵘评曰："叡不如丕，亦称三祖。"后世之论曹叡者多不出此。这样的评论，是在曹操、曹丕、曹叡三祖诗歌成就的比较基础上而得出的结论。但如果把曹叡放在曹魏文学史，或者放在中国文学史上来观照，钟嵘之说则有失偏颇。

"魏之三祖"的称谓不仅在于政治，而且在于文学。曹叡在文学史上的成就主要由两部分构成：一是曹叡通过自身的乐府诗创作跻身于文学家之列，而为刘勰、钟嵘等人所接受；二是曹叡通过自己的努力在培养文学力量，建立文学制度，搜集、整理、宣传文学典籍等方面为后世做出了突出的贡献。这二者结合起来方能比较全面地概括曹叡在文学史上的地位和影响。

王仲荦以为："曹叡统治时期，是魏王朝的全盛时期。"② 这种全盛时期的文学自然与武帝时期慷慨抒怀、建功立业的乱世文学与

---

① （晋）陈寿撰《三国志》卷14《董昭列传》，中华书局，1959，第442页。
② 王仲荦：《魏晋南北朝史》上册，上海人民出版社，1983，第134页。

曹魏初建时的颂祝文学有所不同。曹叡时期的文学具有自己的特色，尤其是乐府诗。曹叡现存的诗歌均为乐府诗，其中最具代表性当属那些哀怨之作。曹叡的怨愤诗与曹植后期的作品颇有共同之处，都以抒发忧思怨愤为主。曹叡怨愤诗亦当结合其身世来读，他的很多怨妇诗是为其生母而作。

一　"情迫辞哀"的诗歌内容

曹叡的乐府诗创作实绩到底如何？曹叡流传下来的诗篇均为乐府诗，共计18首（含残篇残句），观其诗篇，有多情咏怀、动人心魂之艺术效果。钟嵘所谓"叡不如丕"只是一个模糊的优劣评价，刘永济提出的"四曹竞爽，互有短长"① 更为高明。曹叡的乐府诗就其内容来说主要包括两个方面。

（一）"赋诗以咏怀"的咏志诗。曹叡的咏志抒怀诗内容很丰富，有的表达自己"立功扬名"的愿望，有的表达自己对先祖功业的向往，还有一些表现军旅感慨。这类作品以《月重轮行》《善哉行》《苦寒行》《棹歌行》为代表。

曹叡是一位有着政治理想和追求的君王，他和他的父祖一样也有着强烈的立名"不朽"的观念。其《入贾逵祠诏》曰："昨过项，见贾逵碑像，念之怆然。古人有言，患名之不立，不思年之不长，逵存有忠勋，没而见思，可谓死而不朽者矣。其布告天下，以劝将来。"② 这是对贾逵通过对其功业的建立而达到死而不朽的肯定。曹叡的政治抒怀诗表现为自己对"立功扬名"的理想的抒发。如《月重轮行》曰："天地无穷，人命有终。立功扬名，行之在躬。圣贤度量，得为道中。"③ 诗为四言，旨在言志。其对理想的抒

---

① 刘永济：《十四朝文学要略》，黑龙江人民出版社，1984 ，第 134 页。
② （清）严可均辑《全三国文》，商务印书馆，1999，第 95 页。
③ 逯钦立辑校《先秦汉魏晋南北朝诗》，中华书局，1983，第 415 页。

发沿袭了建安时代曹操、曹植的精神风貌。其五言诗《堂上行》曰："武夫怀勇毅，勒马于中原。干戈森若林，长剑奋无前。"[1] 诗中大有曹植《白马篇》中"游侠"形象的壮志豪情。这些篇章虽然不能代表曹叡的最高水平，但从此我们可以看到曹叡思想中仍有建安士人那种高扬的政治理想、对英雄人物的追求，以及建功立业的渴望。从这一点上来说，曹氏三代是一脉相承的。

曹叡在自己的政治抒怀诗中还表达了对父祖的敬仰与思慕。如《棹歌行》就是歌颂其父曹丕武功的诗篇。诗曰：

> 王者布大化，配乾稽后祇。阳育则阴杀，昼景应度移。
> 文德以时振，武功伐不随。重华舞干戚，有苗服从妫。
> 蠢尔吴中虏，凭江栖山阻。哀哉王士民，瞻仰靡依怙。
> 皇上悼愍斯，宿昔奋天怒。发我许昌宫，列舟于长浦。
> 翌日乘波扬，棹歌悲且凉。太常拂白日，旗帜纷设张。
> 将抗旌与钺，耀威于彼方。伐罪以吊民，清我东南疆。[2]

《棹歌行》是一篇政治抒怀诗。此诗的背景为青龙二年秋七月，时曹叡"亲御龙舟东征，权攻新城，将军张颖等拒守力战，帝军未至数百里，权遁走"[3]。在诗中，诗人首先提出了王者布大化乃顺应天地之变化、民心之所向的行动。其次，诗人进一步表达对士民苦难无依生活的哀悯。最后，诗人通过铺陈的方式，再现"列舟于长浦"和"旗帜纷设张"的宏大场面。表现了吊民伐罪、征伐东吴的盛大气势。曹叡本人在政治军事上表现出了成熟与稳重。《魏书》载曹叡："褒礼大臣，料简功能，真伪不得相贸，务绝浮华谮毁之

---

① 逯钦立辑校《先秦汉魏晋南北朝诗》，中华书局，1983，第417页。
② 逯钦立辑校《先秦汉魏晋南北朝诗》，中华书局，1983，第416页。
③ （晋）陈寿撰《三国志》卷3《明帝纪》，中华书局，1959，第104页。

端，行师动众，论决大事，谋臣将相，咸服帝之大略。"① 曹叡在执政时期多次重大的军事决策中表现了决断大局的谋略。创造了曹魏政权盛世的曹叡在抒发自己政治理想的时候较曹丕表现出更强烈的抱负与胸怀。类似的作品还有《善哉行》，诗中对"权实竖子，备则亡虏"的藐视，对"赫赫大魏"、"冒暑讨乱，振耀威灵"和"彩旄蔽日"的军队的描写都增强了诗歌的气势与力量。

《苦寒行》则对祖父曹操的文治武功进行颂叹。其诗曰："悠悠发洛都，茾我征东行。征行弥二旬，屯吹龙陂城。顾观故垒处，皇祖之所营。屋室若平昔，栋宇无邪倾。奈何我皇祖，潜德隐圣形。虽没而不朽，书贵垂伐名。光光我皇祖，轩耀同其荣。遗化布四海，八表以肃清。虽有吴蜀寇，春秋足耀兵。徒悲我皇祖，不永享百龄。赋诗以写怀，伏轼泪沾缨。"② 诗中最为人称道的是四忆曹操。一忆曹操的东征，见其营房；二忆曹操功业文章，赞其不朽；三忆曹操德化四海，威震华夏；四忆曹操早逝，惜其不享百龄。《三国志》载："（曹叡）生而太祖爱之，常令在左右。"③ 可见曹叡与曹操感情很深，故这多个层面对曹操的追忆，也是对曹操人品与事业的崇拜与敬慕。

曹叡的政治抒怀诗还描写军旅战争。如《善哉行》：

> 我徂我征，伐彼蛮虏。练师简卒，爰正其旅。轻舟竟川，初鸿依浦。
>
> 桓桓猛毅，如罴如虎。发砲若雷，吐气如雨。旌旄指麾，进退应矩。
>
> 百马齐辔，御由造父。休休六军，咸同斯武。兼途星迈，

---

① （晋）陈寿撰《三国志》卷3《明帝纪》，中华书局，1959，第115页。
② 逯钦立辑校《先秦汉魏晋南北朝诗》，中华书局，1983，第416页。
③ （晋）陈寿撰《三国志》卷3《明帝纪》，中华书局，1959，第91页。

亮兹行阻。

行行日远，西背京许。游弗淹旬，遂届扬土。奔寇震惧，莫敢当御。

权实竖子，备则亡虏。假气游魂，鱼鸟为伍。虎臣列将，怫郁充怒。

淮泗肃清，奋扬微所。运德耀威，惟镇惟抚。反旆言归，旆入皇祖。

《善哉行》乃征吴时所作，时间大约在青龙二年。"桓桓猛毅，如罴如虎。发砲若雷，吐气如雨"写军队之严整与勇猛。"彩斿蔽日，旗旒翳天"是对军队气势如虹的正面刻画，"淫鱼瀺灂，游戏深渊"则是通过鱼儿游戏深渊不敢浮出水面来进一步反衬"彩斿蔽日"场面的宏大。诗人通过大量的铺陈，及若雷、如雨、蔽日、翳天的夸张式意象的运用，壮大了声势，增强了信心。这也是一种战争必胜的豪情书写。

（二）以咏物为切入点的咏怀诗。曹叡的咏怀诗一般以咏物为切入点，借物抒怀来实现自己"赋诗以写怀"的目的，如《短歌行》《长歌行》《种瓜篇》《猛虎行》等作。这类作品多风流蕴藉，为后代所激赏，但其蕴藉也引起了争议。如《长歌行》，诗曰：

静夜不能寐，耳听众禽鸣。大城育狐兔，高墉多鸟声。
坏宇何寥廓，宿屋邪草生。中心感时物，抚剑下前庭。
翔佯于阶际，景星一何明。仰首观灵宿，北辰奋休荣。
哀彼失群燕，丧偶独茕茕。单心谁与侣，造房孰与成。
徒然唱有和，悲惨伤人情。余情偏易感，怀往增愤盈。

　　吐吟音不彻，泣涕沾罗缨。①

　　《长歌行》以失群孤雁的茕茕独鸣起兴，引出静夜难眠之人。诗歌一方面在写失群的孤雁在深夜中哀鸣——失群的是孤雁，主人公是丧偶的茕茕孤独的形象；另一方面在静夜中不能寐的主人公因为"伤人情"而"增愤盈"从而泪沾罗缨。鸟的失群，人的丧偶；鸟的哀鸣，人的喟叹，以鸟衬人，人鸟相衬，鸟鸣为人悲做了铺垫，强化了丧偶之后的无限痛苦。弃妇之痛，自《诗经》时代即为诗歌的重要主题，但三国时期，战争频仍，弃妇、寡妇的增多使其再次成为诗歌的主题。此诗最大的特点在于它不是单独地描写寡妇闺房之苦，而是通过人与自然的相互映照来强化丧偶后茕茕孑立的痛苦。情景交融，其情感人，情辞悱恻，读之令人心伤。徐公持以为曹叡现存乐府歌辞"质朴中见流转，通俗中有典雅，辞意舒徐，音节谐和"②。清人陈祚明评曰："明帝诗虽不多，当其一往情深，克肖乃父，如闲夜明月。长笛清亮，抑扬转咽，闻者自悲。"后世解诗者，往往根据曹叡生母被赐死一事来暗合此诗，以为曹叡此诗在抒发对生母的思念之情。《种瓜篇》是为感悟君父、昭雪母冤而作。诗中虽为其母被诬一事悲愤难抑，但丝毫未露愤怒之意。沈德潜《古诗源》收录了此篇。其序中阐释成书宗旨时说："古诗之雅者略尽于此。凡为学诗者道之源也。"③《种瓜篇》以种瓜起兴，以瓜与藤的关系与夫妻关系作比而抒发"萍藻托清流，常恐身不全。被蒙丘山惠，贱妾执拳拳"的感情，并认为"天日照知这，想君亦俱然"。曹叡的这类诗歌借物抒情，感情深厚，我们从字里行间能感受到其情绪的炽烈，真如沈约所言"情迫辞哀"，"其声惨憺，不

---

①　逯钦立辑校《先秦汉魏晋南北朝诗》，中华书局，1983，第415页。

②　徐公持著《魏晋文学史》，人民文学出版社，1999，第158页。

③　（清）沈德潜选《古诗源》，中华书局，1963，第2页。

忍卒读"。曹道衡亦以为这两首诗"颇有文采及情感，不失为可诵之作"①。但此诗与曹植《种葛篇》之间有明显的模仿痕迹。

二 "以情纬文"的诗歌成就

刘永济在《十四朝文学要略》中提出："四曹竞爽，互有短长。"② 那么，曹叡的作品究竟有什么独特的地方？我认为其艺术特色有以下几点。

首先，赋比兴手法的运用。曹叡的诗歌作品非常注重对赋比兴手法的运用。"赋者，敷陈其事而直言之也。"自《诗经》大量运用赋的手法以后，两汉时赋已经成为汉赋创作的重要手法。曹叡的诗篇铺陈的现象很明显。如《善哉行》写军队则言："桓桓猛毅，如黑如虎。发砲若雷，吐气如雨。旄旌指麾，进退应矩。百马齐辔，御由造父。休休六军，咸同斯武。兼途星迈，亮兹行阻。"③ 通过这种铺陈的方式来表现军人的猛毅、气势的壮大、军阵的严整、进退的一致等，体现出军队的战斗力。《苦寒行》则通过营建城防、文治武功、德泽四海、命不享四海来记述曹操的丰富人生及成就。比者，以此物比彼物也。这种手法在曹叡咏物诗篇中较为常见。如以孤雁喻失去母亲的自己。在他的诗篇中，失群雁、独春鸟、无根的瓜丝等意象都暗喻了自己因为失去亲人而深感孤独的灵魂。把夫妻关系比作瓜葛的关系。当新婚之时，瓜葛相连；当夫妻关系不好时，犹如菟丝自蔓延。两者作比，彼此映照，风趣迥然。兴者，先言他物以引起所咏之词。兴的手法在曹叡诗歌中亦经常可见。如《昭昭素明月》一诗先言明月，再言明月照射下的床，从而引起难眠的"我"，进而抒发孤独愁思。李重华《贞一斋诗说》云："兴

---

① 曹道衡：《魏晋文学》，安徽教育出版社，2001，第 42 页。
② 刘永济：《十四朝文学要略》，黑龙江人民出版社，1984，第 134 页。
③ 逯钦立辑校《先秦汉魏晋南北朝诗》，中华书局，1983，第 413 页。

之为义，是诗家大半得力处。无端说一件鸟兽草木，不明指天时而天时恍在其中；不显言地境而地境宛在其中；且不实说人事而人事已隐约流露其中。故有兴而诗之神理全具也。"①曹叡诗歌中对"兴"的运用很好地体现了这点。

其次，"以情纬文"促成"一往情深"的抒情。曹叡本身是个沉默寡言的人，这或许与他患有口吃有关，同时由于母亲被杀，他形成了比较内敛的性格特点。但他广泛涉猎经书文献，有着扎实的文学功底。他的作品大多具有浓郁的抒情，正如清人陈祚明《采菽堂古诗选》中所评："明帝诗虽不多，当其一往情深，克肖乃父，如闲夜明月。长笛清亮，抑扬转咽，闻者自悲。"《采菽堂古诗选》选录其诗五首，其中以《长歌行》和《种瓜篇》较为有名。如《长歌行》开篇即点明"静夜不能寐"的主人公所处的环境为静夜，既然是"静夜"，"耳听众禽鸣"就显得格外撩人。以鸟鸣来衬托静夜，大有以动衬静的效果。这与南朝梁王籍《入若耶溪》中"蝉噪林逾静，鸟鸣山更幽"意境相同。随后，曹叡一边铺陈"大城""高墉""坏宇""宿屋"等地的静态自然环境，一边写北辰星的独明、失群雁的单飞等动态的外部环境。这一切构成了一个静夜荒凉、孤独的环境与氛围。在此环境下，易感的诗人却遭受着丧偶的痛苦，单身难眠。读此诗篇，我们会情不自禁地走进诗人塑造的意境，与丧偶的主人公同悲，被其一往情深所触动。曹叡的其他文体也非常注重感情的抒发，曹植在《答明帝诏表》中云："所作《故平原公主诔》，文义相扶，章章殊兴，句句感切，哀动神明，痛贯天地。楚王臣彪等闻臣为读，莫不挥涕。"②

《宋书·谢灵运传论》曰："至于建安，曹氏基命，二祖陈王，

---

① 丁福保编《清诗话》，中华书局，1978，第930页。
② 赵幼文校注《曹植集校注》，人民文学出版社，1984，第498页。

咸蓄盛藻，甫乃以情纬文，以文被质。"① 后世论者，多有用"以情纬文，以文被质"来概括曹叡诗歌特色者，但从其现存的诗篇来看，"以情纬文"者有之，"以文被质"则不太恰当。沈约的评论只是对四曹文学的概说，不能用来特指某一个人，尤其用于曹叡，此论多有不恰当之处。曹叡的作品重情而不太重文。他喜欢用乐府的方式表达情感，如曹叡自评的那样"为田家公语"。"田家公语"，指曹叡诗歌并不刻意地去追求诗歌的雅化，而是在语言的运用和选择上喜用口语。这表明曹叡诗歌语言追求通俗质朴的效果。同时曹叡的诗歌还具有散文化的特点，如《善哉行》中"权实竖子，备则亡虏"平白如话，如散文一般。如《棹歌行》中"伐罪以吊民，清我东南疆域"等语，便是白话散文了。

第三，曹叡的诗篇具有明显的模仿痕迹。诗歌作品间的相互模仿在汉末成为文坛的一股潮流。曹植与王粲等文士多有模仿之作。模仿亦是一种学习与发展。曹叡作品中的模仿痕迹较他人而言更为明显。其中有对诗歌意境、结构上的模仿，如《昭昭素月明》取意于《明月何皎皎》。

> 昭昭素月明，晖光烛我床。忧人不能寐，耿耿夜何长。
> 微风冲闺闼，罗帷自飘扬。揽衣曳长带，屣履下高堂。
> 东西安所之，徘徊以彷徨。春鸟向南飞，翩翩独翱翔。
> 悲声命俦匹，哀鸣伤我肠。感物怀所思，泣涕忽沾裳。
> 伫立吐高吟，舒愤诉穹苍。②
> 明月何皎皎！照我罗床帏。忧愁不能寐，揽衣起徘徊。
> 客行虽云乐，不如早旋归。出户独彷徨，愁思当告谁？

---

① （南朝梁）沈约撰《宋书》卷67《谢灵运列传》，中华书局，1974，第1778页。
② 逯钦立辑校《先秦汉魏晋南北朝诗》，中华书局，1983，第418页。

引领还入房，泪下沾裳衣。①

两诗作比，在环境上二者均是月明之夜，主人公均为"不能寐"之人，二者均下床出闺房而徘徊以遣寂寞，最后二者均泣涕沾裳。两者从意境的选择到结构的安排，以及词语的选择上都表现出了惊人的一致性。我们可以确定，曹叡曾认真学习《古诗十九首》，同时也表明曹叡时代，《古诗十九首》等作品已经成为范本。通过两诗作比，曹叡谓"昭昭素明月，晖光烛我床"；《古诗》则谓"明月何皎皎，照我罗床帏"。曹叡谓"忧人不能寐，耿耿夜何长"；《古诗》则谓"忧愁不能寐，揽衣起徘徊"。曹叡谓"感物怀所思，泣涕忽沾裳"；《古诗》则谓"引领还入房，泪下沾裳衣"。如此的模仿与学习还表现在曹叡与曹植之间。曹叡的《种瓜篇》与曹植的《浮萍篇》《种葛篇》从意境、结构与词语等方面也有很明显的模仿痕迹。曹植诗曰："种葛南山下，葛藟自成阴。与君初婚时，结发恩义深。"② 曹叡诗曰："种瓜东井上，冉冉自逾垣。与君新为婚，瓜葛相结连。"③

如果说曹叡以上对他人诗歌意境结构的模仿还可以理解的话，那么其诗《步出夏门行》中对其父祖诗歌的化用与袭用简直有些不可理解了。如《步出夏门行》诗曰："丹霞蔽日，彩虹带天。弱水潺潺，叶落翩翩。孤禽失群，悲鸣其间……月盈则冲，华不再繁。古来之说，嗟载一言。"④ 曹丕的《丹霞蔽日行》全诗为："丹霞蔽日，采虹垂天。谷水潺潺，木落翩翩。孤禽失群，悲鸣云间。月盈

---

① 马茂元著《古诗十九首初探》，陕西人民出版社，1981，第 101 页。
② 赵幼文校注《曹植集校注》，人民文学出版社，1984，第 314 页。
③ 逯钦立辑校《先秦汉魏晋南北朝诗》，中华书局，1983，第 416 页。
④ 逯钦立辑校《先秦汉魏晋南北朝诗》，中华书局，1983，第 414 页。

则冲，华不再繁；古来有之，嗟我何言!"① 两诗对比，简直一般模样，在今天看来，如此的诗歌已经不再是模仿，而是明显的抄袭了。

三 曹叡文学成就的评价

曹叡的作品，据《隋书·经籍志》记载，有 7 卷，已佚；从数量上看，少于曹操、曹植、曹丕、孔融和王粲，而比"七子"中的另外五人要多；今存文两卷，计 91 篇，见严可均《全上古三代秦汉三国六朝文》，多为诏策文诰。魏明帝的诗，《先秦汉魏晋南北朝诗》收录 18 首（有 6 首残佚），全部是乐府诗。

曹叡诗歌成就的高低，在钟嵘给出"叡不如丕，亦称三祖"的评价后，历代以来几乎没有什么大的异议。我以为这种说法对三曹诗歌的艺术性来说是有着合理成分。但我们所需要的不仅仅是一个优劣的比较结果，而是要在社会环境与艺术环境中看到曹叡的文学创作在当时所起到的作用及影响。

曹叡于黄初七年（226）即位，年 20 岁，青龙三年（239）终，在位 13 年。其文学作品主要是在其执政期间创作的。曹叡时代的代表文人，留下诗歌作品的，我们可以做一统计。以逯钦立《先秦汉魏晋南北朝诗》为依据，左延年存诗 3 首，《秦女休行》《从军行》两首；焦先 1 首，《祝衄歌》；麋元残诗两首，无题；杜挚诗两首，《赠毌丘俭诗》《赠毌丘荆州诗》；何晏诗一首，《言志诗》；应璩《百一诗》为正始中作，非明帝时作品；韦诞，残诗一句无法确定年代；毌丘俭诗三首，《答杜挚诗》、《之辽东诗》残句、《在幽州诗》残句。综上，基本没有一篇可以确定为曹叡时代的作品。也就是说，曹叡时代的诗人除了曹植，最显眼的莫过于曹

---

① 夏传才、唐绍忠校注《曹丕集校注》，河北教育出版社，2013，第 27 页。

叡了。我们可以据《隋书》卷 35《经籍志四》① 对曹魏文士作品进行了整理。按卷数多少排列如下：《陈思王曹植集》30 卷；《魏武帝集》26 卷；《王粲集》11 卷；《何晏集》11 卷；《魏文帝集》10 卷；《应璩集》10 卷；《孔融集》9 卷；《魏明帝集》7 卷；《高堂隆集》6 卷；《阮瑀集》5 卷；《徐幹集》5 卷；《王肃集》5 卷；《王昶集》5 卷；《缪袭集》5 卷；《刘桢集》4 卷；《陈琳集》3 卷；《韦诞集》3 卷；《邯郸淳集》2 卷；《杜挚集》2 卷；《毌丘俭集》2 卷；《刘劭集》2 卷；《卞兰集》2 卷；《孙该集》2 卷；《桓范集》2 卷；《应玚集》1 卷；《杨修集》1 卷；《王象集》1 卷。通过以上比较，曹叡的作品卷数即便是在整个曹魏时期也是居于前列的。在曹叡执政的十几年中，曹叡的集部作品卷数无疑是丰富的。从后世传播来看，曹叡的作品在当时是最为丰富的，并且较其他文人而言，曹叡更富有创造力。曹叡诗歌的艺术成就主要体现在以下几个方面。

首先，曹叡的乐府诗创作进一步扩大了乐府诗的普及与接受，巩固了文人乐府诗的创作成就。曹魏三祖喜爱乐府音乐，曹叡生长于这样的家庭也必然深受乐府音乐的影响。流传下来的曹叡作品都是乐府诗，而曹叡时代的其他作家并无乐府诗传世。杜挚、何晏、应璩、毌丘俭、韦诞等人传世之作仅一两首，均非乐府诗。即便是曹叡之后正始文学的代表阮籍与嵇康也极少进行乐府诗创作。也就是说，在整个曹魏时代，大力创作乐府诗的是三祖一陈思四人而已。曹植生活在曹叡的时代不到 6 年。曹叡的乐府诗创作至少说明两点。一是曹叡的乐府诗创作继承和发展了曹操、曹丕、曹植在乐府与文人五言诗方面开创的路子，继而通过大量的乐府诗的创作，进一步巩固了文人乐府五言诗的成果。在曹叡的诗篇中，我们经常

---

① （唐）魏征等撰《隋书》，中华书局，1973，第 1058 页。

可以看到曹操、曹植等人的影子。如《步出夏门行》中"鹾迫日暮，乌鹊南飞。绕树三匝，何枝可依"① 袭用曹操《短歌行》中"月明星稀，乌鹊南飞。绕树三匝，何枝可依。"如其《乐府·种瓜东井上》则有模拟曹植《种葛篇》的痕迹。

> 种瓜东井上，冉冉自逾垣。与君新为婚，瓜葛相结连。
> 寄托不肖躯，有如倚太山。菟丝无根株，蔓延自登缘。
> 萍藻托清流，常恐身不全。被蒙丘山惠，贱妾执拳拳。
> 天日照知之，想君亦俱然。②
>
> ——《种瓜篇》

> 种葛南山下，葛藟自成阴。与君初婚时，结发恩意深。
> 欢爱在枕席，宿昔同衣衾。窃慕棠棣篇，好乐如瑟琴。
> 行年将晚暮，佳人怀异心。恩纪旷不接，我情遂抑沉。
> 出门当何顾，徘徊步北林。下有交颈兽，仰见双栖禽。
> 攀枝长叹息，泪下沾罗衿。良马知我悲，延颈对我吟。
> 昔为同池鱼，今为商与参。往古皆欢遇，我独困于今。
> 弃置委天命，悠悠安可任。③
>
> ——《种葛篇》

此二诗均为从夫妻之道入手来咏怀的作品。二诗作比，一为种瓜，一为种葛；一曰"种瓜东井上，冉冉自逾垣"，一曰"种葛南山下，葛藟自成阴"；一曰"与君新为婚，瓜葛相结连"，一曰"与君初婚时，结发恩意深"。即便是结尾，一曰"被蒙丘山惠，贱妾执拳拳。天日照知这，想君亦俱然"以表达女子的拳拳之情，一曰

---

① 中华书局编辑部编《曹操集》，中华书局，1959，第5页。
② 逯钦立辑校《先秦汉魏晋南北朝诗》，中华书局，1983，第416页。
③ 赵幼文校注《曹植集校注》，人民文学出版社，1984，第314页。

"往古皆欢遇，我独困于今。弃置委天命，悠悠安可任"以表达女子的无可奈何。两首诗篇的意象、结构、句式、主题都有明显的模拟与学习的痕迹。

其次，曹叡通过自己的创作巩固了乐府诗的成果。乐府诗歌在两汉一直属于民间文学，没有为上层文人所接受。乐府诗与文人真正结合当在汉末鸿都门学时代。曹操大量地创作乐府诗才真正地使乐府这种和乐的文学样式成为文人诗歌创作的主要形式。同时我们也看到，在建安七子以及繁钦、杨修等人的作品中，乐府诗仍然没有被接受。真正创作乐府诗的仅有曹操、曹丕、曹植、曹叡一家三代四人。可见，在当时虽然四曹的乐府诗创作已经进入一个比较成熟的阶段，但还不能说乐府诗为整个文人阶层所接受，因为除此之外的诗人几乎没有创作乐府诗的。究其原因，主要还是乐府诗出身于民间文学，长期以来为居于正统统治地位的学者文人所瞧不起。汉代乐府兴起，主要体现在音乐上，尤其是汉末桓、灵二帝时期，音乐艺术高度发展，乐府中以《薤露行》《蒿里行》等为代表的表达哀伤的清商乐成为社会的主流音乐。曹操娶倡女卞氏，其原因亦是对音乐的喜欢。卞氏哺育曹丕、曹植，曹丕又生曹叡。可以说曹氏三代受卞氏的影响很大。曹操"登高必赋，及造新诗，被之管弦，皆成乐章"。曹丕更是多娶歌女，如锁儿等陪侍。《魏略》记载："筑总章观，高十余丈，建翔凤于其上；又于芳林园中起陂池，楫棹越歌；又于列殿之北，立八坊，诸才人以次序处其中，贵人夫人以上，转南附焉，其秩石拟百官之数。帝常游宴在内，乃选女子知书可付信者六人，以为女尚书，使典省外奏事，处当画可，自贵人以下至尚保，及给掖庭洒扫，习伎歌者，各有千数。通引谷水过九龙殿前，为玉井绮栏，蟾蜍含受，神龙吐出。"[①] 曹氏三祖对音乐

---

① （晋）陈寿撰《三国志》卷3《明帝纪》，中华书局，1959，第104页。

的喜好，尤其是对于来自民间的乐府音乐的喜好，在当时并不为清流世族所看重。故曹氏所热衷的乐府诗并没有在社会上得以广泛的影响，也没有掀起创作的高潮。在这种情况下，我们观照曹叡的乐府诗创作，其意义就很重要了。

第三，曹叡在清商乐府方面的成就影响很大。曹魏三祖崇尚清商之乐，他们大量的乐府作品，为后世音乐的发展提供了丰富的素材。四曹的乐府诗很多在当时已经成为流行的曲乐了，其流风所及，影响深远。《南齐书·王僧虔传》云："今之清商，实由铜爵，三祖风流，遗音盈耳。"[1] 南齐王僧虔《论三调歌》曰："今之清商，实由铜雀。魏氏三祖，风流可怀。京洛相高，江左弥重。而情变听改，稍复零落。十数年间，亡者将半。所以追余操而长怀，抚遗器而太息者矣。"[2]《南齐书·萧惠基传》云："惠基解音律，尤好魏三祖曲及《相和歌》，每奏，辄赏悦不能已。"[3] 钟嵘《诗品》云："古曰诗颂，皆被之金竹，故非调五音，无以谐会……故三祖之词，文或不工，而韵入歌唱。此重音韵之义也，与世之言宫商异矣。"[4]《隋书·何妥传》："至于魏、晋，皆用古乐。魏之三祖，并制乐词。"[5]

四 曹叡对文学史的贡献

（一） 曹叡重视文学的表现

曹叡对文学的重视程度超过了其父祖，即便是放在整个文学史上也是屈指可数的。曹叡对文学的重视主要体现在以下几个方面。

---

[1] 萧子显著《南齐书》卷33《王僧虔列传》，中华书局，1972，第595页。
[2] （南朝宋）郭茂倩《乐府诗集》卷44，中华书局，1979，第638页。
[3] 萧子显著《南齐书》卷46《萧惠基传》，中华书局，1972，第811页。
[4] （南朝梁）钟嵘撰《诗品集注》，曹旭集注，上海古籍出版社，1994，第332页。
[5] 魏征等撰《隋书》卷75《何妥列传》，中华书局，1973，第1714页。

　　首先，曹叡善待文学之士。历来君王对待文学之士多以"俳优"的身份视之。如汉武帝对司马相如、扬雄等人。文人地位的改变在于鸿都门学的设立。但以"辞赋"取士仍遭到以阳球、蔡邕等人的强烈反对，甚而为当时的世家大族所摒弃与鄙视。曹操收揽人才，几乎把当时的文学之士招揽殆尽。曹丕更与当时的文学之士之间建立了如师如友的亲密关系。曹叡沿袭二祖的传统，善待文学之士。其"善待"多表现在宽容的态度上。前有曹操杀孔融、杨修；曹丕杀丁仪、丁廙。后有司马懿杀何晏、桓范；司马师杀夏侯玄、李丰；司马昭杀嵇康、吕安。曹叡执政期间，何晏等人"不复以学问为本，专更以交游为业；国士不以孝悌清修为首，乃以趋势游利为先。合党连群，互相褒叹，以毁訾为罚戮，用党誉为爵赏，附己者则叹之盈言，不附者则为作瑕衅。至乃相谓'今世何忧不度邪，但求人道不勤，罗之不博耳；又何患其不知己矣，但当吞之以药而柔调耳。'又闻或有使奴客名作在职家人，冒之出入，往来禁奥，交通书疏，有所探问"。故董昭上书，以为"凡此诸事，皆法之所不取，刑之所不赦，虽讽、伟之罪，无以加也"[1]。董昭的意见代表了当时官方的主流意见。董昭在表文中直接将何晏等人与魏讽等人相比，表明何晏等人对政治、时局、世风、学风的不良影响已经引起了朝廷的重视，成为一个突出的问题表现出来。董昭上表后，曹叡随即"以构长浮华，皆免官废锢"[2]。

　　曹叡对何晏等人的处理方式，相比于二祖与司马懿、司马昭父子而言更为宽容。究其原因，多人认为何晏等人的父辈皆为魏国功勋卓著、身居高位的官僚。我以为曹叡之所以对何晏等人采取比较宽容的废锢处理，主要有两个原因。一是曹叡本人自幼"好学多

---

① （晋）陈寿撰《三国志》卷14《董昭列传》，中华书局，1959，第442页。
② （晋）陈寿撰《三国志》卷28《诸葛诞列传》，中华书局，1959，第769页。

识，特留意于法理"。纵观曹叡一生，他一直都非常重视法律的建设。他在统治时期没有妄杀过一名官员。即便是对待何晏等人也是严格依法办事，没有像曹操与曹丕那样以极刑来处理。同时，曹叡还出台《考课法》以杜绝有名无实的浮华之徒的仕进之路。二是曹叡对何晏等人在认识上存有一定的歧视，或说根本就没有把他们当成是一个扰乱世风的政治力量。他一直把何晏当作俳优，而没有把他作为文士或者士大夫来对待。《世说新语·容止》载："何平叔美姿仪，面至白。魏明帝疑其傅粉，正夏月，与热汤饼。既啖，大汗出，以朱衣自拭，色转皎然。"①

其次，曹叡沿袭了曹操、曹丕等人组织文人宴会的方式，经常组织大批的文人进行命题酬咏的活动。如在景福殿落成之际，有何晏、夏侯惠、韦诞同作《景福殿赋》以颂之。《三国志·刘劭传》载："（刘）劭尝作《赵都赋》，明帝美之，诏劭作《许都》《洛都》赋》。时外兴军旅，内营宫室，劭作二赋，皆讽谏焉。"② 当时同作《许都赋》的还有何桢。这种风气沿袭了邺下文人唱和酬答的才气竞技之风。同时，曹叡还大力奖励文学之士进行创作，个别人还曾因辞赋的优秀而得到提拔。

再次，设立崇文观以征善属文者充之。如此，曹叡则把对文学之士的重视与管理由以前松散的重用和安排，转化为制度性的政策，并且为此成立了固定的机构。汉末鸿都门学的设立旨在选拔人才，而非选拔文学人才，因此，它不是文学机构。邺下时期，虽说有曹丕领导下的邺下文人集团，但文学诸子彼此只是在宴飨聚会中进行文学唱和与交流而已，王粲、陈琳、阮瑀等人或在丞相府任丞相掾等职，或在曹丕兄弟身边任文学等职务。他们这个文学集团是

① 余嘉锡撰《世说新语笺疏》，周祖谟、余淑宜整理，中华书局，1983，第608页。
② （晋）陈寿撰《三国志》卷21《刘劭列传》，中华书局，1959，第618页。

松散的，没有得到朝廷认可的。崇文观当为我国历史上第一个文士组织，是真正地为"善属文者"而设置的官方机构。这不能不说是在文学走向政治，并且成为朝廷机构道路上的重要一步。这恐怕也是曹叡对文学家的政治影响所作出的最为积极的响应。就此点而言，曹叡对文学的认识与曹丕在《典论·论文》中所提及的"盖文章经国之大业，不朽之盛事"是一致的。曹叡在曹丕认识的基础上，进一步把文士群体纳入官方的管理之下。

在文学史上，崇文观文学虽然没有邺下文人集团创作的贡献大，也没有邺下文人集团的赫赫声名，但其在文学发展史上的地位却是不容小觑的。崇文观的设立，毫无疑问聚集了当时的文学之士，同时也为正始文学的来临打下了基础，如阮籍等人就是在这种环境的影响下成长起来的，其影响是不可抹杀的。崇文观的设置是继汉灵帝鸿都门学制度之后，文学之士的又一个机遇，是对鸿都门学以"辞赋"取士方式的沿袭和发展，影响着隋唐以后的科举制。唐弘文馆的设立也受崇文观的影响。这不能不说是曹叡对中国文学的一个巨大贡献。

关于文学自觉的标志，我以为还需要加上一点，那就是政治制度的建设、部门的设置上体现出文学及文学家独有的地位。鸿都门学以辞赋作为仕进方式，这很难说是文学的自觉，反而说明文学在政治领域内的不自觉。我们应该看到，曹叡设立崇文观，只以"善属文者充之"的做法，没有明显的仕进色彩。这本身就是政治家对文学家群体的重视，和对文学自觉的认识。

（二）曹叡对文学典籍的整理与宣传

曹魏三祖对文学的重视不仅表现在自身的喜好及与文学之士的交往唱和上，更重要的是体现在对文学成果的重视与整理上。从这一点说，曹魏三祖对当时文学典籍的搜集、整理、保存、传播对后世而言意义重大。如果说曹操派周近持金璧去匈奴赎回蔡琰以整理蔡邕作品，其中含有对蔡邕昔日情分的话，那么曹丕对建安诸子作品的整理则不仅由于他们之间的深厚友谊，还有政治因素。正如曹丕在《典论·论文》中所言："盖文章经国之大业，不朽之盛事也。"曹丕把文章的创作看作政治兴盛的重要标志和内容。这不但提高了文学的地位，同时也使"文学的写作几乎成为每个文人的自觉活动，也是检验文人是否具备才能的一个标志"①。这也是其大力搜集孔融等人作品并积极整理宣传的原因。自曹丕提倡之后，文章著述之风见长。正如葛洪在《抱朴子·外篇自序》中所说："魏代以来，群文滋长，倍于往者。"②《隋书·经籍志》也说："总集者，建安之后，辞赋转繁，众家之集，日以滋广。"③

曹叡继父祖之文章事关经国大业的理念，对文人著述的整理与传播极为重视。《搜神记》载，曹叡立，诏三公曰："先帝昔著《典论》，不朽之格言，其刊石于庙门之外及太学，与石经并，以永示来世。"④ 太和四年春二月，"戊子，诏太傅三公：以文帝《典论》刻石，立于庙门之外"⑤。《典论》为曹丕具有代表性的学术专著，是一部有关政治、文化、历史、文学的相关论述。曹叡以立碑刻石于庙门之外的方式来加大对《典论》的宣传，犹如汉灵帝熹平"四年春三月，诏诸儒正《五经》文字，刻石立于太学门外"⑥。曹叡对《典论》的宣传是在《策试罢退浮华诏》后，是对"浮华不务道本者"的一个纠正。同时这也有"不假良史之辞，不托飞驰之

---

① 陈传万著《魏晋南北朝图书业与文学》，合肥工业大学出版社，2008，第104页。
② 杨明照撰《抱朴子外篇校笺》卷50《自序》，中华书局，1997，第660页。
③ （唐）魏征撰《隋书》卷35《经籍志》，中华书局，2000，第726页。
④ （晋）陈寿撰《三国志》卷4《齐王芳纪》，中华书局，1959，第118页。
⑤ （晋）陈寿撰《三国志》卷3《明帝纪》，中华书局，1959，第97页。
⑥ （南朝宋）范晔撰《后汉书》卷8《汉灵帝纪》，中华书局，1965，第336页。

势。而声名自传于后"① 的效果。

曹叡也极为重视对时贤文人作品的整理和保存，即便是对曹植这样曾经在政治上犯过错误，并长期以来处于政治打击地位的人来说也不例外。曹叡在曹植死后，立即着手整理其作。景初中，其诏曰：

> 陈思王昔虽有过失，既克己慎行，以补前阙，且自少至终，篇籍不离于手，诚难能也。其收黄初中诸奏植罪状，公卿已下议尚书、秘书、中书三府、大鸿胪者皆削除之。撰录植前后所著赋颂诗铭杂论凡百余篇，副藏内外。②

此诏书的内容包含如下两点：一是曹植在黄初年间有过，然之后"克己慎行，以补前阙"，故曹叡使各部门消除曹植犯罪记录与档案。二是曹植一生篇籍不离左右，整理曹植遗著，副藏内外。曹叡对曹植作品的整理与保存为曹植作品的传播与接受打下了基础。

第四节　自试文学

一　曹植自试情怀的根源

曹植一生的遭遇与其文学创作有着密切的关系。其前期在曹操的宠爱下，作品主要是以宴飨为主的游宴文学。曹丕被立为太子后，随着境遇的改变，曹植文学以感伤愤慨为主。曹叡即位后，在生活方面对曹植也曾表示关心，如将曹丕生前服用的衣被十三种赐

---

① 夏传才、唐绍忠校注《曹丕集校注》，河北教育出版社，2013，第238页。
② （晋）陈寿撰《三国志》卷19《曹植列传》，中华书局，1959，第576页。

给曹植，将曹植的封地从贫瘠的雍丘迁到较为沃饶的东阿，还给曹植下《与陈王植手诏》："王颜色瘦弱，何意耶？腹中调和不？今者食几许米？又啖肉多少？见王瘦，吾惊甚，宜当节水加餐。"① 关切哀悯之情溢于言表。故曹植在《谢明帝赐食表》中异常感动地说："奉诏之日，涕泣横流。虽文武二帝所以悯怜于臣，不复过于明诏。"②

曹植进入晚年后，感受到生命的可贵，加上曹叡对曹植在政策上有所放宽，曹植心灵上的枷锁得以缓和，其压抑已久的英雄情怀再次敞开，这个阶段的自试文学因此大放光彩。曹植自试文学的产生，有其深刻的社会原因与自身因素。

（一）社会原因

汉末社会动荡不安，董卓入京后天下大乱。正如曹丕所言："初平之元，董卓杀主鸩后，荡覆王室。是时四海既困中平之政，兼恶卓之凶逆，家家思乱，人人自危。"③ 这是英雄产生的时代。曹植生于公元 192 年，即东汉初平三年，这一年王允等人设计杀死董卓，引起了更大的战火。随后的日子里，曹植多随曹操转战大江南北，虽未直接参加过战争，但长于乱世之中，自然产生了强烈的英雄意识。王粲在《英雄记》中详细地记载了汉末乱世英雄们的散佚故事。英雄也成为这个时代的追求。

其次，汉末三国时期，由于战乱与军阀割据的长期存在，士人中萌生出建功立业的思想。这种思想随后成为当时的主流思想之一。"当此之时，人人自谓握灵蛇之珠，家家自谓抱荆山之玉也。"④ 大家的个性与理想得到最大限度的张扬。曹植是在曹操及王粲、陈琳、

---

① （清）严可均：《全三国文》，中华书局，1999，第 93 页。
② 赵幼文校注《曹植集校注》，人民文学出版社，1984，第 474 页。
③ 夏传才、唐绍忠校注《曹丕集校注》，河北教育出版社，2013，第 247 页。
④ 赵幼文校注《曹植集校注》，人民文学出版社，1984，第 153 页。

刘桢、阮瑀等建安文人的影响下成长起来的。在与曹植兄弟的交往中，即便是游宴活动中，王粲、陈琳等人的理想和抱负也都有不同程度的抒发。曹植也深受其影响，如其《三良诗》所言："功名不可为，忠义我所安。秦穆先下世，三臣皆自残。生时等荣乐，既没同忧患。谁言捐躯易？杀身诚独难！"① 通过三良自残以殉葬，表达了君臣知遇的难得。

（二）曹植自身建功立业思想根深蒂固

建功立业思想贯穿曹植的一生。究其原因，我们很难用一句话来说明。但这与曹植童年的好学与曹操的欣赏有着密切的关系。

曹植年少时才华出众。《三国志》载："（曹植）年十岁余，诵读诗论及辞赋数十万言，善属文……性简易，不治威仪。舆马服饰，不尚华丽。每进见难问，应声而对，特见宠爱。"② 这说明曹植不仅具有杰出的文学才华，即便是在政论问答上也是非常突出的。曹植被曹操"特见宠爱"的原因，不仅仅是其在辞赋方面的才华。如果仅做如此解释，那么这不仅是对学养深厚的曹植的一个否定，更是对曹操成熟的政治家眼光的否定。建安十九年，"（曹植）徙封临淄侯。太祖征孙权，使植留守邺，戒之曰：'吾昔为顿邱令，年二十三。思此时所行，无悔于今。今汝年亦二十三矣，可不勉欤！'植既以才见异，而丁仪、丁廙、杨修等为之羽翼。太祖狐疑，几为太子者数矣"③。这段材料说明曹操对曹植的政治才能是肯定的，并希望通过留守邺城来锻炼曹植，这也说明曹操对曹植是有政治期待的。故此，陈寿言"太祖狐疑，几为太子者数矣"是有一定政治和现实基础的，这个基础就是曹植本人不仅在文学上有八斗之

---

① 赵幼文校注《曹植集校注》，人民文学出版社，1984，第135页。
② （晋）陈寿撰《三国志》卷19《曹植列传》，中华书局，1959，第557页。
③ （晋）陈寿撰《三国志》卷19《曹植列传》，中华书局，1959，第557页。

才，在政治上也是不可小觑的，其政治才能与曹丕相差不会太大。如果二人实力相差悬殊，根本就谈不上二人争夺太子之位了。此时的曹植虽处于"不经世事，但美邀游"的青少年时期，但其胸中却一直涌动着"勠力上国，流惠下民，建永世之业，流金石之功"①的抱负，这也是当时邺下诸子共同的抱负。

正因此，曹操对曹植政治才能的欣赏和"特见宠爱"，使曹植对自己在政治上的作为有着更高的期许。他在《与杨德祖书》中说："吾虽薄德，位为藩侯，犹庶几勠力上国，流惠下民，建永世之业，流金石之功，岂徒以翰墨为勋绩，辞赋为君子哉！"② 看来，曹植的志向不在于成为辞赋君子，而要"勠力上国，流惠下民，建永世之业，留金石之功"。这是他最真实的思想和根深蒂固的价值取向。虽然曹植最重要的成就在文学，但我们应该看到这不是他的本意。这种思想在曹植以后的作品中时有表达。《薤露行》中"幽并游侠儿"的形象表达了他的心灵诉求："愿得展功勤，输力于明君。怀此王佐才，慷慨独不群。"③ 黄初年间，他的《白马篇》以"捐躯赴国难，视死忽如归"表达自己时刻准备着为国献身的精神。曹丕时代，曹植感觉受压抑，他的心思放在了如何调整与曹丕的关系、缓和两者间的矛盾之上。他虽然"怀抱利器而无所施"，但在为性命之忧嗟叹之余，依然不肯放弃建功立业之人生理想。即便当时他的作品以"无端获罪尤"后的伤感为主，我们仍能发现里面有对理想人生的歌唱。

（三）曹植政治思想的成熟与最后的呐喊

曹植在经历了曹操长期的培养与锻炼和曹丕冷落打击的反思之

---

① 赵幼文校注《曹植集校注》，人民文学出版社，1984，第154页。
② 赵幼文校注《曹植集校注》，人民文学出版社，1984，第154页。
③ 赵幼文校注《曹植集校注》，人民文学出版社，1984，第432页。

后，他的政治智慧于曹叡执政时期开始成熟。曹丕时代的曹植很少考虑自己的政治理想，因为他面临的更重要的问题是生存。曹叡时期，曹植的政治待遇比较好，这使得他有了更多的时间来思考自己的人生理想。他自己也明白这可能是他最后的希望了，所以曹植把自己满腔的政治激情全部释放了出来。在他太和年间的一系列章表书记中我们会发现这点。

曹叡对曹植的"圈养"政策比之曹丕有所缓和。压抑在曹植心中那建功立业的思想火花再一次被点燃，那种"勠力上国，流惠下民"的激情再次如火山般爆发。这种激情的爆发与曹植长期以来的生存环境有关，如《求通亲亲表》所言："每四节之会，块然独处，左右唯仆隶，所对惟妻子，高谈无所与陈，发义无所与展，未尝不闻乐而拊心，临觞而叹息也。"① 这种孤独对喜欢自由、热闹的曹植而言无疑是巨大的精神折磨。在此种情况下，曹叡上台，二人关系初步缓和，故曹植提出"圈牢之养物，非臣之所志也"②，"臣昔从先武皇帝，南极赤岸，东临沧海，西望玉门，北出玄塞，伏见所以行师用兵之势，可谓神妙也！故兵者不可豫言，临难而制变者也"③（《求自试表》）。这种爆发不可抑制，曹植甚至忽视了自己身处的环境较曹丕时代其实没有不同。这就注定了曹植的这腔激情最终流于对理想的空喊。同时，这个机会让压抑已久的曹植的壮志豪情与参政热情得到了最大程度的释放和缓解。此时的曹植几乎对朝中的所有大事都要发表自己的意见，如对司马懿用兵的质疑，对伐辽东、东吴的劝谏，这些都显示出曹植高涨的政治热情。其《自试表》则坦言："方今天下一统，九州晏如，顾尚西有违命之蜀，东有不臣之吴，使边境未得税甲，谋士未得高枕者，诚欲混同宇内，

① 赵幼文校注《曹植集校注》，人民文学出版社，1984，第437页。
② 赵幼文校注《曹植集校注》，人民文学出版社，1984，第370页。
③ 赵幼文校注《曹植集校注》，人民文学出版社，1984，第370页。

以致太和也。"① 正因此，曹植言："今臣居外，非不厚也，而寝不安席，食不遑味者，伏以二方未克为念。"②

（四）对曹植自试表现的认识

曹叡即位后与曹植的关系的确有所缓和，但曹叡对曹植并没有政治信任可言。《魏略》曰："是时（太和二年，曹叡西征途中）谣言，云帝已崩，从驾群臣迎立雍丘王植。京师自卞太后群公尽惧。及帝还，皆私察颜色。卞太后悲喜，欲推始言者，帝曰：'天下皆言，将何所推？'"③ 从以上材料我们可做如下推断：假使其事为真，则曹植一党在曹叡即位之初仍有很大势力，有篡位之举。如此重大的政治事件，最终不了了之，这一方面说明曹叡在政治上已占主动与优势，另一方面也体现了曹叡对曹植的宽容。经此之后，曹叡通过频频变换曹植封地的方式让曹植没有政治上翻身的机会。曹植则经历了"太和元年，徙封浚仪"；"二年，复还雍丘"；"三年，徙封东阿"；"六年二月，以陈四县封植为陈王"④。多次的改封，待遇也日渐提高，但政治上的不信任终于导致曹植在到陈县不久，就因"汲汲无欢，遂发疾薨"⑤。

《三国志·曹植传》云："植每欲求别见独谈，论及时政，幸冀试用，终不能得。"⑥ 可见，曹叡的不信任是曹植能清晰感觉到的。对此，他也曾提出"若有不合，乞且藏之书府，不便灭弃，臣死之后事或可思"⑦。这是曹植政治成熟后的政治自信，是曹植对自己政治理想执着追求的表现，同时也是曹植对曹叡不信任的无奈。

---

① 赵幼文校注《曹植集校注》，人民文学出版社，1984，第 368 页。
② 赵幼文校注《曹植集校注》，人民文学出版社，1984，第 369 页。
③ （晋）陈寿撰《三国志》卷 3《明帝纪》，中华书局，1959，第 95 页。
④ （晋）陈寿撰《三国志》卷 19《曹植列传》，中华书局，1959，第 576 页。
⑤ （晋）陈寿撰《三国志》卷 19《曹植列传》，中华书局，1959，第 576 页。
⑥ （晋）陈寿撰《三国志》卷 19《曹植列传》，中华书局，1959，第 576 页。
⑦ 赵幼文校注《曹植集校注》，人民文学出版社，1984，第 446 页。

曹植是清醒的，他明白无论自己怎样的表白，怎样的自试，其结果都是"终不能得"。他的可贵之处在于对自己理想的这份执着追求。其晚年对家国政治的关心使他一再地呐喊与呻吟。曹植在《与杨德祖书》中尝言："若吾志未果，吾道不行，亦将采史官之实录，辩时俗之得失，定仁义之衷，成一家之言，虽未能藏之于名山，将以传之于同好，非要之皓首，岂可以今日论乎！"① 或许，此时曹植对自试情怀的文章表达，也是"成一家之言"的一种被迫实践吧。

二　曹植自试文学的表现及主题

曹植自幼自视很高，诗云"怀此王佐才，慷慨独不群"，并且对自己一直有着"勠力上国，流惠下民"的期许。这种情怀在黄初年间一直受到压抑，直到太和年间曹叡对曹植"圈牢"政策的相对宽松才再次爆发。刘勰《文心雕龙·章表》赞扬其章表文章时说："陈思之表，独冠群才。观其体赡而律调，辞清而志显，应物制巧，随变生趣，执辔有余，故能缓急应节矣。"② 曹植在这时期的诗歌主要有《怨歌行》、《惟汉行》、《喜雨》、《杂诗·仆夫早严驾》、《鰕鳝》、《吁嗟篇》、《美女篇》、《杂诗》（南国有佳人）、《杂诗·转蓬离本根》、《五游咏》、《远游篇》、《驱车篇》、《梁甫行》、《白马篇》、《豫章行二首》、《当欲游南山行》、《薤露行》、《箜篌引》、《名都篇》、《门有万里客》，共 21 首。曹植的这种自试情怀成为其太和时期文学的主要思想。其自试文学的具体内容，大致可以分为三个方面。

（一）"捐躯赴国难，视死忽如归"壮士自试情怀的抒发

这类作品是曹植自试文学的主要内容，也是其自试文学的基本

---

① 赵幼文校注《曹植集校注》，人民文学出版社，1984，第 154 页。
② （南朝梁）刘勰撰《文心雕龙义证》，詹锳义证，上海古籍出版社，1989，第 814 页。

表现。太和年间，曹植参政建功的愿望表现得极为强烈，超过了以前任何一个阶段。邺下时期的曹植还处于公子宴游的阶段，曹操给他提供了参政机会。曹丕时代，曹植没有参政机会。在曹叡时代，曹植埋藏于心底的壮士情怀与建功立业的愿望不可遏制地喷薄而出。所以他一再上表，坦陈自己建功立业的愿望。如《求自试表》中坦言："窃不自量，志在授命，庶立毛发之功，以报所受之恩。若使陛下出不世之诏，效臣锥刀之用，使得西属大将军，当一校之队；若东属大司马，统偏师之任。必乘危蹈险，骋舟奋骊，突刃触锋，为士卒先。虽未能擒权馘亮，庶将虏其雄率，歼其丑类。必效须臾之捷，以灭终身之愧，使名挂史笔，事列朝荣。虽身分蜀境，首悬吴阙，犹生之年也。"① 此类的作品亦有很多，如《白马篇》：

> 白马饰金羁，连翩西北驰。借问谁家子？幽并游侠儿。
> 少小去乡邑，扬声沙漠垂。宿昔秉良弓，楛矢何参差。
> 控弦破左的，右发摧月支。仰手接飞猱，俯身散马蹄。
> 狡捷过猴猿，勇剽若豹螭。边城多警急，虏骑数迁移。
> 羽檄从北来，厉马登高堤。长驱蹈匈奴，左顾陵鲜卑。
> 弃身锋刃端，性命安可怀！父母且不顾，何言子与妻！
> 名在壮士籍，不得中顾私。捐躯赴国难，视死忽如归。②

此诗是曹植诗歌的代表作。诗人塑造了一个武艺超群、立志报国、不畏牺牲的壮士形象。朱乾以为："此寓意幽并游侠，实自况也……篇中所云：'捐躯赴难，视死如归'。亦子建素志，非泛述矣"③（《乐府正义》卷12）。朱乾一语道破此诗意旨。其实我们从"少

---

① 赵幼文校注《曹植集校注》，人民文学出版社，1984，第368页。
② 赵幼文校注《曹植集校注》，人民文学出版社，1984，第411页。
③ 河北师范学院中文系古典文学教研组编《三曹资料汇编》，中华书局，1980，第201页。

小""宿昔"等词语也可看出"名在壮士籍"的理想是自幼萌发的，这是他的夙愿。类似的表达在曹植的诸多诗篇中都可见。再如以下两首：

> 鰕鳝游潢潦，不知江海流。燕雀戏藩柴，安识鸿鹄游。
> 世士诚明性，大德固无俦。驾言登五岳，然后小陵丘。
> 俯观上路人，势利惟是谋。仇高念皇家，远怀柔九州。
> 抚剑而雷音，猛气纵横浮。泛泊徒嗷嗷，谁知壮士忧。[1]
>
> ——《鰕鳝篇》
>
> 仆夫早严驾，吾行将远游。远游欲何之？吴国为我仇。
> 将骋万里途，东路安足由！江介多悲风，淮泗驰急流。
> 愿欲一轻济，惜哉无方舟！闲居非吾志，甘心赴国忧。[2]
>
> ——《杂诗·仆夫早严驾》

《鰕鳝篇》和《杂诗·仆夫早严驾》二诗所表达的意思与《白马篇》有异曲同工之妙。看似分别在说不同的内容，但表达的情感却是一致的。如《鰕鳝篇》中用鰕鳝与燕雀和江海、鸿鹄作比，寄寓了"燕雀安知鸿鹄之志"的意思。诗人以鸿鹄自比，是对自我壮志的期许和肯定。结尾的"谁知壮士忧"点出主题，壮士的忧愁在于没有找到欣赏自己、重用自己的人。《杂诗·仆夫早严驾》是一首述志诗，赵幼文《曹植集校注》认为作于太和二年，吴将周鲂诈降，曹休轻信其言，引军迎接，以致全军覆没之后不久。曹植在诗中明确表达了自己宁愿渡江征吴，也不愿从东路归藩的思想。诗中的"东路"当指从洛阳到鄄城的路。张玉榖说："此首直赋用世之

① 赵幼文校注《曹植集校注》，人民文学出版社，1984，第381页。
② 赵幼文校注《曹植集校注》，人民文学出版社，1984，第379页。

志。"本诗较《鰕鳝篇》更直接地表达了壮志情怀，直接指出了"闲居非我意，甘心赴国忧"的壮士情怀与自试意图。"愿欲一轻济，惜哉无方舟"是诗人内心不平的主要原因。全诗交织着希望与失望的矛盾，理想与现实的反差，其闲居之苦，洋溢全篇。

在诗中，曹植还喜欢通过女性对贤者的渴望，表达自己自试的情怀。如《美女篇》：

> 美女妖且闲，采桑歧路间。柔条纷冉冉，落叶何翩翩。
> 攘袖见素手，皓腕约金环。头上金爵钗，腰佩翠琅玕。
> 明珠交玉体，珊瑚间木难。罗衣何飘飘，轻裾随风还。
> 顾盼遗光彩，长啸气若兰。行徒用息驾，休者以忘餐。
> 借问女何居，乃在城南端。青楼临大路，高门结重关。
> 容华耀朝日，谁不希令颜。媒氏何所营，玉帛不时安。
> 佳人慕高义，求贤良独难。众人徒嗷嗷，安知彼所观？
> 盛年处房室，中夜起长叹。①

诗歌开篇用铺陈的手法对美女的外貌进行了细致的雕刻，并通过行徒和休者的问话，说明了美女身份的高贵和地位的尊崇。这一切看似闲笔，其实是曹植对自我才华的一种曲折展现。诗中"佳人慕高义，求贤良独难"的现状，正是曹植的困境所在。诗中曹植把志士比作美人，把志士不得志比作美女不嫁。此种比兴手法是古代诗人惯用的。佳人求贤难，自己求试亦难，二者之难其实如一。故此，清人王尧衢说："子建求自试而不见用，如美女之不见售，故以为比。"②

---

① 赵幼文校注《曹植集校注》，人民文学出版社，1984，第384页。
② 河北师范学院中文系古典文学教研组编《三曹资料汇编》曹植卷，第176页。

（二）"流转无恒处，谁知吾苦艰"自试无果后的呻吟

曹植的自试情怀几乎贯穿他整个晚年。在一次次自试的表达中，曹植明显感觉到自己对命运的无法把握与现实生活中诸多无奈。无奈与失落中，曹植开始追问自试无果的原因。《美玉生磐石》篇以美玉起兴，宝剑为喻，有才之士，埋没于瓦石之中，不易为识。《豫章行》则通过对历史的追问探究自己自试无果的原因所在。诗曰："穷达难预图，祸福信亦然。虞舜不逢尧，耕耘处中田。太公不遭文，渔钓终渭川。不见鲁孔丘，穷困陈蔡间。周公下白屋，天下称其贤。"① 本诗八句用四事，即虞舜、姜尚、孔子、周公的四个典故，说明自己不遇的原因在于历史的机遇，同时也希望曹叡如周公般能够"白屋"礼贤下士。此诗名为乐府《豫章行》其实已经是咏史诗的味道了。左思的《咏史其七·主父宦不达》俨然就是此诗的再版，诗曰："主父宦不达，骨肉还相薄。买臣困樵采，伉俪不安宅。陈平无产业，归来翳负郭。长卿还成都，壁立何寥廓。"② 亦是八句用四事的咏史笔法。《美玉生磐石》和《豫章行》亦有同样的意旨表达。《当欲游南山行》，诗曰：

> 东海广且深，由卑下百川。五岳虽高大，不逆垢与尘。
> 良木不十围，洪条无所因。长者能博爱，天下寄其身。
> 大匠无弃材，船车用不均。锥刀各异能，何所独却前。
> 嘉善而矜愚，大圣亦同然。仁者各寿考，四座咸万年。③

曹植在自试的同时，还一再地表明自己一直遭遇不试的原因是

---

① 赵幼文校注《曹植集校注》，人民文学出版社，1984，第414页。
② 逯钦立辑校《先秦汉魏晋南北朝诗》，中华书局，1983，第734页。
③ 赵幼文校注《曹植集校注》，人民文学出版社，1984，第424页。

小人"谣言"离间了自己与君王之间的关系。为此他一方面说明谣言的可怕，另一方面也在不断表明自己对朝廷和国家的忠贞。如诗曰：

> 龙欲升天须浮云，人之仕进待中人。众口可以铄金，谗言三至，慈母不亲。
>
> 愤愤俗间，不辨伪真。愿欲披心自说陈，君门以九重，道远河无津。①
>
> ——《当墙欲高行》
>
> 为君既不易，为臣良独难。忠信事不显，乃有见疑患。
> 周公佐成王，金縢功不刊。推心辅王室，二叔反流言。
> 待罪居东国，泣涕常流连。皇灵大动变，震雷风且寒。
> 拔树偃秋稼，天威不可干。素服开金縢，感悟求其端。
> 公旦事既显，成王乃哀叹。吾欲竟此曲，此曲悲且长。
> 今日乐相乐，别后莫相忘。②
>
> ——《怨歌行》

《当墙欲高行》一诗明显是对谣言可怕的清晰认识。"欲披心自说陈"而无路可走，无法陈说的苦楚一言道尽。《怨歌行》中曹植用周公见疑于周成王的例子来暗示自己也遭遇着如周公一样的误解。清代张玉毂在《古诗赏析》卷9这样评价说："此忧谗之诗，当在明帝时作，故引用周公事也。首四，以君陪臣，将经语'难''不易'翻转用来，即提破忠信见疑本意。'周公'十四句，因己事不便明言，借古人以为忠而见疑，后必见谅之证。"③《豫章行》其二

---

① 赵幼文校注《曹植集校注》，人民文学出版社，1984，第365页。
② 赵幼文校注《曹植集校注》，人民文学出版社，1984，第362页。
③ （清）张玉毂著《古诗赏析》卷9《魏诗》，上海古籍出版社，2000，第204页。

中曹植以周公自比，暗示出自己对曹叡的忠诚。同时曹植也指出
"周公佐成王，金縢功不刊。推心辅王室，二叔反流言"①。而周公
以前所面临的流言之困也正是自己今天的处境。以周公的故事，借
古讽今，希望曹叡能够能体谅他的忠诚，信任他、重用他。曹植在
《求自试表》中引用霍去病"匈奴未灭，臣无以家为"②的故事来
表明自己忠贞报国之心。

　　曹植不时流露出对自身飘零的感叹。如《吁嗟篇》和《杂
诗·转蓬离本根》。

　　　　吁嗟此转蓬，居世何独然！长去本根逝，宿夜无休闲。
　　　　东西经七陌，南北越九阡。卒遇回风起，吹我入云间。
　　　　自谓终天路，忽然下沉泉。惊飙接我出，故归彼中田。
　　　　当南而更北，谓东而反西。宕若当何依？忽亡而复存。
　　　　飘飖周八泽，连翩历五山。流转无恒处，谁知吾苦艰！
　　　　愿为中林草，秋随野火燔。糜灭岂不痛？愿与株荄连。③

　　　　转蓬离本根，飘飖随长风。何意回飙举！吹我入云中。
　　　　高高上无极，天路安可穷！类此游客子，捐躯远从戎。
　　　　毛褐不掩形，薇藿常不充。去去莫复道，沉忧令人老。④

曹植后期的作品中经常出现"转蓬"的意象，他以转蓬自喻，一方
面来表达自己所遭受的漂泊之苦，另一方面也借转蓬随长风的游荡
来暗示自己身不由己，无法掌握命运的苦楚。张玉穀《古诗赏析》

①　赵幼文校注《曹植集校注》，人民文学出版社，1984，第362页。
②　赵幼文校注《曹植集校注》，人民文学出版社，1984，第368页，
③　赵幼文校注《曹植集校注》，人民文学出版社，1984，第382页。
④　赵幼文校注《曹植集校注》，人民文学出版社，1984，第393页。

卷9曰："时法制待藩国峻迫，植于十一年中三徙其国，故作此（《吁嗟篇》）自伤。"① 吴淇《六朝选诗定论》卷5则曰："凡物莫不有其本所，离之则悲。蓬之本所在其根，一离此处，则或东或西，或南或北，不能自主矣。'随'者，不自主也。'随长风'者，风不长，吹不远，风长则随之弥远矣。然'随长风'虽有东西之离，未尝分于上下也……此诗于风吹转蓬处，加一'我'字，乃是代蓬口中为词者。"②

（三）"骋我径寸翰，流藻垂华芬"自试情结的转移

曹植晚年自试情结很严重，其自试诗文一再表明他的不甘寂寞和内心澎湃着的建功立业的激情。但"每欲求别见独谈，论及时政，幸冀试用，终不能得"。残酷的现实下，曹植不仅"常汲汲无欢"，还把压抑在内心的自试情结与欲望通过文学创作来宣泄，并实现"声名自显于后"的目的。这种想法其实早在邺下时期《与杨德祖书》就已经提到了。书曰："吾虽薄德，位为藩侯，犹庶几勠力上国，流惠下民，建永世之业，流金石之功，岂徒以翰墨为勋绩，辞颂为君子哉！若吾志未果，吾道不行，则将采史官之实录，辩时俗之得失，定仁义之衷，成一家之言，虽未能藏之名山，将以传之于同好；此要之皓首，岂今日之论乎！"③ 书信中提到曹植的第一愿望是通过"勠力上国，流惠下民"来"建永世之业，流金石之功"。如果此愿望实现不了，则退而"采史官之实录，辨时俗之得失，定仁义之衷，成一家之言"。也就是在立功行不通的情况下通过立言来传名后世。观曹植所言，其语气、措辞与司马迁《史记》如出一辙。可见曹植最初的立言思想是进行学术创作，而非成

---

① （清）张玉毅著《古诗赏析》卷9《魏诗》，上海古籍出版社，2000，第202页。
② 河北师范学院中文系古典文学教研组编《三曹资料汇编》，中华书局，1980，第150页。
③ 赵幼文校注《曹植集校注》，人民文学出版社，1984，第153页。

为辞赋之士以翰墨、辞颂为功绩。曹植一生没有实现自己"建永世之业，流金石之功"的愿望，至于晚年，在复杂的心情下，他立功的信念中夹杂了立言的成分。如《薤露行》，诗曰：

> 天地无穷极，阴阳转相因。人居一世间，忽若风吹尘。
> 愿得展功勤，输力于明君。怀此王佐才，慷慨独不群。
> 鳞介尊神龙，走兽宗麒麟。虫兽岂知德，何况于士人。
> 孔氏删诗书，王业粲已分。骋我径寸翰，流藻垂华芳。①

此诗当中，我们可看到诗人矛盾而痛苦的内心世界。一方面他怀有王佐之才，可是没有施展才华的机会。另一方面，作者又希望通过"径寸翰"以达到"流藻垂华芳"的目的。这是曹植向残酷现实的低头，也是自己无奈的选择。诗歌真实地记录了诗人从立功到立言思想的转变。宝象山人曰："起两句，说尽一部易理。自任不凡以天下让者，非纵酒疏狂人也。"② 或许此时的曹植才明白自己的价值所在。

---

① 赵幼文校注《曹植集校注》，人民文学出版社，1984，第 433 页。
② 傅亚庶译注《三曹诗文全集译注》，吉林文史出版社，1997，第 680 页。

结 语

　　曹魏三祖时期文学不始于建安，而始于汉末桓、灵二帝时期，这种断限很大程度上是基于对汉灵帝在光和元年设立鸿都门学的认识。就文学而言，《古诗十九首》等发展了汉乐府诗中抒发爱情的传统。曹操前期的文学创作主要集中在乐府诗歌上，而其中以五言诗最为成功，这是乐府五言诗走向文人五言诗的重要一步。"汉末实录"式的曹操乐府诗发展了汉乐府诗中"感于哀乐"的传统。邺下诸子诗歌创作突破了汉乐府固有的传统和体裁，开创了祖饯、咏史、游览、酬答、赠别、献诗、公宴、哀伤等题材内容。王粲、刘桢、应玚等邺下文人开拓了五言诗的表现范围，提高了五言诗的表现功能，开创了文人五言诗的时代。这个时期的五言诗真正地走向了文人，并成为他们抒情言志的最佳形式。曹丕时代，受瘟疫等灾难的影响，整个社会弥漫着悲伤的情绪。曹操因为步入暮年，加上"忧世不治"的情怀，游仙诗成为其诗歌的重要内容。游仙诗是曹操对中国文学的重要贡献。曹植接着创作游仙诗，但他的作品明显表现出对自由的向往和对政治高压下生存环境的强烈不满。曹叡时期的政治环境和文学环境与曹操、曹丕时期相比发生了很大的变化，这一时期的政治氛围总的来说是宽松的。在思想上，老庄思想开始流行，为此曹叡以"罢黜浮华"为名打击了以何晏为首的玄学士子。在文学上，保留下来的作品以曹叡、曹植为主。曹叡现存作品全为乐府诗歌，其作品虽然饱含深情，但从结构的设置到意象的选择都有明显的模仿痕迹。他的这种创作巩固了乐府五言诗的创作成果。曹植则进入人生创作的高潮。面对相对宽松的政治环境，曹植表现出极大的政治热情，他的作品也以自试为主题。由于曹植的大力创作，五言诗基本上摆脱了"别调"，取得了"正体"的地位。

光和元年，汉灵帝设置鸿都门学。鸿都门学以"辞赋"作为选聘政治人才的课试内容。鸿都门学作为制度而设立，刺激着文学的发展，也引导着文学之士走向政治。曹操在此基础上，设置了文学、文学掾、文学左右、五官中郎将文学等官职以团结文人，这种举措最终促成了"彬彬大盛"的邺下文学，为"五言腾踊"时代的来临提供了制度上的保障。曹丕时代基本沿袭了曹操时期的文学制度。曹叡时期，设立崇文观使文学之士成为有政治组织的团体。崇文观的设置，虽聚集了大量的文学之士，但其作品大多亡佚，很难考证。

本书始于桓、灵二帝时期，终于魏明帝曹叡时期。这一段时期文学发展的脉络、文学思想与文学创作各有其特点。如曹操前期的文学以纪实为主，后期则以游宴、从军为主；曹丕时代则以感伤为主；曹叡时期在思想上"罢黜浮华"，在创作上以曹植的自试文学为代表。曹魏三祖时期文学内容丰富，是个取之不尽的艺术宝藏。

参考文献

一　古籍、专著

（汉）司马迁撰《史记》，中华书局，1959。

（魏）应劭撰《风俗通义校注》，王利器校注，中华书局，1981。

（晋）陈寿撰《三国志》，中华书局，1959。

（南朝宋）范晔撰《后汉书》，（唐）李贤等注，中华书局，1965。

（南朝宋）范晔撰《后汉书集解》，王先谦集解，中华书局，1984。

（南朝宋）郭茂倩著《乐府诗集》，上海古籍出版社，1998。

（南朝梁）刘勰撰《文心雕龙义证》，詹锳义证，上海古籍出版社，1989。

（南朝梁）萧统编《文选》，（唐）李善注，中华书局，1977。

（南朝梁）钟嵘著《诗品集注》，曹旭集注，上海古籍出版社，1994。

（陈）徐陵编《玉台新咏笺注》，（清）吴兆宜注，程琰删补，穆克宏点校，中华书局，1985。

（唐）房玄龄等撰《晋书》，中华书局，1974。

（唐）魏征、令狐德棻等撰《隋书》，中华书局，1973。

（宋）欧阳询著《艺文类聚》，上海古籍出版社，1982。

（宋）严羽：《沧浪诗话校释》，郭绍虞校释，人民文学出版社，1961。

（宋）朱熹注《诗集传》，凤凰出版社，2007。

（明）胡应麟著《诗薮》，上海古籍出版社，1979。

（明）张溥著《汉魏六朝百三家集》，吉林出版集团有限责任公司，2005。

（明）张溥著《汉魏六朝百三家集题辞注》，殷孟伦注，人民文学出版社，1963。

（明）徐师曾著《文体明辨序说》，罗根泽校点，人民文学出版社，1962。

（清）严可均辑《全上古三代秦汉三国六朝文》，中华书局，1958。

（清）沈德潜选《古诗源》，中华书局，1963。

逯钦立辑校《先秦汉魏晋南北朝诗》，中华书局，1983。

沈达材著《建安文学概论》，朴社，1932。

沈达材著《曹植与洛神赋传说》，华通书局，1933。

郭伯恭著《魏晋诗歌概论》，商务印书馆，1936。

隋树森著《古诗十九首集释》，中华书局，1955。

余冠英选注《三曹诗选》，人民文学出版社，1956。

余冠英著《汉魏六朝诗论丛》，上海古典文学出版社，1956。

杨晨著《三国会要》，中华书局，1956。

鲁迅著《鲁迅全集·而已集》，人民文学出版社，1957。

侯外庐著《中国思想通史》，人民出版社，1957。

黄节注《曹子建诗注》，叶菊生校订，人民文学出版社，1957。

黄节注《魏武帝魏文帝诗注》，人民文学出版社，1958。

黄节笺释《汉魏乐府风笺》，陈伯君校订，人民文学出版社，1958。

郭沫若著《蔡文姬》，文物出版社，1959。

中华书局编《曹操集》，中华书局，1959。

蔡琰著《胡笳十八拍》，李廉注，中华书局，1959。

林庚等编《魏晋南北朝文学史参考资料》，中华书局，1962。

李宝均著《曹氏父子与建安文学》，中华书局，1962。

余冠英选注《汉魏六朝诗选》，人民文学出版社，1978。

钱钟书：《管锥编》，中华书局，1979。

程俊英译注《诗经译注》，北京出版社，1980。

河北师范学院中文系古典文学教研组编《三曹研究资料汇编》，中华书局，1980。

方诗铭著《三国人物散论》，上海古籍出版社，1977。

胡国瑞著《魏晋南北朝文学史》，上海文艺出版社，1980。

俞绍初校点《王粲集》，中华书局，1980。

高亨注《诗经今译》，上海古籍出版社，1980。

马茂元著《古诗十九首初探》，山西人民出版社，1981。

王瑶著《中古文学史论》，上海古籍出版社，1982。

《艺谭》编辑部：《建安文学讨论集》，黄山书社，1984。

逯钦立著《汉魏六朝文学论集》，吴云整理，陕西人民出版社，1984。

张可礼著《三曹年谱》，齐鲁书社，1983。

萧涤非著《汉魏六朝乐府文学史》，人民文学出版社，1984。

钟优民著《曹植新探》，黄山书社，1984。

刘师培著《中国中古文学史》，人民文学出版社，1984。

赵幼文校注《曹植集校注》，人民文学出版社，1984。

刘知渐著《建安文学编年史》，重庆出版社，1985。

陆侃如著《中古文学系年》，人民文学出版社，1985。

张可礼著《建安文学概论》，山东教育出版社，1986。

袁行霈：《中国诗歌艺术研究》，北京大学出版社，1987。

郁贤皓、张采民笺注《建安七子诗笺注》，巴蜀书社，1988。

葛晓音著《八代史诗》，陕西人民出版社，1989。

王钟陵著《中国中古诗歌史》，江苏教育出版社，1988。

王运熙、杨明著《魏晋南北朝文学批评史》，上海古籍出版社，1989。

万绳楠著《魏晋南北朝文化史》，黄山书社，1989。

韩格平著《建安七子诗文集校注译析》，吉林文史出版社，1991。

龚克昌等评注《全汉赋评注》，花山文艺出版社，1991。

袁行霈著《中国诗歌艺术研究》，北京大学出版社，1991。

罗宗强著《玄学与魏晋士人心态》，浙江人民出版社，1991。

钱志熙著《魏晋诗歌艺术原论》，北京大学出版社，1993。

李景华：《建安文学述评》，首都师范大学出版社，1994。

孙明君著《汉末士风与建安诗风》，文津出版社，1995。

王巍著《三曹评传》，辽宁古籍出版社，1995。

傅刚著《魏晋南北朝诗歌史论》，吉林教育出版社，1995。

罗宗强著《魏晋南北朝文学思想史》，中华书局，1996。

胡大雷著《中古文学集团》，广西师范大学出版社，1996。

傅亚庶注译《三曹诗文全集译注》，吉林文史出版社，1997。

刘师培著《中古文学论集》，中国社会科学出版社，1997。

刘跃进著《中古文学文献学》，江苏古籍出版社，1997。

詹福瑞著《中古文学理论范畴》，河北大学出版社，1997。

詹福瑞著《汉魏六朝文学论集》，河北大学出版社，2001。

叶嘉莹著《汉魏六朝诗讲录》，河北教育出版社，1997。

郭英德著《中国古代文人集团与文学风貌》，北京师范大学出版社，1998。

韩格平著《建安七子综论》，东北师范大学出版社，1998。

李泽厚、刘刚纪著《中国美学史魏晋南北朝编》，安徽文艺出版社，1999。

徐公持著《魏晋文学史》，人民文学出版社，1999。

孙明君著《三曹与中国诗史》，清华大学出版社，1999。

汤用彤著《汤用彤全集·魏晋玄学论稿》，河北人民出版社，2000。

李景华著《建安诗传》，吉林人民出版社，2000。

褚斌杰撰《中国古代文体概论》，北京大学出版社，2000。

王巍著《建安文学概论》，辽宁教育出版社，2000。

范子烨著《中古文人生活研究》，山东教育出版社，2001。

曹道衡著《魏晋文学》，安徽教育出版社，2001。

李崇智著《人物志校笺》，巴蜀书社，2001。

冈村繁著《冈村繁全集·汉魏六朝的思想和文学》，上海古籍出版社，2002。

余英时著《士与中国文化》，上海人民出版社，2003。

孙明君著《汉魏文学与政治》，商务印书馆，2003。

姜剑云著《太康文学研究》，中华书局，2003。

曹道衡、沈玉成著《中古文学史料丛考》，中华书局，2003。

胡旭著《建安文学嬗变研究》，厦门大学出版社，2004。

王鹏廷著《建安七子研究》，北京大学出版社，2004。

卫绍生著《魏晋文学与中原文化》，学苑出版社，2004。

李宗为著《建安风骨》，中华书局，2004。

刘跃进主编《中国古代文学通论·魏晋南北朝卷》，辽宁人民出版社，2005。

吴云主编《建安七子集校注》，天津古籍出版社，2005。

俞绍初辑校《建安七子集》，中华书局，1989。

王玫著《建安文学接受史论》，上海古籍出版社，2005。

钟敬文等著《名家谈牛郎织女》，文化艺术出版社，2006。

黄昌年著《三曹文学评述》，吉林大学出版社，2006。

徐俊祥著《建安学术史大纲》，广陵书社，2009。

木斋著《古诗十九首与建安诗歌研究》，人民出版社，2010。

张作耀著《曹操评传》，南京大学出版社，2011。

王巍著《曹氏父子与建安文学》，辽海出版社，2011。

韩理洲等辑校《全三国两晋南北朝文补遗》，三秦出版社，2013。

夏传才主编《孔融陈琳合集校注》，河北教育出版社，2013。

夏传才、唐绍忠校注《曹丕集校注》，河北教育出版社，2013。

魏宏灿：《曹魏文学论》，合肥工业大学出版社，2013。

二　参考论文

陆侃如：《建安文学系年（196—219）》，《清华大学学报》1941年第1期。

江耦：《曹操年谱》，《历史研究》1959年第3期。

陈飞之、何若熊：《曹操的游仙诗》，《学术月刊》1980年第5期。

徐公持：《建安七子论》，《文学评论》1981年第4期。

徐公持：《建安七子诗文系年考证》，《文学遗产》1982年第A14期。

张亚新：《关于三曹的文学评价》，《贵州社会科学》1983年第2期。

陈祖美：《建安诗风的衍变》，《文艺研究》1983年第6期。

周振甫：《释"建安风骨"》，《文学评论》1983年第5期。

张亚新：《曹叡文学成就浅说》，《贵州社会科学》1985年第5期。

杜道明：《刘勰论建安风骨》，《新疆大学学报》1985年第2期。

穆克宏：《捷而能密　文多兼善——刘勰论王粲》，《福建师范大学学报》1985 年第 4 期。

王宽行：《从曹植赠送诗看其前期的政治处境与思想》，《郑州大学学报》1986 年第 1 期。

陈飞之：《曹丕诗歌的内容与风格》，《广西师范大学学报》1986 年第 2 期。

成基圣：《曹操游仙诗发微》，《吉林师范学院学报》1987 年第 11 期。

张士驰：《求仙还是求贤》，《中国人民大学学报》1988 年第 4 期。

万绳楠：《廓清曹操少年时代的迷雾》，《安徽师范大学学报》1988 年第 2 期。

郁贤皓、张采民：《建安七子与建安风骨》，《南京师大学报》1989 年第 4 期。

蒋方：《关于建安文学的概念的思考》，《许昌师专学报》1989 年第 1 期。

戴蕃瑨：《曹氏父子与建安七子的关系》，《西南师范大学学报》1989 年第 1 期。

詹福瑞：《建安时期士人的政治地位、社会意识与文学思潮》，《天府新论》1991 年第 4 期。

马宝记：《建安女性文学及其精神意蕴》，《许昌师专学报》1991 年第 3 期。

胡大雷：《邺下文人集团论》，《广西师范大学学报》1991 年第 2 期。

穆克宏：《志深而笔长梗概而多气——刘勰论建安七子》，《福建师范大学学报》1991 年第 2 期。

丁福林：《建安文学三考》，《安徽师大学报》1992 年第 3 期。

程章灿：《建安赋：斑斓的情感世界》，《中国文学研究》1992年第1期。

张晶：《论曹植诗歌的抒情性》，《辽宁师范大学学报》1993年第5期。

顾农：《建安中小作家论》，《许昌师专学报》1993年第1期。

胡明：《关于三曹的评价问题》，《文学评论》1993年第5期。

毕万忱：《三国赋的题材分类及其特征》，《社会科学战线》1993年第3期。

朱一清、周威兵：《从"缘事"到"缘情"——论"三曹"对〈诗经〉宴饮诗的发展》，《江淮论坛》1993年第4期。

桑学英：《建安七子赋论》，《济宁师专学报》1994年第1期。

王晓毅：《汉魏之际士族文化性格的双重裂变》，《史学月刊》1994第6期。

孙明君：《建国以来曹植研究综述》，《许昌师专学报》1996年第4期。

梅新林：《建安文人集团的崛起——中国文学流派正式形成的标志》，《浙江师大学报》1996年第6期。

孙明君：《建安气象》，《清华大学学报》1998年第4期。

刘畅：《由"悲凉"看建安风骨的北方文化审美属性》，《天津大学学报》1999年第1期。

熊礼会：《孔融文风论》，《武汉大学学报》1999年第2期。

张文勋：《中国文学史上的一次重大突破——建安文学评议》，《云南教育学院学报》1990年第2期。

何红英：《论三国时代的再嫁婚》，《四川文物》2001年第1期。

易健贤：《慷慨以任气，磊落以使才——刘桢和他的诗歌创作》，《贵州教育学院学报》2000年第3期。

李刚：《曹操与道教》，《世界宗教研究》2001年第4期。

傅正义：《论曹植对中国诗歌的三大贡献》，《涪陵师范学院学报》2002 年第 1 期。

施建军：《20 世纪建安文学研究综述》，《中州学刊》2002 年第 5 期。

傅正义：《"三曹"诗歌艺术比较论》，《求索》2002 年第 6 期。

张振龙：《由余事到主导：建安文人立言价值观的演进历程》，《陕西师范大学学报》2003 年第 1 期。

王鹏廷：《建安七子诗歌创作实绩述论》，《河南大学学报》2003 年第 4 期。

刘跃进：《蔡邕的生平创作与汉末文风的转变》，《文学评论》2004 年第 3 期。

庄华峰：《略论邺下文人的创作特征及其文学贡献》，《江淮论坛》2005 年第 2 期。

木斋：《论王粲与五言诗的成熟》，《齐鲁学刊》2005 年第 2 期。

黄昌年：《"建安之杰"辨》，《学术交流》2005 年第 12 期。

王玫：《建安作家历史地位的计量分析》，《福州大学学报》2005 年第 2 期。

张新科：《文学视角中的鸿都门学》，《陕西师范大学学报》2005 年第 1 期。

曹丽芳：《论建安士风对建安诗风的影响》，《南京师范大学学报》2005 年第 4 期。

孙娟：《百年来曹植诗歌研究述评》，《许昌学院学报》2006 年第 6 期。

李成林：《论三曹乐府诗对两汉民间乐府的继承》，《青海师范大学学报》2006 年第 4 期。

孙宝：《繁钦与建安文风的嬗变》，《西安交通大学学报》2006 年第 7 期。

胡旭：《汉末、建安时期万年雪观念的嬗变》，《浙江社会科学》2006 年第 6 期。

李成林：《论三曹乐府诗对两汉民间乐府的继承》，《青海师范大学学报》2006 年第 4 期。

胡旭：《鸿都门学、曹氏家风与汉魏文艺的繁荣》，《厦门大学学报》2006 年第 4 期。

唐会霞：《曹魏的乐府诗创作对汉乐府的接受》，《贵州社会科学》2007 年第 2 期。

俞绍初：《"南皮之游"与建安诗歌创作》，《文学遗产》2007 年第 5 期。

刘玉娥：《甄妃简论》，《中华文化论坛》2007 年第 2 期。

姜剑云：《释"文学是人学"》，《太原师范学院学报》2007 年第 5 期。

王辉斌：《建安七子生平事迹志疑》，《太原大学学报》2008 年第 1 期。

张振龙、张晓庆：《从用典看曹植对〈诗经〉的接受及其文艺思想》，《求索》2008 年第 5 期。

孙宝：《徐干文学文艺观与创作关系述论》，《贵州文史丛刊》2008 年第 3 期。

傅刚：《曹植与甄妃的学术公案》，《中国典籍与文化》2010 年第 1 期。

李洪亮：《吴质与建安文学》，《河南理工大学学报》2010 年第 3 期。

黄阿莎：《论邺下文学集团的游宴活动及其对文学创作的影响》，《清华大学学报》2010 年增 2 期。

木斋：《论清商乐始于曹魏建安时期》，《学习与探索》2011 年第 2 期。

黄燕平：《20 世纪 80 年代以来王粲研究述评》，《广西社会科学》2011 年第 11 期。

杨合林：《〈古诗十九首〉的音乐和主题》，《文学评论》2011年第 1 期。

黄文熙：《论〈古诗十九首〉对〈诗〉、〈骚〉意象的因革》，《安徽文学》2011 年第 6 期 。

曹胜高：《建安士人迁徙与文风新变》，《兰州学刊》2011 年第 7 期。

邢培顺：《论曹植的四言诗》，《河南师范大学学报》2012 年第 5 期。

叶官谋：《〈古诗十九首〉之意象群刍论》，《太原师范学院学报》2013 年第 2 期。

林大志：《建安代言体诗赋论略》，《西北师大学报》2013 年第 3 期。

梁蕙兰：《建安五言诗女性化写作的代言与自言》，《中国韵文学刊》2013 年第 1 期。

宋战利：《曹丕研究》，河南大学博士学位论文，2007。

邢培顺：《曹植文学研究》，山东师范大学博士学位论文，2010。

杨贵环：《曹植文学的批评史略》，扬州大学博士学位论文，2010。

王萍：《曹植研究》，陕西师范大学博士学位论文，2012。

张兰花：《曹魏士风递嬗与文学新变》，浙江大学博士学位论文，2012。

张振龙：《建安文人的文学活动与文学观念》，陕西师范大学博士学位论文，2003。

施建军：《建安文学专题研究》，复旦大学博士学位论文，2004。

吴从祥：《唐前文学作品中的女性形象研究》，山东大学博士学位论文，2006。

| 后　记 |

　　这部书稿是我博士论文的核心部分。

　　书稿的扫尾工作总算结束了，我该抖抖身上的灰尘了，可抖不掉的是心中的那份沉重。看着这散落一桌子的书稿，我明白：这书稿不仅凝聚着自己的努力，更凝聚了导师的智慧和亲人的关心。此刻，提起笔来，将自己这些年来记忆的碎片重新整理一下，来作为本书的后记吧。

　　我是2012年报考母校河北大学中国古代文学专业的博士研究生，并有幸被姜剑云先生收录门下的。说有幸，是因为自己资质平平，能考上多少有天道酬勤的意思在里面。我是喜欢读书而弱于考试的，故在硕士研究生毕业后一直蹉跎在求学路上。我熟知《论语》论学的语录，但考试的路于我而言更多是不愉快的坎，终究自己是迈过去了，被录取了。正应了前人励志的话语：读书在，几时休，恨男儿，志未酬。读博莫论先和后，有志者终能成就。

　　于是我辞掉了省城某高校的工作，来到河北大学读书。姜老师非常重视文献功底，在老师的指导下，我首先进行的是大量文献的阅读。如《四库全书总目提要》、《全上古三代秦汉三国六朝文》、《先秦汉魏晋南北朝诗》和《前四史》等。同时，姜老师还要求我在大量的阅读中，根据自己的生活经历、价值取向、知识储备、研究兴趣等来寻找自己的研究方向，并依此确定博士论文选题。他告诉我：学术的研究，尤其是博士期间研究主题的确定关系自己一生的学术成就和研究方向，一定要由自己的气质和最初的学术研究动机来决定，而不能草草了事，更不能由老师的思路来决定。所谓入门须正，立志须高，学术研究的方向一定要由研究者自身来决定、掌舵。

姜老师在我一入学就要求我待在学校好好学习，建议我推掉社会兼职，鼓励我写出一篇优秀的论文。读博的过程是寂寞的。王路在《寂寞求真》中说："'寂寞'是学者的一种生活方式，'求真'是一种思想境界"。我常以此来鼓励自己。在文献的阅读中，我逐步把兴趣集中在汉末三国时期，并把想法与导师沟通。姜老师帮我厘清思路，把握目前的学术研究动态，最终帮我确定了《曹魏三祖时期文学研究》的题目。对姜老师，我是心存感激的。当我苦于选题的时候，姜老师根据我的兴趣帮我选定题目；当我对论文心生敬畏时，姜老师鼓励我要相信自己；当我抱怨本部环境不好时，姜老师在河北大学新区给我安排了独立的学习场所；当我想偷懒时，姜老师不时检查我的学习。往事种种，所书者不过姜老师对我之万一，于我却有着非同一般的意义。所谓结草衔环，难报如海师恩。自己唯有将这份感动和师恩铭记在心，以此激励自己不断前进。记得姜老师上课时常说，文学研究"必须掌握朴学之手段，必须运用人学之思维，必须坚持文学之本位，必须具备美学之眼光，必须达到哲学之境界"。自己愚钝，虽对此境界向往，却终究不能达到老师的要求，实在有愧老师的栽培。

感谢河北大学！在这里我获得了读硕、读博的机会；我加入了光荣的中国共产党；我牵手爱人，收获了自己的爱情；我获得了国家励志奖学金……

感谢河北大学倾心教育我、关注我的老师们！2005年，我来河北大学读研究生，詹福瑞先生把我收在门下，引领我走上学术的道路，给我以学术上的启蒙。每次和詹老师见面时间虽不长，但詹老师总是询问我的近况和学习，我懂得自己这些年一直在奔波，却一直没有走出老师的牵挂。自己虽没有什么成就，但从未忘记老师的教诲。感谢刘崇德老师，是您让我们见识了不一样的文学史；感谢李金善老师，是您让我们透过《诗经》领悟到多彩的人生，明白人格的培养才是我们人文学科的终极追求；感谢任文京老师，是您拍着我的肩膀给予我一次次的鼓励；感谢田玉琪老师，是您精彩的讲解让我们领悟到宋词的魅力；感谢孙微老师，是您给予我生活与学习上的诸多帮助；感谢吴淑玲老师对我论文给予诸多中肯的建议；感谢白贵老师给我的论文提出了诸多宝贵意见；感谢已故的时永乐老师，是您引领我们走进了文献的殿堂……真诚地感谢各位老师！我在学术道路上的每一个进步，每一点成长都是先生们培养的结果。你们对我的教育将是我人生中最大的精神财富，是我成长和努力的力量源泉。

感谢我的同学杨青芝师姐和王新芳师姐，是你们给予我姐姐般的关爱和照顾；是你们在下雨的时候开车去宿舍接我上课，下课后再送我回去；是你们耐心地听我介绍自己浅薄的研究心得，并给予鼓励；是你们帮助我做了很多课外工作。感谢李清章、焦洪强、梁宗宪等同学的陪伴和鼓励。

感谢我的父母，他们二老给了我最朴素的教育和最无私的爱，而当他们步入暮年后，还要支持我读书，以期我得到最好的发展。感谢我的爱人王淑盼，我们是在河北大学结缘的，她理解并支持我对学术的追求。为了使我安心读书，她独立承担起家庭的重担，解决了我的后顾之忧。

而今本书稿即将出版，想起刘勰论学的一句话："方其搦翰，气倍辞前，暨乎篇成，半折心始。"古人最懂今人心，此话最能概括我所想表达的。重读此稿，还有千般不如意的地方需要进一步完善，而今也只能这样了。本书稿的顺利出版，得益于长治学院的博士科研启动经费，感恩长治学院！

谨以此书献给那些培养我、关心我、帮助过我的老师和亲友！

张丽锋

2017 年 7 月

图书在版编目（CIP）数据

曹魏三祖时期文学研究/张丽锋著. -- 北京 : 社
会科学文献出版社，2017.9
ISBN 978 - 7 - 5201 - 1222 - 2

Ⅰ.①曹…　Ⅱ.①张…　Ⅲ.①古典文学 - 文学研究 -
中国 - 三国时代　Ⅳ.①I206.2

中国版本图书馆 CIP 数据核字（2017）第 197679 号

曹魏三祖时期文学研究

著　　者／张丽锋

出 版 人／谢寿光
项目统筹／杜文婕
责任编辑／杜文婕

出　　版／社会科学文献出版社·区域与发展出版中心（010）59367143
　　　　　地址：北京市北三环中路甲 29 号院华龙大厦　邮编：100029
　　　　　网址：www. ssap. com. cn
发　　行／市场营销中心（010）59367081　59367018
印　　装／北京季蜂印刷有限公司

规　　格／开　本：787mm × 1092mm　1/16
　　　　　印　张：16　字　数：205 千字
版　　次／2017 年 9 月第 1 版　2017 年 9 月第 1 次印刷
书　　号／ISBN 978 - 7 - 5201 - 1222 - 2
定　　价／68.00 元

本书如有印装质量问题，请与读者服务中心（010 - 59367028）联系